CW01143093

EL CAUTIVANTE CONDE

LORNA READ

Traducido por
RAFAEL ANTONIO RAMIREZ APONTE

1

¡No! Martin, la niña no, es sólo una bebé. No me importa lo que me hagas, pero... déjala, Martin. ¡Oh Martin, no!

La voz de su madre se había convertido en un grito agonizante cuando un fuerte golpe de su padre le dió en el pómulo y la hizo tambalearse contra la cómoda de madera. Una robusta jarra azul de leche azul se tambaleó y cayó, rompiéndose en pedazos en el piso.

El momento quedó congelado para siempre en la memoria de Lucy Swift: el golpe, la jarra cayendo, la explosión en el suelo, la vista de su madre de rodillas, una marca carmesí en su cara que se estaba volviendo azul, sollozando mientras recogía los afilados fragmentos de cerámica, su padre murmurando un juramento mientras caminaba inestablemente hacia la puerta.

Mirándolo ahora, oyéndolo silbar entre dientes mientras cepillaba a la yegua con metódicos y circulares golpes, Lucy apenas podía creer que el brutal borracho, este hombre cuidadoso y tierno fueran la misma persona: su padre. Sin embargo, su primer recuerdo no era una fantasía.

Escenas similares se habían repetido una y otra vez durante los dieciocho años de su vida. Había llevado a su madre, Ann, a una vejez prematura. A los treinta y ocho años, tenía el pelo gris y desaliñado, su cuerpo encogido como si se estuviera protegiendo de un regaño o de los golpes de su marido, su cara llena de arrugas y cicatrices, producto de haber sido azotada con un látigo de montar durante una de sus excepcionales borracheras.

Lucy amaba a su madre con un fervor que la llevó, desde temprana edad, a enfrentarse a Martin Swift. Una vez, a la edad de cuatro años, le llovieron golpes en las rodillas con sus puños infantiles mientras él intentaba apartar a la frágil Ann, convencido de que le escondía una jarra de cerveza. Su defensa a ultranza de su madre le había valido a menudo alguna dolorosa paliza, pero sabía que también tenía el respeto de su padre a regañadientes, especialmente en lo que se refiere a los caballos. No como su hermano, Geoffrey.

Como si leyera sus pensamientos, Martin Swift miró desde el intranquilo caballo a su hija.

-Apuesto a que Geoffrey no hubiera hecho un trabajo tan bueno como este, ¿eh?- preguntó, echando una mirada de admiración a su propia obra. La polvorienta luz amarilla del establo, la bonita piel de la yegua gris brillaba como la luz de la luna en la nieve. No esperó una respuesta, solo se movió al otro lado del caballo y reanudó sus hipnóticas pinceladas.

Lucy lo miró mientras trabajaba. A los cuarenta y un años de edad, a pesar de su excesivo gusto por la cerveza y los licores, Martin estaba en su mejor momento, no era un hombre alto, sino fuerte, con cabello negro y ojos azules que traicionaban su ascendencia irlandesa, aunque él y su padre, habían nacido en el mismo pueblo pequeño de Lancashire donde todavía vivían los Swift. Su tez florida, azotada por el clima y su nariz con ranuras como un mapa de rutas, eran pequeñas venas que daban una pista de su vida al aire libre, áspera y agitada. Pero, vestido, sin los olores del establo, podía, con poca luz, pasar por todo un caballero, que creía que era.

Geoffrey no se parecía en nada a su padre, reflexionaba Lucy, mientras masticaba ociosamente un trozo de paja fresca. Echaba mucho de menos a su hermano, a pesar de que hacía tres años que los había dejado Probablemente, huyendo con solo catorce años del acoso de su padre. Ella había ayudado a su huida y no se arrepentía, aunque con esta arriesgada acción se había privado de su más firme apoyo y su confidente más cercano, posiblemente para siempre. Pero Geoffrey, el querido, amable y divertido Geoffrey, con sus hermosos rizos y su naturaleza poética, se parecía mucho más a su madre que a Lucy o a Helen.

"Esa pequeña lechera llorona", era la forma habitual de que su padre lo describia burlonamente. Nacido con un profundo miedo a los animales grandes, Geoffrey corría al escondite más cercano cuando su padre lo buscaba para llevarlo a los establos y tratar de enseñarle algo de equitación. Martin Swift era conocido y respetado en todo el condado y más allá por su habilidad en la cría, manejo, doma y entrenamiento de caballos. Los duques y condes enviaban a buscarlo y le pedían su consejo antes de gastar su dinero en un caballo de carreras de pura sangre o en un par de caballos de carruaje, sabiendo que su juicio era sólido e infalible.

-No...o...o"- decía lentamente, sacudiendo la cabeza mientras desfilaban ante él algún espécimen de buen aspecto.

-Ése no. Corvejón izquierdo débil. Te decepcionará antes que llegue a media milla- Y Lord Highfalutin agitaba al animal y le daba a Martin un soberano por salvarlo.

La yegua gris, Beauty Fayre, dio un pisotón y resopló, rompiendo el ensueño de Lucy. ¿Quién sabía dónde estaba Geoffrey ahora? En las Indias Orientales, tal vez, trabajando en un barco comercial; o tal vez estaba vestido con el uniforme de una clasificación naval, manteniendo la vigilancia mientras componía mentalmente alguna oda al mar agitado. A menos que lo fuera. . . Lucy no podía considerar un peor destino.

Un sonido detrás de ella, como el rasguño de un perro en la paja, la hizo girar la cabeza. Un hombro y media cara ansiosa se asomaban por la esquina de la puerta llena de telarañas, Ann Swift intentaba llamar la atención de su hija sin llamar la atención de su marido. Haciendo un guiño casi imperceptible, Lucy dio dos silenciosos pasos hacia atrás, hacia la puerta, giró rápidamente alrededor de la esquina, tratando de no atrapar su falda con algún clavo sobresaliente.

Había olvidado por completo que su hermana, junto con su marido John y sus hijos gemelos, Toby y Alexander, les visitaban esa tarde. Su corazón se hundió ante la idea de tener que hacer de tía de los pequeños niños, golpearse el cerebro para pensar en algo que responder a los sugerentes comentarios de John y escuchar los predecibles y aburridos gruñidos de su hermana sobre los sirvientes, los niños y las últimas modas londinenses. Siempre era lo mismo.

-¿Aún no se ha casado, nuestra Lucy?- John ladraba, en su brusco e intento tono jocoso. Esperaba ver las gotas de sudor estallar a lo largo de su frente mientras sus ojos la rastrillaban lascivamente de arriba hasta abajo.

-De verdad, madre, no puedo entender cómo Helen puede soportarlo. Es una bestia- se quejaba Lucy ´con su madre.

-Calla, niña. Es un buen hombre. Podría haber sido peor- respondió Ann con voz tranquila, como un susurro derrotado. Ya habían tenido esta conversación muchas veces. Era un ritual de calentamiento para todas las visitas de Helen.

- Nunca se habría casado con él, seguramente, si no hubiera querido alejarse tanto de papá- insistió Lucy.

-Sólo tenía dieciséis años. ¿Quién sabe de quién se habría enamorado si hubiera tenido la oportunidad? Ni siquiera conocía a John Masters. Papá lo arregló todo. Creo que es asqueroso, es como traele un semental a una yegua.

-¡Lucy!- Ann se sorprendió, pero también se divirtió. En privado, pensó que la opinión franca de Lucy era muy exacta. Extendió la mano y enderezó un mechón del cabello castaño de Lucy mientras las dos se sentaban una al lado de la otra en la ventana, esperando la llegada de los visitantes. Qué parecida a su padre era Lucy, con su espalda recta, sus ojos azules siempre alertas, sus labios gordos y curvados y su forma de hablar.

Había una vivacidad en Lucy que le recordaba a Ann la primera vez que vio a Martin, mientras estaba en el mercado de Weynford, su ciudad natal, hace veintitrés años. Para ella, él parecía sobresalir de sus compañeros como si estuviera rodeado de una especie de brillo, indetectable para el ojo humano pero sin embargo capaz de ser captado por algún sexto sentido.

Incluso ahora, a pesar de los años de tormento y agonía que había sufrido bajo su mano, los abusos que le habían causado problemas de salud y un nervio permanente, todavía estaba asombrada de él, todavía era capaz de sentir esa misma maravilla cada vez que la miraba amablemente o le dirigia alguna de sus sonrisas especiales, medio descaradas, medio amorosas. Lo que poseía, era lo que le daba ese poder único sobre las personas y los animales, Lucy lo había heredado, a veces Ann temía por lo que la vida le reservaba a su hija menor. Particularmente ahora, con Martin tan ansioso por su estado de soltería.

Lo habían discutido en la cama la noche anterior.

-¡Maldita sea esa criada de la cocina!- Martin había expuesto, cuando estaba bebiendo su cerveza nocturna.

-Deshazte de ella, a primera hora de mañana. ¿Y qué vamos a hacer con Lucy?

Ann, acostumbrada a los cambios abruptos de tema de su marido, suspiró y se retiró al otro lado del abultado colchón de plumas, tratando de no incurrir en la ira adicional de su marido al tomar demasiadas colchas.

. . .

-¿Bien?-Él había explotado, extendiendo la mano en la oscuridad y clavando sus dedos dolorosamente en su hombro.

-¿Bien? Helen tiene veintiún años y ya tiene dos buenos hijos. Soy el hazmerreír del vecindario, ya que todavía tengo ese pegoste en mis manos con la edad de diecinueve años. ¿Por qué? Ayer, Apple tuvo la maldita idea de sugerir que tal vez nadie la aceptaría porque estaba sucia. Le di una paliza a la plaga para enseñarle a como callarse. Aún así, un insulto es un insulto. Ella ha estado en nuestras manos el tiempo suficiente, comiendo nuestra comida, ocupando espacio en el lugar, caminando como un. . . como un gran muchacho.

Ann sintió una risa en su interior, sabiendo muy bien que Martin trataba a su hija menor casi exactamente como a un hijo. Sabía, también, que Martin encontraba con Lucy una gran ayuda con los caballos, ya que había heredado todo su talento natural. Incluso los caballos inquietos se calmaban con ella y la dejaban acercarse. Era como si un entendimiento secreto pasara entre la bestia y la chica. A veces deseaba que Lucy hubiera nacido varón. Habría llegado lejos en la vida, de eso Ann no tenía duda, esa vida habría sido mucho más fácil, también.

Martin continuaba su monólogo:

-He visto la forma en que todos la miran: comerciantes, mozo de cuadra, caballeros respetables. A todos les gustaría ponerle las manos encima. Podríamos haberla casado veinte, treinta veces. Si no hubiera sido tan blando con ella, cediendo cada vez que decía: "No, padre, no me casaré con él... No, padre, no me gusta...". Malcriada y obstinada, eso es lo que es. Bueno, ya he tenido suficiente. Hay un buen hombre que tengo en mente para ella. Ninguno mejor. Se casará con él y eso será el final, aunque tenga que llevarle con una correa.

Ann, con cierto nerviosismo y amasando la ropa de cama, había encontrado el aliento para susurrar,

-¿Quién podría ser?

Su respuesta le había causado sentimientos muy contradictorios y la hizo permanecer despierta la mayor parte de la noche.

-Viejo Santo Joe. El reverendo Pritt.

2

-Aquí vienen- dijo Lucy, mientras el reverendo John Masters avanzaba por el camino, tirado por un par de bestias. Masters era un rico comerciante de grano y Helen, al bajar del carruaje, estaba perfectamente adaptada a su marido de mediana edad, al menos se percibia por la vestimenta.

Los dos pequeños niños la siguieron, vestidos de forma idéntica con bragas azules, sus cabellos castaño bien peinado y en forma ordenada.

Binns, la criada, los anunció sin casi aliento

-Sr. y Sra. Masters y los dos Master Masters- se sonrojó, como si se diera cuenta de que lo que había dicho había sonado muy peculiar.

-Gracias, Binns- dijo Ann, poniéndose de pie.

-Tomaremos el té en el salón. Y trae un poco de sidra de manzana para los niños, bastantes suaves, por favor.

. . .

Ann recordaba una desastrosa ocasión en la que la doncella no había conseguido aguar la sidra, lo que provocó que los dos niños se marearan, se enfermaran y tuvieran que recostarse.

-Sí, madam- dijo Binns, dejando caer una breve y torpe reverencia, saliendo rápidamente de la habitación a la velocidad como sus torpes piernas podían llevarla.

-Querida- respiró Ann, abrazando a Helen, que era más alta que ella, acariciando su mejilla con un broche de color ámbar sujeto al hombro de la capa de su hija de tono azul lavanda, algo de lo más moderno.

Lucy sintió que se le erizaban los pelos cuando la figura corpulenta de John Masters la enfrentó y sintió que su mirada lasciva viajaba de arriba abajo por su cuerpo. La lujuriosa sexualidad del hombre le repugnaba. Siempre tenía que esquivar sus manos y tratar de no sonrojarse ante sus sugerentes comentarios. Ella, que nunca había besado a un hombre, excepto por un cortés saludo, no podía concebir a su hermana en los brazos de este anciano gordo, feo y lujurioso, haciendo todo lo necesario para tener hijos.

El conocimiento sexual de Lucy era escaso pero básico. Viviendo en el campo y trabajando con caballos tenía una idea, difícilmente no podría haber evitado notar la forma en que actuaban en ciertas épocas del año. Su padre siempre le prohibía salir de casa cuando un semental era puesto a una de sus yeguas. Lo que no sabía, sin embargo, era que el dormitorio de Lucy no era la fortaleza que parecía ser. Una persona atlética de cualquier sexo podría, con un poco de agilidad, bajar una pierna del alféizar de la ventana, encontrar un punto de apoyo en alguna piedra, de las que estaban cubierta con la hiedra y desde allí, colocarse al lado del viejo roble donde era más corto y fácil llegar al suelo.

Entonces, en más de una ocasión, Lucy escuchó el relincho y el resoplido emocionado del semental al ver a la yegua con lomo dócil. Vió también, la forma en que su padre y un ayudante guiaban al semental, llevando ese enorme, aterrador, pero fascinante miembro, grueso como la pierna de un hombre, hacia la yegua. Al observar los frenéticos acoplamientos, Lucy se había sentido ardiente, sin aliento, ligeramente asqueada, pero con un hormigueo extraño, como cuando un hombre guapo la miraba o como lo hacía su repugnante cuñado.

-No haré la pregunta habitual- dijo John Masters, a modo de saludo.

Lucy se sorprendió por este cambio en sus tácticas habituales. Le indicó que se sentara en una de las dos sillas de respaldo que estaban a ambos lados de la chimenea de mármol, vacías y protegidas debido a que era una cálida tarde de septiembre, se paró frente a ella, balanceándose de un lado a otro, con sus gordas piernas metidas en sus apretadas y brillantes botas negras.

-No hay necesidad, ¿verdad?- añadió, haciéndole un guiño conspirativo con su ojo gris de cerdito.

Lucy se sentó de golpe. Respiró hondo, sintiendo cómo sus fuertes tirantes restringían sus pulmones.

-¿Qué demonios quieres decir, hermano John?- Exigió. Sus palabras, pronunciadas en voz muy alta, atravesaron las conversaciones de otras personas y las detuvieron. Helen, su madre, su padre, incluso los pequeños Toby y Alexander desde la privacidad de su guarida debajo de una mesa, la estaban mirando, conscientes de la posibilidad de una tormenta emocional.

Lucy tragó saliva y jugueteó con un lazo en su vestido de seda color crema. Deseó no haber abierto la boca. Probablemente John solo había estado haciendo una broma. Realmente no podía estar al tanto de alguna información sobre su futuro, del que no sabía nada.

Las botas de su cuñado crujieron cuando cambió de posición incómodamente.

-Nada. Um... es decirs...- Dirigió su mirada al padre de Lucy y ella la interceptó.

. . .

Así que había un plan en marcha. Por supuesto, podría haber tomado su comentario como que no había necesidad de preguntarle si ya estaba comprometida porque obviamente no lo estaba. Pero John Masters era una criatura de hábitos, un mortal que no tenía ni una pizca de imaginación. Él sólo habría hecho tal comentario y la había acompañado con una mirada y un guiño, como si supiera algo que ella no sabía. Después de su "No hay necesidad, ¿verdad?", hubo un silencio, ni una voz, porque todo estaba arreglado.

Todos estaban esperando, su madre cepillando las migajas de su regazo, su padre metiendo el dedo del pie en la alfombra, Helen fingiendo enderezando su collar. Una risa de uno de los gemelos rompió el tenso trance de Lucy y le devolvió la voz. Dirigió todo el poder de su mirada azul y fría a su padre, que se la devolvió con la misma frialdad.

-Padre, si se han hecho planes para mi futuro, creo que tengo derecho a saber cuáles son.

-Muy bien, Lucy, pero antes de que empieces con uno de tus famosos temperamentos…

¿Temperamentos? Eres la última persona en la tierra que puede acusar a alguien de tener mal genio, pensó Lucy furiosamente, deseando ser lo suficientemente fuerte para increpar a su padre y sacudirle la verdad –

-…Recuerda que soy tu padre, cabeza de esta casa, y como tal, mis decisiones no deben ser discutidas. Ya tienes diecinueve años, mi niña. ¡Diecinueve!

Miró triunfante a todos, respaldado por sus alentadores asentimientos, volvió a mirar a Lucy nuevamente.

-No puedo esperar a que elijas un pretendiente para ti. No me aferro a esas nociones liberales. Permitir que una niña elija por sí misma y termine eligiendo a un granuja, un vagabundo y sin nada más que dos piezas de lata en vez de monedas.

-Sí- intervino John Masters con aprobación.

. . .

Su esposa lo miró con desprecio, pero la mirada de Lucy se posó en su padre, retándolo por ser un traidor quitándole su propio derecho de libertad y elegir a un hombre que no quería conocer y que detestaría así fuera el mismo Rey. Padre, quiso proyectar sus pensamientos detrás de sus ojos y en los rincones más lejanos de su cerebro, Padre, no me casaré. No puedes hacerlo. No lo harás. Su mandíbula estaba apretada como un espasmo de propósito acerado, ella vertía todo su ser en su mirada.

Pero Martin Swift no fue tocado por esa mirada de su hija.
 -Tu madre y yo te amamos y deseamos hacer lo mejor para ti. Si acepta casarte con el hombre que tengo en mente, no solo vivirá cómodamente con un buen hombre, sino que tendrá una posición muy honorable en la comunidad, mucho más alta de lo que su madre o yo podríamos haber esperado.

-No tenía idea de que mi hija había llamado la atención de un hombre tan augusto como el reverendo Pritt. ¡Ser la esposa de un hombre de Dios, Lucy! Cuando le informé a tu hermana y a su esposo en el pasillo, bueno, no pude guardar un cumplido para esta familia, ¿verdad?... estaban tan contentos por ti que. . .

Su voz parecía desvanecerse a lo lejos, como el eco de una piedra caída en un pozo. Al mismo tiempo, una niebla se formó frente a los ojos de Lucy. Intentó pasar su mano delante de su cara, en la que podía sentir que se formaba un sudor frío y húmedo, pero su brazo era como de plomo y permanecía, inmóvil, en su regazo. Entonces una gran lasitud la venció y sintió que su entorno se disolvía y su silla giraba como un trompo

3

Lucy nunca se había desmayado antes. Encontró a su madre revoloteando ansiosamente sobre ella mientras su hermana le bañaba la frente con agua fría de un envase en poder de Binns, la joven sirvienta.

-No se preocupe por ella, señora. Estará en sí muy pronto- dijo Binns tranquilizándose. Lucy podría haberla abrazado por su franqueza, pero Binns, a pesar de todo su sentido común, no pudo suavizar los preocupados surcos de la frente de su madre.

-Querida, ¿estás bien? Hace mucho calor hoy. Espero que no tengas fiebre.

La pequeña y cuadrada mano de Helen con su brazalete de encaje azul le tocó la frente, luego sus sienes, finalmente bajó a los párpados inferiores, haciendo que Lucy retrocediera y parpadeara alarmada.

-Los niños tuvieron una enfermedad de verano hace algunas semanas- explicó Helen.

-Se pusieron bastante pálidos. Pero no hay nada malo contigo.

. . .

El Cautivante Conde

-Ojalá lo tuviera- gimió Lucy fervientemente.
 -Prefiero consumirme y morir que casarme con ese viejo. . . ¡cabra!

Ann Swift respiró profundamente y mordió su labio inferior pensativamente. Cómo deseaba que su hija menor fuera tan dócil como lo había sido Helen. Había ido al altar con John Masters sin un murmullo, de hecho, el matrimonio parecía funcionar. Helen tenía sus hijos y una buena asignación y un marido que no la golpeaba, aunque a veces respondía con demasiado entusiasmo a otras mujeres.

Al menos esta tendencia a las mujeres le impedía molestar eternamente a Helen con sus "atenciones". Había cumplido con su deber, engendrado herederos gemelos, ahora Helen era libre de atender sus obligaciones de señora de la casa y seguidora de la moda, algo que la complacía mucho más que las dos veces al mes que su marido se emborrachaba en su dormitorio. Ni siquiera se podía confiar en que los encuentros amorosos eran perfectos, como Ann lo sabía. Sin embargo, para Lucy, eso era exactamente lo que hubiera deseado, el perfecto matrimonio para su hermosa, rebelde y testaruda hija menor.

-No lo haré- anunció Lucy, amotinada, agitando el vaso de agua ofrecido por Binns.
 -Me niego a permitir que me encarcelen en esa húmeda prisión de una rectoría con ese asqueroso, feo y desagradable anciano. "¡Hombre de Dios!" Nunca llevaría a un joven y sensible niño a escuchar los sermones de nuestro querido vicario. Escucharle señalar sobre los terribles castigos que Dios que nos reserva a todos si nos atrevemos a desafiar su voluntad o a tomar su santo nombre en vano, me hace pensar que adorar al Diablo sería la opción más fácil.
 -Sal de la habitación, Binns. Vea cómo le está yendo al cocinero con

el cerdo asado - ordenó Ann, aterrorizada por temor a que las blasfemias de Lucy se conocieran por todo el pueblo.

Lucy no había terminado.

-El reverendo Pritt tiene una idea muy retorcida de cómo es Dios en realidad. Creo que algo muy terrible le debe haber pasado en su vida para que se convirtiera en un buen Señor en el amigo que nos quiere hacer creer que Dios es alguien que no es amable, justo y perdonador en absoluto, sino que es un tirano cruel, más bien como Padre.

Helen agarró el brazo de su hermana con la esperanza de distraerla de sacarla del tema, ya que obviamente estaba molestando a su madre, que se encontraba de pie junto a la ventana, abanicándose en forma agitada. Pero Lucy no se desanimaba tan fácilmente.

-Lo siento, madre- continuó, una nota más suave se deslizó en su voz. Lucy amaba mucho a su madre y lo último que quería era disgustarla, pero, en cuanto a su propia vida, con todo su futuro en juego, sentía que tenía que expresar sus sentimientos, incluso si eso significaba sacar a relucir algunas verdades de la familia.

-Sé que amas a papá, a pesar de su vil temperamento y la angustia que nos ha causado a todos. Soy su obediente hija y siempre he hecho todo lo posible por acatar sus consejos, pero esto es algo que ni con todos los golpes de la tierra van a lograr persuadirme de hacer. Puede golpearme hasta la muerte si quiere, pero nadie me obligará a compartir mi vida, peor aún, mi cama, con ese viejo cadáver repelente y retorcido del evangelio, ¡Nathaniel Pritt!

-Oh Lucy, entra en razón- dijo Helen, acariciando el cabello rizado de su hermana como si estuviera calmando a uno de sus niños.

-Debe tener sesenta años actualmente. Una noche contigo y probablemente caerá muerto de una apoplejía. ¡Te apuesto a que nunca ha tocado a una mujer en su vida!

. . .

-¡Y ciertamente no me va a tocar!- Exclamó Lucy, apartando la mano de su hermana y apartandose del sofá. Su cabeza nadó un poco cuando colocaba los pies en el suelo y se levantó, pero ignoró su debilidad. Consternada por la forma en que tanto su madre como su hermana cumplían con calma los deseos de Martin, Lucy se volvió hacia ellas, apelando a sus miradas.

-¿No lo pueden ver, ninguna de ustedes? ¿No puedes entender?- Fijó su mirada en su hermana.

-Soy de la misma sangre que tú, somos parientes, ¿quién podría estar más cerca? Sin embargo, parece que estás hecha de cosas totalmente diferentes. ¿Por qué eres tan mansa? ¿Por qué no te importa tener que compartir una casa y tu cuerpo con un hombre viejo y gordo a quien no amas?

Se alegró de ver que los ojos de Helen brillaban por un instante mientras la púa de la verdad picaba en su casa. Volviéndose a su madre, Lucy continuó, con un tono más apasionado.

-Sé que no puedes enfrentarte a papá. Sé que si lo hubieras hecho, ya estarías muerta o él te habría echado. Pero las dos están atrapadas. ¡Atrapadas!

Su voz se elevó con una nota de histeria. Toda la habitación, con sus cuadros, colgaduras, antiguos muebles y hasta el revestimiento del suelo de color oscuro, parecía exudar olas de opresión hostil. Caminaba por la alfombra del salón con agitación. Tenía que hacerles ver. ¿Qué les pasaba? Nadie, ni siquiera su padre, tenía derecho a hacerle esto a otro ser humano, a ordenar su vida hasta con quién y cuándo debía casarse.

Pensó en el Reverendo Pritt, agarrando su atril y meciéndose de un lado a otro mientras los oídos de su congregación se llenaban de amenazas por ser visitados por plagas hasta la tercera y cuarta generación, su cara gris demacrada , sus dientes amarillentos rociando a los desafortunados en el banco delantero con su sagrada saliva. Se imaginaba extendida como un sacrificio desnudo en un lecho de sábanas blancas rodeada por las paredes enmohecidas y los andrajosos tapices de la vicaría. El cuerpo nudoso, gris, parecido a un cadáver de Nathaniel Pritt arrodillado sobre ella, su fétido aliento abanicando su cara, sus obscenos dedos como gusanos a punto de tocar su propia carne, caliente y fresca.

-¡No!- ella gritó.

-¡No! ¡Madre, Helen, tienen que ayudarme! Dile que es imposible. No me importa que sea el vicario, no me importa su posición en la sociedad, no quiero compartirla. ¡Prefiero casarme con un caballerizo, un salteador de caminos, cualquiera! Pero no me casaré con eso... ese..

Le vinieron a la mente palabras que había oído usar a su padre y que usan algunos novios. Sin embargo, antes de que pudiera decir algo más, la puerta se abrió de golpe, entrando su padre, como una nube de tormenta.

-¡Martin!- gritó Ann, corriendo hacia él y agarrando su codo en un intento de detener el ataque físico a su hija descarriada.

-¡Mujer, déjame en paz!- gruñó su marido, con el rostro lleno de ira escarlata. Él le quitó la mano tan violentamente que Ann perdió el equilibrio y cayó, golpeando su cabeza contra la pata ornamentada de una mesa lateral.

-¡Madre - oh, Madre!- gimió Helen, corriendo hacia Ann en un crujido de enaguas almidonadas y arrodillándose cerca de su cuerpo postrado.

-¡La has matado, Padre!

4

Su madre yacía tan quieta como un cadáver en el suelo, Lucy no hizo ningún movimiento en su búsqueda.Su padre iba hacia ella, solo se protegió tras el respaldo de un sillón cubierto de damasco.

Martin dio dos pasos más y luego se detuvo, Lucy sintió como su corazón también se hubiera detenido. ¡Cómo lo odiaba y temía! De repente, era una niña otra vez, gritándole que no lastimara a su madre. Entonces era la niña que recibió bofetadas por cualquier estupidez, como por ejemplo no haberle dado un "buenos días" educadamente.

Ahora, era casi tan alta como él y su voluntad era igual de fuerte, incluso si sus músculos no lo fueran. En muchos desacuerdos ella había cedido, pero esta vez no. Esto significaba demasiado.

-Bueno, madam- siseó su padre, con sarcasmo.

-...así que tenemos una nueva jefe de familia, ¿verdad? ¡Alguien que piensa que puede establecer reglas para todos los demás!

Lucy notó que sus puños se apretaban y aflojaban espasmódicamente, se preparó para esperar el golpe. Al otro lado de la habitación, Helen seguía arrodillada y frotando las sienes de su madre, contra la puerta cubierta de tapices, un observador silencioso, John Masters, se inclinaba despreocupadamente, con una engreída mirada en sus labios húmedos y regordetes.

-Así que la Srta. Alta y Poderosa piensa que un vicario no es lo suficientemente buena para ella, ¿es eso? ¿Piensa que patalear y desafiar a su padre, que es sólo un viejo estúpido y tiránico?

-¡Cásate con un sirviente o con un bandolero!

La mano de Lucy voló hacia su boca. Había escuchado sus palabras. No había escapatoria de un castigo. Sus ojos recorrieron desesperadamente la habitación, hacia la puerta, las ventanas. . . Su vestido largo hacía imposible moverse lo suficientemente rápido como para escapar. O él, o su cuñado, la atraparían, tomarían de su vestido y rasgarían la delicada tela. Todo lo que quería hacer era asegurarse de que su madre se recuperara y luego salir volando de la habitación, fuera de la casa, Dios sabe dónde.

Al otro lado de la habitación, Ann Swift hizo un gemido y comenzó a moverse.

-¡Gracias a Dios!- dijo Helen, las lágrimas corrían por su rostro enrojecido y empolvado.

-¡Ella está viva!

Lucy se descongeló y comenzó a moverse hacia su madre, pero apenas había dado dos pasos cuando la agarró por la muñeca y con un hábil movimiento, la empujó con la cara hacia abajo por el brazo del sillón en el que estaba parada.

-¡Suéltame!- La furia hervía en el cerebro de Lucy. Ser golpeada por el padre en privado era una cosa, pero aquí, delante de su hermana y su odioso cuñado... Su padre tenía su mano en su hombro izquierdo y la obligaba a bajar dolorosamente. Con un giro como de gato, sacudió y hundió sus afilados dientes en su brazo.

. . .

-¡Ay!- El grito de dolor de su padre casi la ensordeció, ya que su boca estaba tan cerca de su oído.

La presión en su hombro desapareció repentinamente, pero cuando se puso en pie, escuchó una odiosa voz que lacónicamente decía:

-Azota a la perra.

-¡John!- respondió Helen con brusquedad.

-Esto no es asunto tuyo. No te metas en esto.

-Cierra la boca, esposa, o tú también recibirás una paliza. Un buen azote nunca le hace daño a una yegua, ¿verdad, Martin?

Lucy recuperó el aliento con un agudo jadeo al ver el objeto que John estaba suministrandole a su suegro, era un pequeño dispositivo de equitación con una tira hecha de cuero duro, anudado al final. Antes de que pudiera gritar , su padre sacó su pierna y la volcó sobre ella. A pesar de sus vigorosas patadas, sintió que le subían la enagua y la falda.

¿Cómo pudo hacerlo? Lucy nunca se había sentido tan horrorizada y avergonzada en su vida. La "correa de cuero" cantó tres veces en el aire, haciendo que se estremeciera de dolor. El bordado en la pantalla frente a la chimenea, la cual tenía una vista al revés, comenzó a desdibujarse cuando las lágrimas empañaron sus ojos. Odiaba a su padre. Nunca lo perdonaría por esto.

Escuchó la débil voz de su madre suplicando:

-Ya basta, Martin.

La intervención de su madre detuvo la mano. Los latigazos cesaron de repente y Lucy se levantó temblorosa, alisándose las faldas y echando hacia atrás su cabello enredado.

-Si hubieras sido un niño, no me habría detenido a los tres golpes. Te merecías una docena al menos por esa muestra de desafío. Ahora, espero que tengamos un poco más de obediencia de tu parte, mi niña.

Se detuvo para consultar el reloj francés en la repisa de la chimenea.

-Espero la visita del reverendo Pritt dentro de poco más de una hora. Ya me ha hecho saber que viene a pedirle su mano en matrimonio. Su querida esposa murió hace muchos años, antes de que él viniera a esta parroquia, es un hombre muy solitario que quiere tener hijos, ya que su primera esposa no pudo proporcionarle.

-Ve y limpia tu cara, niña. Helen puede ayudarte a arreglarte el cabello. No quiero que el Reverendo piense que eres una zorra con esos mechones tuyos. Ponte tu mejor vestido, el azul que te hace ver como una chica en lugar de un muchacho de establo y baja cuando te llame. Debes comportarte con el vicario como una joven bien educada. No aceptaré ninguna de esas miradas atrevidas, mi muchacha y no debes responder. Solo responderas cortésmente a cualquier pregunta que pueda hacerle, por supuesto, debe aceptarlo. No hay duda sobre eso. ¿Entendido?

-Sí, padre- susurró Lucy, asustada por el sarcasmo que podría parecer su voz.Inclinó la cabeza e inclinó la rodilla, luego se puso de pie y evaluó al resto de su familia: su madre, agachada en el asentamiento en la ventana, con la mano en la cara, llorando en silencio; de su hermana, consolando a Ann, con una mirada que parecía decirle:

-"Tuve que pasar por eso y ahora es tu turno".

Para su sorpresa, su cuñado no se veía por ninguna parte.Reflexionó, probablemente él había ido a ver a los gemelos que, sin duda, estaban haciendo algo en la cocina. A excepción de su madre, Lucy los despreciaba. Dándoles una despectiva mirada, salió de la habitación.

Una vez en la seguridad de su dormitorio, se detuvo. Tuvo menos de una hora para idear un plan. Tal vez podría pensar en alguna forma de alejar a Nathaniel Pritt, diciendo o haciendo algo tan sutil que él, pero no su padre, lo detectara. Tal vez podría decir algo sobre la religión que le mostraría que no estaba de acuerdo con sus propias creencias. No querría tomar por esposa a una mujer que no estuviera totalmente comprometida con sus propias creencias.

¡Sí, eso era! Pudiera dejar escapar alguna idea pagana, o algún comentario que tuviera más en común con la Iglesia de Roma que con la de Inglaterra, tal vez él vería de inmediato que no era del materia de las que deben estar hechas las esposas de los vicarios.

Llamaron a la puerta y Lucy comenzó a sentirse culpable, como si el visitante, fuera quien fuese, hubiera podido leer sus pensamientos y viniera para asegurarle que no había escapatoria a su destino. Pero solo eran Binns con un recipiente con agua tibia, que colocó en el tocador de mármol. Lucy le dirigió una sonrisa de agradecimiento y la despidió.

Sola otra vez, se hundió en la funda bordada en oro de su cama y se levantó al instante, ya que el dolor en sus nalgas eran muy fuerte. Al otro lado de la habitación, junto al armario donde guardaba su ropa, había un largo espejo en el que podía ver su imagen reflejada de pies a cabeza. Se había quejado cuando lo instalaron, insistiendo en que no le importaba su aspecto. Sin embargo, su madre había profetizado que, a medida que creciera, le importaría, y por eso se quedó allí, en su pesado marco de roble con hojas doradas. Lucy se puso delante y examinó su reflejo. Vio a una chica alta, cuya tez naturalmente rosada y blanca no necesitaba ser coloreada, con rizos castaños sueltos que caían hasta sus pechos, llevando un vestido arrugado de raso crema y volantes que siempre había odiado por lo tontamente femeninos.

Si fuera una bruja, pensaría malevolamente, tomaría cera de bruja, bajo una luna menguante, haría una figura de John Masters y la apuñalaría con un alfiler (imaginó el placer de atravesarlo a través de sus partes) y luego (atrevesar su corazón con un punzón de plata)

De repente, Lucy reaccionó .¿Posiblemente su imaginación no era tan fuerte? Por un momento, pensó que había vislumbrado el rostro de John Masters en el espejo. Dejando caer sus faldas, se dio la vuelta y se encontró cara a cara con su repugnante cuñado.

-Una linda vista- ronroneó, su doble barbilla hundiéndose en su chaleco color crema.

-Pero algunas adiciones de mi parte lo harían aún más bonita.

-¡Sal de mi habitacion!- gritó Lucy, furiosa porque su momento más íntimo y privado había sido invadido. Avanzó hacia el intruso, no muy segura de qué hacer, pero determinada a causarle algún daño. Como una tigresa desenvainando sus garras, sus uñas azotaron sus ojos. Sus brazos se levantaron y atrapó sus manos, la apretó hasta que ella chilló.

-¡Déjame ir, duele!

-Todo a su tiempo, hermanita.

-Si grito fuerte, papá, mamá, alguien escuchará- le advirtió, e inhaló para llenar sus pulmones por el esfuerzo.

-Pero no lo harás, ¿verdad, Lucy?- le informó, sus pequeños ojos aburridos y rodeados de grasa estaban sobre ella.

Lucy lo miró sorprendida. Durante mucho tiempo había pensado que su cuñado era astuto, pero no tenía ni idea de qué astuto plan estaba tramando ahora.

-Puedes gritar todo lo que quieras, querida, pero dudo que te escuchen. Tu madre y tu hermana están en el otro extremo de la casa, supervisando el refrigerio para tu... pretendiente- Siseó las palabras con obvio placer, recordándole a Lucy incómodamente que el tiempo se le estaba acabando.

-Los niños fueron a descansar...- continuó,

-... En cuanto a tu padre, está en la bodega degustando el vino para decidir qué ofrecerle al querido reverendo. Así que ya ves, mi dulce, estamos solos. Simpatizo contigo, querida. El reverendo Pritt es un sapo viejo, casi tan lujurioso como una de las tumbas en su cementerio. No sería correcto que tu hermoso cuerpo fuera para él sin que un hombre completo lo haya disfrutado primero.

-¡Suéltame!- Lucy exigió

Fingiendo que se desmayaba, se desplomó sobre la repisa, luego levantó la rodilla con un movimiento rápido, pero desafortunadamente no alcanzó el punto vital.

-¡Pequeña perra!- Le dio a sus muñecas un doloroso giro.

-Ríndete, mi niña, o le diré a tu padre que te vi desnuda en el pajar con uno de los muchachos del establo.

-Pero no lo hice. . . Nunca he ...- Lucy señaló.

-¿A quién crees que le creerá?- A los vicarios.

-¿Tú, que eres una pícara descarada y retorcida, o a mí, su bien intencionado y honorable yerno? ¿Realmente crees que tu vida valdría la pena vivirla después de eso? ¿No crees que triplicaría sus intentos de casarte antes de que tu reputación se pusiera en duda, o que tu cintura empezara a hincharse?

Transfirió su agarre de sus muñecas a una mano y usó la otra para buscar sus pechos. Lucy giró hacia la izquierda y hacia la derecha, tratando de desviar sus gordos dedos.

-Sé sensata, Lucy, eres una buena chica.

¿Sensata? ¡Preferiría ser insensata!

-Estás en un aprieto y tal vez soy el único que puede ayudarte. Entrégate a mí y hablaré bien de ti con tu padre, intentaré convencerle de que Pritt no es el hombre adecuado,que quizá pueda encontrar a alguien más adecuado entre mis amigos ricos. Creo que la mención del dinero podría hacerle entrar en razón. Conozco a muchos jóvenes sementales que serían un buen partido para una joven lujuriosa como tú.

Mientras tanteaba la falda de su vestido, llamaron a la puerta y se escuchó la voz baja de Binns que decía:

-Su padre quiere saber si estás lista, señorita. Se espera al reverendo en quince minutos

-¡Maldición!, maldito Vicario, balanceándose de la cama.

-Nunca me di cuenta de que el viejo bastardo estaría aquí tan pronto. ¿Cuánto tiempo crees que se quedará? ¿Una hora? ¿Dos?

-No lo sé- dijo Lucy. En ese momento, pasar un par de horas en la compañía del Reverendo se sentía como un dulce alivio en comparación con lo que Masters pudiera tener reservado para ella.

-Bueno, me quedaré esta noche e iré a tu habitación más tarde. Recuerda lo que te dije, hermana querida. Diré algo si...

Lucy asintió. Inclinándose hacia ella, presionó sus labios sobre los de ella, Lucy se estremeció de asco cuando sintió besar a un pez viscoso. Luego salió de su habitación con un guiño y una mirada, dejándola para que se preparara.

¿Dónde estaba Helen, que se suponía que la ayudaría con su cabello? ¿Dónde estaba Binns, que debería haber asistido a "su baile", atarle su vestido, aconsejarle sobre este o aquel collar, en lugar de estar tocando la puerta? Lucy nunca se había sentido tan sola, tan abandonada, tan confundida.

Sintiéndose aturdida, se levantó, buscó en el armario su vestido azul y comenzó, mecánicamente, a desabrocharse el vestido crema que llevaba puesto. Luego, sorprendida por un repentino pensamiento, la abrochó nuevamente y se acercó rápidamente a la ventana.

Afuera, el anochecer estaba cayendo y las golondrinas volaban sobre el prado en la parte trasera de la casa. Había salido por la ventana antes, pero nunca con un vestido tan completo como el que llevaba puesto. Aun así, no tenía tiempo para cambiarse.

Mirando hacia la colina, sus ojos encontraron y se posaron en el grupo de sombríos pinos que rodeaban la vieja vicaría. Pudo haber sido su imaginación, pero pensó que vio una especie de mancha en movimiento descendiendo por la colina, era Nathaniel Pritt en su fiel mazorca galesa. No había tiempo que perder.

Levantando sus faldas y anudándolas a un lado, desató el panel y sacó su cuerpo a la repisa. Se aferró al alféizar de la ventana cuando sus pies encontraron el conocido tenedor en la hiedra. Luego bajó por ella, a la rama del árbol, sintiendo que su vestido se enganchaba en cien afiladas ramitas. Cayó ligeramente al suelo y miró nerviosamente a su alrededor. Podía oír voces distantes desde el salón y el sonido de su padre gritando, pero aquí, en el rincón más alejado de la casa, todo estaba en silencio.

Se oscureció aún más mientras se arrastraba hacia la alta pradera, deseando fervientemente estar vestida con ropa oscura en lugar del vestido crema demasiado llamativo. Al llegar a la cerca, levantó un cabestro del poste de la puerta y llamó en voz baja al semental que estaba cortando el césped en silencio.
-Aquí, Emperador. Aquí, muchacho.

El caballo levantó las orejas con interés. El premiado semental de Martin Swift siempre estuvo dispuesto a rebajar su noble orgullo y responder al llamado de un humano con alguna esperanza de recibir una manzana o un puñado de azúcar. Obedientemente, trotó hacia Lucy, una sombra alta en la creciente oscuridad. Mientras tanto, Lucy se subió a la puerta. Tan pronto como el caballo estuvo lo suficientemente cerca, le tendió la mano , mientras él la inspeccionaba por el azúcar esperado, deslizó el cabestro sobre sus orejas y se echó sobre su espalda antes de que el animal sorprendido pudiera sentir sus intenciones.

El emperador se puso en marcha al galope a través del campo, Lucy se aferró a su espalda, agradeciendo a Dios el haber tenido el valor de tomar paseos a la luz de la luna, a caballo sin silla anteriormente. Siempre le pareció extraño montar a caballo como un hombre, especialmente cuando llevaba faldas de seda, ella apretó sus muslos y rodillas contra la piel pulida del caballo, no quiso que éste tropezara.

La lejana valla se alzaba. El emperador hizo un gesto como para desviarse, pero Lucy, manteniéndolo bajo control con riendas y pantorrillas, lo obligó a enfrentarse, luego, dándole la cabeza, le clavó los talones a los costados. Despegó como un águila y se elevó, aterrizando en el camino que conducía hacia arriba, lejos de la ciudad, hacia los páramos.

Lucy echó una mirada sobre su hombro. El reverendo Pritt ya debería estar cerca de la granja. Seguramente oirá los cascos del Emperador y dará la alarma. O tal vez ya se había notado su desaparición.

-Vamos, Emperador- murmuró alentadolo, dándole una palmadita en el cuello duro y musculoso. No se arrepintió de haber robado la bestia premiada de su padre. No después de todo lo que le había hecho. Planeaba obtener una distancia segura de Prebbledale y luego liberarlo, sabiendo que podía encontrar su propio camino de regreso a casa. Aferrándose con fuerza a sus rodillas y agachándose sobre su cuello, lo volvió a clavar los talones. Partió en un rápido galope, abordando la empinada colina como si no fuera más que una suave pendiente.

Cuando llegaron a la cima, Lucy bajó la velocidad de su montura y miró a su alrededor. La luna ya estaba en su explendor, plateando los árboles, campos, revelando las casas y dependencias del pueblo como una silueta misteriosa. Sus ojos reconocieron su propia casa y notó, para su alarma, varias figuras oscuras que se lanzaban a su alrededor: su familia, buscándola. Pronto, descubrirían el robo del Emperador, luego ensillarían los caballos y enviarían buscadores con linternas para traerla de vuelta.

Por delante se extendían los páramos, salvajes, rocosos, desiertos, excepto por la ocasional banda de gitanos o ladrones. Se arriesgaría. Para mañana, estaría muy lejos. Se disfrazaría y tal vez encontraría empleo en una posada, o tal vez alguna familia amable la acogería y le daría trabajo como criada.

. . .

Movió el brioso caballo al galope y sintió el viento cantar a través de su cabello mientras los cascos del Emperador lanzaban chispas al suelo pedregoso. El esfuerzo físico de montar le quitó la tensión y se rió a carcajadas, el viento sacó el sonido de su boca antes de que pudiera resonar entre las rocas. Nunca la encontrarían. Galopó, hacia la acogedora oscuridad.

5

Lucy soñaba con nieve. Estaba recostada sobre una extensión interminable y sobre ella, desde un cielo oscuro, suaves copos caían por miles y se asentaban en su tembloroso cuerpo. Poco a poco, los temblores se detuvieron y una especie de adormecimiento se hizo cargo.

Ya estaba casi caliente y un profundo sueño la estaba superando. Le habían dicho que así era como la gente moría. No le importaba morir así, en un cómodo y flotante entumecimiento. Era como si su cuerpo ya la hubiera abandonado y sólo su espíritu permaneciera. Sin embargo, sus sentidos seguían trabajando porque podía oír el relincho de un caballo.

El relincho se hizo más fuerte, atravesando su sueño y forzándola a despertarse. Había hecho su cama bajo una roca colgante para protegerse del rocío de la noche y se había puesto la falda y la capa superior de enaguas alrededor de los hombros y los brazos, para mantenerse lo más caliente posible. Aún así, la noche de septiembre era fría, el suelo pedregoso debajo de ella, deseaba haber traído una capa caliente para acurrucarse.

Escuchó el relincho de nuevo , con un repentino temor de que el Emperador pudiera estar bajo el ataque de algún animal salvaje, se arrastró desde su escondite, estiró sus rígidas extremidades, se puso sus delgadas zapatillas de satén a través del húmedo y espinoso brezo hacia el lugar donde lo había atado . El caballo estaba de pie, mirándola. Sus orejas estaban erguidas y su postura sugería atención, pero no había señales de ningún animal o pájaro merodeando. Nada, ni siquiera un ratón o un búho cazador, se agitó en esta partesolitaria del alto páramo.

De repente, sin previo aviso, algo rodeó su cintura y la agarró con fuerza. Al principio pensó que se había caído accidentalmente en una especie de trampa para animales, gritó en voz alta, pero la gruesa risa de un hombre detrás de ella le indicó que la "trampa" era de origen humano y no mecánico.

La luna se había escondido tentadoramente detrás de una nube, aunque hubiera sido capaz de girar lo suficiente para enfrentarse a su asaltante, Lucy habría sido incapaz de ver sus rasgos en la total oscuridad que envolvía el páramo. Tanto le había sucedido durante las últimas horas que ahora, incluso en este momento aterrador, se sentía entumecida en lugar de asustada.

Su mente estaba helada y clara, sus nervios estables. Sabía que, siendo realistas, no tenía la fuerza para atacar y vencer a su captor. Dudaba de que hubiera alguien cerca pero, con la pequeña posibilidad de que estuviera un cazador furtivo o un viajero en las cercanías, abrió la boca y lanzó un grito penetrante usando todo el poder de sus pulmones.

El hombre que la sostenía no parecía impresionado.

-Grita, cariño, niña. Nadie te escuchará. Solo hay miles de colinas, pájaros nocturnos y oscuras aguas y yo y mis amigos.

. . .

El corazón de Lucy se hundió. Entonces había toda una banda. No tiene sentido, entonces, luchar, gritar y arriesgarse a sufrir daños físicos. No tenía nada que darles aparte del Emperador, serían tontos si lo robaran, ya que era un caballo conocido que se podía rastrear fácilmente. Mejor, pensó, ir con el hombre de buena gana y con calma, mantener su ingenio sobre . Quizás estos "compinches" demostrarían ser una bendición disfrazada, ya que, si se la llevaban con ellos, tendría menos posibilidades de que su padre la encontrara.

-¿Qué quieres de mí?- le preguntó al hombre, que aún no podía ver su cara.

Él permaneció en silencio.

Ella lo intentó de nuevo.

-¿Quién es usted?

-Me llamo Rory McDonnell- respondió en su suave tono, una mezcla de irlandés e inglés norteño.

-Entonces, señor McDonnell, señor, amablemente libéreme. Me estás abrazando tan fuerte que casi no puedo respirar. No huiré, lo prometo.

¿Cómo podía escapar? Una vez fuera del camino, sabía que solo se perdería entre las rocas y los lagos , si no tenía Emperador, tendría pocas posibilidades de llegar a la civilización.

-¿Qué nombre tienes?- Él preguntó. Su voz era suave y sonaba joven. Lucy deseó que las nubes volaran para permitir que la luz de la luna revelara sus rasgos. Todo lo que sabía era que él era un más alto que ella.

No parecía haber ningún daño en revelarle su nombre.

-Es Lucy. Lucy Swift.

-¡Swift como el ciervo, pequeña cierva blanca! No te dispararé, mi belleza, estás segura con Rory, pero me temo que tengo que hacer esto, aunque no te gustará. Es por tu propio bien, Mavourneen. No querrás salir corriendo y romperte un tobillo en el páramo, donde nadie te encontrará.

. . .

Lucy se estremeció cuando un trozo de cordón fue enrollado fuertemente alrededor de sus muñecas. Entonces su captor se hizo a un lado, el extremo del cordón se enrolló alrededor de su propia mano. Una vez que la presión de sus brazos desapareció, Lucy tomó profundos y agradecidos tragos de aire, luego miró al hombre con curiosidad. Estaba de pie de mediana altura, sus hombros eran anchos y su cara estaba medio cubierta por una barba negra. En la oscuridad de la noche, no se podía ver claramente sus rasgos.

-Síganme- ordenó y se dirigió hacia el Emperador. Hizo un chasquido con la lengua y luego extendió una mano. Para sorpresa de Lucy, el brioso semental se acercó dócilmente al desconocido y permitió que le acariciaran el hocico, Rory agarró su cabestro y bajó la colina llevando sus dos premios.

Fue en este momento que el entumecimiento que se había asentado en los pensamientos de Lucy se levantaban y se veía atrapada por una oleada de puro pánico. ¿A dónde la estaban llevando? ¿Quiénes eran esos amigos? ¿Eran gitanos? Esperaba que sí, porque habría mujeres y niños entre ellos. Estaría inclinada a confiar y sentirse segura con un miembro de su propio sexo.

Mientras tropezaba con piedras y helechos, sintiendo tallos afilados, pequeños guijarros que se abrían paso dolorosamente en sus endebles zapatos, Lucy anhelaba la comodidad y seguridad de su hogar. Sintió un gran afecto por su madre. ¡Quizás nunca la volvería a ver!

Sin embargo, podría no enfrentar las cosas que su padre le tenía reservada, especialmente ahora que le había robado su mejor caballo. No, su vida familiar estaba en el pasado. Sin embargo, el futuro, como parecía en este momento, parecía mantenerse un poco mejor: más miedo, más violencia, más amenazas. Se sintió totalmente desconcertada por los acontecimientos que la llevaron a un ritmo tan vertiginoso, involuntariamente.

Cuando doblaron la esquina, Lucy seguía siendo liderada por su captor, el Emperador seguía obedientemente sin ni siquiera un relincho, notó que el cielo parecía estar más claro, iluminado por un resplandor naranja. Rodearon un afloramiento de roca y la razón fue evidente de inmediato; Los compañeros de Rory, fueran quienes fueran, habían hecho una gran fogata y podía distinguir dos o tres figuras recortadas contra las llamas. Rory lanzó una especie de sonido ulular, como una lechuza cazadora, una enorme figura se veía sentada se acercó a ellos.

Los espíritus de Lucy cayeron en picada mientras el hombre nadaba hacia la luz naranja y parpadeante. Era un gigante, más grande que cualquiera que hubiera visto antes en su vida. Su pelaje de piel de vaca estaba agrietado y envejecido, su pelo era como el de un perro. Él también tenía una barba floreciente y su cara mostraba una mezcla de suciedad y cicatrices. Cuando sonreía, sus dientes eran negros y marrones como los tallos de los hongos podridos. Nunca había visto a nadie que se viera como un rufián.

-Nosotros... bueno-, el gigante se echó hacia atrás su abrigo y reveló un traje totalmente negro que le hacía parecer un verdugo.

-¿Qué tenemos aquí, entonces? Veamos... Hmm...

Caminó en un amplio círculo alrededor del trío, mirándolos de arriba a abajo.

-Ha sido bueno para ti, Rory, muchacho. Dos finos ejemplares, un semental pura sangre y...- doblando su cuerpo por los hombros, atrajo su fea cara tan cerca de la de Lucy que casi se tambaleó por la fuerza del licor en su aliento

-....¡Una yegua pura sangre, también, por lo que parece!- Se enderezó y se elevó contra el cielo, soltó una risa estridente que hizo que el Emperador se estremeciera.

-No me importaría tener una cria.

Una nueva voz a la izquierda de Lucy, giró la cabeza para ver que un tercer hombre se había unido a ellos, sin que se notara hasta ese momento. Era un individuo ligero, viejo y de aspecto poco saludable, con las mejillas huecas y las cuencas de los ojos hundidos. De su labio superior brotaba un bigote tenue. Lucy pensó que parecía una comadreja enferma. Sin embargo, parecía ser un experto en caballos. Pasó su mano por el cuello del Emperador, por su cruz, por sus flancos, inspeccionó sus corvejones y finalmente revisó cada casco por turno. Al final, evidentemente satisfecho, se volvió hacia Lucy.

-¿Es tuyo?-Preguntó brevemente, casi inmediatamente entrando en un espasmo de tos que hizo que su débil cuerpo temblara como una brisa de caña.

-Sí, es mío, o mejor dicho, de mi padre- respondió Lucy, tan severamente y audazmente como pudo. Debía demostrar a estos hombres que era mejor que ellos. Sin embargo, en su corazón se preguntó si realmente lo era. Allí, a un lado del fuego, había un grupo de caballos, atados unos al lado del otro. Los hombres obviamente eran comerciantes de caballos, camino a una feria. En el peor de los casos, podrían ser ladrones. Incluso esto no los haría peores que ella, porque ¿No habría robado un caballo campeón en las narices de su propio padre?

-Pagarían un buen precio para recuperarlo, ¿verdad?- preguntó Cara de Comadreja, habiéndose recuperado de su ataque de tos.

Lucy se sofocó. Lo último que quería era que los hombres la arrastraran y al Emperador a la casa de su padre, devolviéndola a las garras de todos los quería evitar, además del horror de la ira de su padre, que estaba destinada a ser casi mortal.

Sin embargo, realmente no podía explicar a los hombres de esta calaña que podrían llevar el caballo de regreso, pero no a ella. Eso los invitaría a usarla de una manera que no podría imaginar. Tal vez la mejor salida era decirles parte de la verdad:

-Sin duda. Pero, ya ves, ya lo he robado

Su revelación mostró un silencio de asombro entre los tres hombres. Luego, al unísono, se echaron a reír, El gigante le dio una palmada en la espalda tan fuerte a Weasel que lo hizo tambalearse e incluso Rory a su lado gritó.

Finalmente, Gigante, secándose las lágrimas de los ojos, se inclinó hacia Lucy nuevamente y la arrojó debajo de la barbilla. Le molestaba un trato tan familiar, por enorme que fuera, lo fulminó con la mirada más cruel que pudo.

-Pequeña cosa bonita. Un poco tonta y maleducada, sin embargo. ¡Quieres robarle un caballo a tu propio padre!

Comenzó a reír de nuevo, luego se contuvo.

-Sin embargo, estoy seguro de que podemos enseñarle algunos modales, ¿eh, muchachos?

-Apuesto que sí-, acordó Weasel con cara de entusiasmo. La punta de su lengua salió y mojó sus labios, mostrando pequeños dientes amarillos.

Lucy se estremeció. Estos hombres eran bestiales. No podía soportar ser tocada por ellos. Pero su intuición, agudizada por el miedo, era como la de un animal y podía sentir una carga sensual en el aire, el tipo de electricidad que se genera cuando hombres lujuriosos, hambrientos de compañía femenina, se encuentran en presencia de una mujer atractiva. . Echó un vistazo a Rory, el hombre que inicialmente la había capturado. Había permanecido en silencio todo este tiempo. Se preguntó si podría ser que él no estaba de acuerdo con la situación a la que estaba enfrentando, ¿o era él, quizás, peor que cualquiera de los otros?

· · ·

A la luz del fuego, podía distinguir sus rasgos: una nariz fuerte y bien formada, una amplia frente de la cual su rebelde cabello negro brotaba como maleza incontrolable, una barbilla escondida por su barba. Se veía más joven de lo que había pensado, tal vez sólo tres o cuatro años mayor que ella. Ciertamente era más agradable que sus feos y andrajosos compañeros.

Pero tenía poco tiempo para reflexionar. Cara de comadreja empezó a silbar una melodía que Lucy reconoció como una tosca cancioncilla que a veces había pillado cantando a los chicos del establo de su padre. De repente, se vio arrancada del abrazo de Rory por el gran hombre y giró en una especie de baile.

En cuestión de segundos se habían acercado al fuego. Lucy, con las manos atadas a la espalda, perdió el equilibrio, se tambaleó y habría caído en las llamas si Rory no se hubiera dado cuenta a tiempo y hubiera intervenido.

-¡Cuidado!- gritó.

-No queremos que la pequeña querida sea asada, ¿verdad?

Jadeando, sus pulmones quemándose por inhalar el humo del fuego, Lucy se arrodilló, sólo para ser arrastrada de nuevo a sus pies por Cara de Comadreja, giró, fue atrapada por Rory y arrojada hacia el gigante. Se sintió como si estuviera siendo usada en algún pervertido juego de pasar la pelota. Con Rory uniéndose a la diversión y disfrutando tan obviamente, se quedó sin el hombre que esperaba que fuera su aliado y a merced de estos tres rufianes, que parecían dispuestos a atormentarla y abusar de ella de la peor manera posible.

La manga izquierda de su vestido se rasgó mientras la giraban salvajemente. Pronto, estaba demasiado mareada y exhausta para darse cuenta de si su ropa se mantenía unida o no. Sintió que unos dedos tiraban bruscamente a, un mal aliento en su rostro, manos que le acariciaban los senos y las nalgas y cerró los ojos, rezando para desmayarse.

-Smithy - ¡aquí, atrapa!- dijo Rory, entregándola con una fuerte palmada a través del grupo en los brazos del próximo hombre. Abriendo los ojos brevemente, Lucy descubrió que "Smithy" era la cara de comadreja. La vista de su cara gris y sus globos oculares icónicos la asquearon.

Se encontró nuevamente en los brazos de Rory, que le estaba sonriendo, sus dientes sorprendentemente blancos y saludables en comparación con los de sus compañeros.

-Por favor- gimió, esperando que tal vez pudiera tocar algo de compasión en él.

-Por favor . . . haz que se detengan .

Él no respondió, simplemente la apartó de ella y gritó:

-¡Pat! ¡Tu turno!

Lucy se sintió tambalearse , aterrizó en el suelo y se quedó allí, sin aliento.

Era consciente de que alguien se agachaba sobre ella; los hombres huelen a sudor y a alcohol. Su cara estaba inclinada hacia arriba y una barba espinosa le arañaba la barbilla. Un hombre, respirando con fuerza, apretó sus labios contra los de ella tan fuerte que la boca de ella se abrió a la fuerza. No necesitaba abrir los ojos para saber quién la estaba molestando. Era el hombre del que tenía menos posibilidades de protegerse, el gigante, Pat.

Desesperada, movió su cabeza de un lado a otro, buscando refugio de su repugnante beso. Sus brazos estaban retorcidos debajo de ella, sus manos atrapadas dolorosamente entre su cuerpo y el pedregoso suelo.

-¡Alto!- La palabra cortó el aire como un latigazo. Sintió que el cuerpo sobre el suyo se tensó, la lengua se retiró de su boca.

-¡Yo encontré el semental de laurel y la yegua blanca! Sé que "compartir por igual" es nuestro lema, pero eso es para los caballos, no para las mozas. Haré un trato con ustedes. Puedes quedarte con el caballo, venderlo, dividir el dinero. Pero yo vi a la chica primero. La capturé y la traje aquí.

-Llevo mucho tiempo diciéndo que necesito una esposa. Bueno, aquí está. Mi esposa Lucy

6

¿Esposa? La mente de Lucy se tambaleó. Ayer, se había escapado de un pretendiente no deseado, pero ahora allí estaba, frente a otro. ¿Cómo iba a salir de esta, con las probabilidades en su contra? Era casi como si el destino se hubiera sublevado, era el momento de que Lucy Swift se casara y no importaba con quién.

Todavía jadeando por haber sido utilizada como un paquete humano, se frotó sus magullados brazos, se pasó una mano por los labios y se sentó, sacudiéndose el caído cabello de los ojos.

La figura de Pat, parecida a un oso, aún se cernía sobre ella, sus ojos pequeños y mezquinos se movían en su dirección en lo que parecía una mezcla de lujuria y desprecio. Le dio a Smithy un puño en un lado de la cabeza y luego se viró hacia Rory.

-Mi amigo Oirish- dijo, con su voz sarcastica

-El niño bonito Rory. Siempre listo para las damas. Nunca pensé que quisiera casarse.

Su rostro se iluminó con una picara sonrisa. Se acercó a Rory y plantó un puño como un porro en su hombro. Lucy jadeó. Podía matar a Rory de un golpe. Sin embargo, Rory lo miró con calma , cuerpo inmóvil y comportamiento amable.

-Así que lo que quieres ahora es matrimonio, mi pequeño duende verde- continuó el gigante.

Lucy vio que la comisura de la boca de Rory se contraía, como si estuviera reprimiendo la ira. Admiraba su autocontrol. Estaba impresionada por la forma rápida que utilizó algo santo como el matrimonio en medio de una fea escena, la había salvado de una violación.

Había temido por su propia seguridad hace unos minutos, ahora temía por él. Si se peleaba con Pat iba resultar herido o muerto, ¿qué sería de ella entonces? No habría nadie que detuviera el progreso de los malvados deseos del horrible gigante, moriría antes de ser forzada. Pero no podía entender el curso que la discusión. Rory seguramente sólo había sugerido casarse con ella para salvarla, ¿no? Nadie podía obligarle a llevar a cabo su inspirada pero imposible sugerencia.

Pat miraba a Rory con un brillo feo en los ojos. Una astuta sonrisa apareció en su horrible y triste rostro.

-Si vas a ser egoísta al respecto y te guardarás todo para ti, entonces, por Dios, lo harás de manera adecuada y honesta". ¡Smithy!"

El flacucho se puso de pie, dejó la comodidad del fuego y corrió hacia el lado de Pat.

-Serás testigo- ordenó el gigante.

-Ahora, tráeme mi libro.

Lucy los miró horrorizada. ¿Qué demonios estaba pasando? Lanzó una mirada perpleja a Rory. Él la miró sin sonreír y luego, con la misma expresión seria, sacó un cuchillo del bolsillo de sus pantalones y cortó el cordón que le ataba las muñecas. Sus dedos estaban hinchados y dolorosos, sus muñecas estaban marcadas con surcos morados en su delicada piel. Se los frotó con tristeza, haciendo una mueca al tocar la piel dañada.

-Ven aquí- retumbó el gigante.

-Que comience el servicio.

Lucy echó un vistazo al libro negro que Smithy había traído, que ahora descansaba en las manos de Pat. Era, de hecho, una Santa Biblia. Un inquieto temblor le recorrió la espalda. ¿Qué era esta burla, esta farsa? El gigante tenía un extraño sentido del humor. Quizás era mejor dejarlo actuar su fantasía en lugar de arriesgarse a incurrir en su furia y una posible reanudación de su ataque contra su virtud.

Lucy había asistido a la boda de su hermana Helen. Conocía el texto de los votos. Para su horror, el gigante se ubicó torpemente en las mismas líneas. Rory tomó su mano y la estrechó firmemente. Ella dio un tirón y su agarre aumentó inmediatamente, sin ninguna duda sería imposible para ella liberarse y escapar.

Luchó por captar la atención de Rory. Estaba mirando a Pat como hipnotizado, pero, sintiendo el poder de la mirada de Lucy sobre él, inclinó la cabeza para mirarla. Había tanto que necesitaba decirle, tanto que quería preguntarle.

-. . . cualquier impedimento legal - entonó el gigante.

Lucy hizo todo lo posible por susurrar sin dejar que sus labios se movieran, esperando que Pat no lo notara.

-No puede hacer esto, ¿verdad?"

Una leve inclinación de cabeza fue su respuesta. Lucy sintió la sangre palpitar en sus sienes y sus manos se congelaron. Todo era una broma, tenía que serlo. Debería dejar que Pat termine con esta ceremonia burlona, que crea firmemente en la fantasía de que Rory y ella se estaban casando y que no intente molestarla de nuevo. Las palabras que él decía la convertirían en tabú para él y para Smithy. ¿Pero Rory? ¿Seguramente no creía que estos votos eran legales?

Ella tenía que estar doblemente segura, así que le dio un codazo y le susurró por la comisura de su boca.

-No es un sacerdote de verdad, ¿verdad?

Otro asentimiento.

Lucy sintió su corazón martillear de pánico. Tenía que alejarse, ahora, antes de que fuera demasiado tarde, ¡antes de que estos hombres locos intentaran hacerle creer que estaba casada con un desconocido! Usando su mano libre, trató de quitar los dedos de Rory de su otra mano, pero él solo la sostuvo

De repente su mano fue apretada. Un urgente susurro sonó en su oído.

-Debes seguir. Debes hablar. Te matará si no lo haces .

Se encontró siendo llevada hacia adelante y obligada a arrodillarse ante las botas agrietadas del "vicario".

Sobre sus cabezas, Pat preguntó:

-¿Cuál es su nombre completo?

-Lucy Swift- escuchó a Rory responder.

-Lucy Swift, ¿Aceptas a este hombre como tu marido? .

Hubo un rugido en sus oídos similar al que había experimentado el día anterior, justo antes de desmayarse. Sintió que empezaba a balancearse, pero un codo afilado le dio un empujón urgente en las costillas.

-Di " sí "- le rogó Rory.

Aturdida como estaba, aún captó el tono de advertencia en su voz. Nunca antes había tenido que luchar con tantas emociones a la vez. ¿Cómo podía decir estas dos palabras, las más importantes que cualquier mujer ha dicho en su vida? Por lo que sabía, realmente se estaba comprometiendo a algo legal y vinculante.

El susurro urgente llegó de nuevo.

-Dilo.

-Sí- murmuró Lucy. Segundos después, o eso parecía, escuchó a Rory repetir las mismas palabras.

La enorme masa del hombre que estaba frente a ella se movió como un árbol en un deslizamiento de tierra. Su voz estruendosa declaró:

-Ya puedes besar a tu novia.

Se puso de pie y se envolvió en el abrazo de Rory. Cerró los ojos y frunció el ceño, sus labios, preparándose para una parodia del beso nupcial. En su lugar, Rory rozó los labios con los suyos y murmuró:

-Bien hecho, chica. No te preocupes.

-¡Una bebida! ¡Un brindis por los novios!- Smithy tenía una botella de algún tipo de licor en la mano, que le ofreció a Pat, quien se la llevó a los labios y tomó un profundo trago.

-Aagh- suspiró Pat, limpiándose la boca con el dorso de su sucia mano.

-No me he casado con nadie en mucho tiempo.

-No desde que te echaron de San Bernabé- dijo Smithy, riéndose a carcajadas.

-¿Por apretar a esa vieja chica en la sacristía? Oh-ho-ho, ¡eso fue gracioso! Deberías haber visto el la cara del cura cuando entró y me atrapó con ella abajo. ¡Oh, el pecado de fornicación nunca fue uno contra el que prediqué, Smithy, muchacho!- Pat golpeó su mano en la espalda de Smithy para enfatizar, forzando al hombre frágil a otro de sus terribles y ruidosos ataques de tos.

Smithy estaba doblado, sus mejillas ahuecadas y resoplando mientras luchaba por respirar.

-Toma una gota de esto- El gran hombre empujó la botella contra los labios grises de Smithy , entre espasmos, Smith extendió su mano temblorosa, tomó la botella y la chupó con fuerza. Al final, el espantoso y burbujeante espasmo cesó.

-¡Va a morir!- Observó Lucy preocupada, olvidando su propia situación ante el estado desesperado del hombre.

-Sí, probablemente. ¿Para allá vamos todos?- respondió Rory.

Lucy, sorprendida por su insensibilidad, lo miró con la boca abierta.

-¿Cómo puedes ser tan cruel?- exigió, lista para reprenderlo por ser tan despreocupado por un compañero.

-Smithy ha tenido tos por años. Nunca empeora, nunca mejora. Claro, es la cruz la que tiene que soportar.

-¿Y cual es la tuya?

-¡Cállate, esposa!

-¿Esposa?

Lucy lo rodeó, sintiéndose lista para golpearlo ahora que sus manos estaban libres otra vez. El fuego se había apagado y el aire estaba enfriando a su alrededor. Podía oír los inquietos cambios y los recortes mientras los caballos se movían, buscando hojas de hierba entre el espinoso brezo. Pat había guiado a Smithy hasta la chimenea y le estaba cubriendo con una andrajosa manta.

-No soy tu esposa y tú no eres mí...

-Tu marido- completó Rory, poniendo un brazo alrededor de sus hombros, Lucy los encogió.

-¡Eso es lo que soy!

-¡Pero tú no eres mi esposo!- Su tono estridente hizo que Pat levantara la vista de su vigilia a Smithy y el fuego.

-Él es, ya sabes. Y si no dejas de fastidiarlo, mujer, ¡utilizaré el cinturón!- Una carcajada retumbó profundamente en el pecho del gigante mientras se hundía junto a las brasas moribundas y se cubría con una manta de caballo. El cielo todavía estaba nublado, aparte del área cerca del fuego, todo su entorno estaba completamente a oscuras.

-Quédate ahí. Voy a buscar una manta- dijo Rory, caminando hacia un montón de bolsas y sillas de montar.

Lucy sabía que si alguna vez iba a tener la oportunidad de escapar, era ésta. Sin embargo, algo la mantuvo arraigada al lugar. No tenía idea de por qué se estaba quedando y examinó su mente para ver si podía ser por confusión, por no saber qué camino tomar o miedo al temible Pat.

Mientras miraba a Rory escarbando entre el equipaje, se dio cuenta de que al principio estaba tentada de descartarlo por no ser digno de ella. Pero cuanto más pensaba en ello, más fuerte era la convicción. Al final, supo con certeza que lo que la detuvo fue la curiosidad. Necesitaba descubrir la verdad sobre esta extraña ceremonia que acababa de realizarse y la única persona que podía ayudarla era Rory.

Además, esta comprensión era aún más difícil de aceptar que la anterior, había algo en él que la impulsó a quedarse. Necesitaba hablar con él, para agradecerle por salvarla de Pat, y quizás también por salvarle la vida. Después de hablar con él, después de que la luz del día llegara y pudiera orientarse, entonces quizás buscaría alguna forma de escapar.

Sin embargo, parte de ella anhelaba sentir el toque de sus labios sobre los de él. No un picoteo superficial como el que él le había dado antes, sino un beso cálido, completo y prolongado. Sonrió somnolienta como se imaginaba en su noche de bodas, recibiendo a su marido en sábanas de lino limpio y suave, sonrojándose tímidamente mientras él le quitaba las tiras de su camisón blanco.

7

Su hombro le dolía fuertemente. Lucy se retorcía, buscando una cómoda hendidura en su colchón de plumas. Su almohada también era dura y abultada, no se doblaba ante el golpe de su cabeza. Levantó un puño para golpearla y redistribuir el relleno de plumas de ganso…- y sintió que algo mantenía su brazo hacia abajo.

-Wisha, niña, te lastimarás a ti misma.

Eso no es Geoffrey. ¿Qué está haciendo en mi habitación, de todos modos? No, Geoffrey se fue, no está en casa más.

-¿Padre?- Los tonos soñolientos e inquietantes de Lucy se encontraron con el silencio.

Estiró un brazo y no encontró colchas suaves y cálidas, sino guijarros y tallos afilados de helecho debajo de la mano. Sus párpados se abrieron. El techo de su habitación se había levantado. Había un cielo azul sobre ella, con tenues nubes blancas como rayas de leche derramada. ¿Qué ha pasado? ¿Donde estaba?

El corazón de Lucy se aceleró de pánico y se sentó, sintiendo una brisa en su cara. Inmediatamente, sus ojos cayeron sobre el rostro de un hombre que estaba a su lado bajo una manta andrajosa. Él la miraba, como si ella fuera tan extraña para él como lo era él para ella. Recuerdos dispersos volvieron a ella, su huida, su captura, su prueba alrededor del fuego. Recordaba a Pat sosteniendo una Biblia, a Smithy y su ataque de tos ,su terrible ansiedad sobre si la ceremonia a la que se había sometido había dado lugar a que se casara con... ¿con quién, exactamente?

Miró a Rory de nuevo. Sus ojos marrones de largas pestañas se encontraron con los de ella y él le sonrió y le tocó el brazo familiarmente. No, todo fue una broma. Estaban borrachos, habían jugado con ella. Ahora, la diversión había terminado y ella podría explicar su posición y la verdadera razón por la que estaba sola en el páramo. La llevarían con ellos donde quiera que fueran, la ayudarían a alejarse de Prebbledale.

De repente, no recordaba haberse quedado dormida la noche anterior. Seguramente no podría haberlo hecho. . .? Seguramente él. . .? Levantó a medias su manta y respiró profundamente aliviada al encontrarse que todavía estaba vestida, al parecer, no había sido tocada por el hombre que había compartido su lugar de descanso.

Se dio cuenta de que debía haber caído en un sueño profundo y agotador en cuanto asentó la cabeza en la almohada. Sintió debajo de ella y descubrió que la "almohada" era, de hecho, una capa doblada: La de Rory. No recordaba que él la hubiera colocado allí.

Él todavía la miraba con una expresión divertida. Tal vez la había salvado de un destino horrible la noche anterior, pero eso no significaba que le debía un lugar en su vida o una parte de su cuerpo. Empujó la manta hacia atrás y comenzó a ponerse de pie. Tenía la boca seca, le dolía la cabeza, se sentía cansada y magullada, estaba dolorosamente consciente de las cicatrices dejadas por el castigo de su padre.

Cuando sus pies tocaron el suelo, hizo un gesto de dolor y descubrió que las suelas de sus finas zapatillas de cuero estaban partidas y que sus pies estaban lacerados y sensibles.

-No te preocupes, Lucy. No nos moveremos hoy. Es el Sabbath y no hay mercados ni ferias en el día sagrado. Descansa y cúrate. Siento la forma en que mis buenos amigos te trataron anoche, pero no tienes que preocuparte por ellos nunca más. No ahora que eres mi esposa.

. . .

El mismo frío miedo que había afligido a Lucy la noche anterior volvió a bañarla, nublando el fresco día azul con una gris incertidumbre, como si acabara de despertarse de un mal sueño para encontrar que aún continúa en sus horas de vigilia.

-Rory McDonnell , si ese es tu verdadero nombre...- Se detuvo, pero no hubo reacción del joven barbudo que yacía, completamente vestido, apoyado en un codo, sonriéndole.

-Dime, ¿qué son tus maleducados amigos y tú? ¿Salteadores de caminos? ¿Gitanos? ¿Están huyendo de algún crimen? Me usaron anoche como una especie de juguete. No estoy acostumbrado a ese tipo de trato.

Frunció el ceño severamente hacia su compañero, pero le resultó imposible estar enojada con alguien que parecía tan alegre y amigable, tan parecido a un hermano.

-Todo bien. Quizás me ayudaste. Pero ya es de día. Ellos, mi familia, es decir, me estarán buscando. ¿Recuerdas que te dije que había robado un caballo de mi padre? Es verdad. Pero lo que no entiendes es por qué lo hice, y...

La voz de Lucy se apagó. Se preguntó por qué se estaba molestando en tratar de explicar todo esto a un rufián que no la había tratado mejor que a una ramera de un pobre burdel. Además, no intentaba responder a ninguna de sus preguntas.

Ella se quedó mirándolo indecisa. Una mirada sobre su hombro le mostró las cenizas del incendio de anoche, los contornos de dos cuerpos durmiendo y una cuerda de caballos, algunos en cuclillas, otros de pie sin hacer nada, cabezas abajo, dormitando bajo el sol de la mañana. El emperador estaba con ellos, su cabestro anudado al de una mazorca gris que se balanceaba. Si ella se acercara, le daría una palmada, desataría la cuerda...

Una risa irrumpió en sus pensamientos, arrastrándola de vuelta al momento de su captura la noche anterior. Una mano se escabulló de debajo de la manta y se agarró a su tobillo, haciéndola chillar en protesta.

-Sé lo que estás pensando, Mavourneen. Pero no es bueno. Pat no lo soportaría después de lo que le privaste anoche. ¿No recuerdas la promesa que hiciste, Lucy McDonnell?

-¿McDonnell? ¡Me llamo Lucy Swift!

Se congeló. ¿Por qué persistió en perpetrar este mito? ¿No podía ver que ya había tenido suficiente? Escupió las palabras:

-¿Qué quieres decir?

Ella se congeló. ¿Por qué persistió en perpetrar este mito? ¿No podía ver que ella había tenido suficiente? Escupió las palabras: "¿Qué quieres decir?"

-Siéntate- dijo.

Tal vez tenía razón sobre Pat. Si es así, sería prudente que obedeciera. Enderezó una esquina de la manta y se sentó sobre ella, pensando que era mejor que su explicación fuera buena. Apenas podía creer que estaba a varios kilómetros de casa, y que había pasado la noche con un trío de hombres groseros, las palabras de Rory no le hacían sentir más tranquila.

-Te contaré sobre mí, ¿verdad? Soy Rory McDonnell, ya lo sabes. Tengo veintitrés años, voy a cumplir veinticuatro en noviembre, una buena edad para un hombre. Nunca he sido muy bueno con nadie, especialmente conmigo mismo. Mi pa 'era un chapucero; y mi ma. . . bueno, la hubieras amado, todos lo hicieron. Pero está muerta.

-...Y en cuanto al viejo, no lo he visto en más de siete años. La última vez fue en un recinto ferial cuando estaba a punto de entrar al ring: ya vez, era un boxeador y un buen luchador. Me guiñó un ojo y me dijo: "Rory, hijo mío, donde hay dinero para ganar y tienes talento, debes seguirlo. Oro, eso es lo que importa primero, luego tu alma inmortal "

-Recé por él, lo lloré, recé por él, lo hice, pero se lo llevaron.

-¿Muerto?- Lucy susurró.

No tenía antecedentes, ni familia, pensó ella. La mayoría de los muchachos del establo de su padre podrían reclamar un mejor linaje que Rory. Incluso la línea familiar de su padre se remonta a los grandes reyes de Irlanda, o eso le dijo su padre. Sin embargo, por alguna razón, sentía que no había nada que preferiría hacer en el calor creciente de esa mañana de otoño que sentarse a escuchar las vívidas reminiscencias que se derraman de los labios de este narrador nato, incluso si él no le contestaba directamente las preguntas

-No, bendito seas- continuó,

-No muerto- Fue llevado a un barco de transporte, no sé cuál.

-¿Pero por qué?

-No fue su culpa que haya matado al noble que luchó contra él, pero lo hizo. Milord estaba borracho, lo hizo por una apuesta. Era un tipo enorme y corpulento, ahí estaba mi viejo padre, casi de cuarenta años, ligero, escurridizo como una anguila y astuto.. Milord estaba construido como un buey, golpeando al aire, esperando encontrar la nariz de él, mi Padre, calculó su momento y luego, de izquierda a derecha, hasta impactar la punta de la mandíbula.

-La cabeza de Feller se echó hacia atrás, todos la escuchamos, luego bajó, se quiebró y todos se quejaron y gritaron. Luego vinieron y se lo llevaron. Fue una pelea justa, pero el padre de Milord insiste en que, debido a que es gitano, ha usado algún truco de magia, por lo que está acusado de asesinato.

¿Su padre, un asesino? Lucy sintió un escalofrío. ¿Cómo podía saber si Rory estaba diciendo la verdad? ¡Quizás era un maníaco perteneciente a un grupo de degolladores! Todo lo que sabía de él era lo que podía ver con sus propios ojos, un hombre joven, con el cabello oscuro y despeinado, hablando animadamente, agachado y meciéndose de un lado a otro en sus talones, con sus pantalones marrones y su chaqueta verde oscura arrugada y sucia.

-¿Lo has vuelto a ver?- Preguntó.

-Nunca- Cuando vinieron a buscarlo, corrí. No es que fuera un cobarde, Lucy, pero eran veinte contra él y contra mí, una vez me dijo:

-Rory, hijo, si alguna vez viene el Diablo o la Ley, asegúrate de que sólo se lleven a uno de nosotros, dejando al otro para que siga.

-¿Y tu madre? ¿Qué le pasó?- Lucy se sorprendió de su propia curiosidad. Nadie le había contado antes la historia de su vida y nunca habría tenido la audacia de preguntar. Pero aquí arriba, en las colinas, con un urogallo graznando en algún lugar del brezo y la brisa que le erizaba el pelo, las normas de etiqueta no parecíaimportar.

. . .

-Mi madre, Kathleen... Una chica bonita, según me han dicho. Vino de Wexford para establecerse en Lancashire con sus padres.

-Me pregunto si alguna vez conoció a mi padre- irrumpió en Lucy impulsivamente.

- Mi familia hizo lo mismo, vino de Irlanda, tomó un barco sobre el mar hasta Liverpool. Esa fue mi bisabuela. Fue mucho antes que tu madre.

-Aún así, podríamos estar relacionados. ¿Quién sabe?- sonrió Rory. Lucy también sonrió.

Rory parecía ansioso por completar su historia.

-Su familia no aprobó su matrimonio. Ella me dio a luz, se resfrió y nunca se recuperó. Mi padre la cuidó durante dos años después de eso, mientras se volvía más y más delgada, hasta. . . Bueno, así es el mundo.

Miró hacia el espacio y luego regresó rápidamente al presente.

-¿Nosotros ahora? Los caballos es nuestro juego. Comercializamos, compramos, vendemos. . . marcamos algunos aquí y allá.

Lucy sabía por su padre lo que era "marcar": disfrazar un caballo robado para que pudiera venderse como un animal diferente y aparentemente legítimo.

-Ahora,ese fino animal tuyo. Ni con todo el tinte del mundo no podría convertirlo en marrón o blanco.Sin embargo, podríamos conseguir una especie de piebaldo.

Lucy se rió al pensar en el Emperador pintado como un pony de circo.

-Mi plan era soltarlo y enviarlo a casa- le informó.

-Tal vez eso es lo que tendremos que hacer, si no quieres que tu padre venga a buscarte- respondió.

Así que recordó lo que le había dicho a él y a sus compañeros la noche anterior. Obviamente una mente alerta estaba trabajando detrás del casual y descuidado exterior. ¿Qué tendría que decir entonces sobre el tema de su simulacro de matrimonio?

Antes de que pudiera hacer esta pregunta tan importante, él se puso de pie y le tendió una mano.

-¿Un paseo? ¿Justo sobre la colina?- él invitó.

No era necesario preguntarle a Lucy dos veces. Sus piernas estaban acalambradas y le dolían por el remolino de la noche anterior. Además, quería ver lo que, si acaso, era visible desde el punto más alto. Tal vez todavía estaba cerca de Prebbledale. No tenía forma de saber cuán lejos habían viajado con el Emperador en su salvaje viaje.

La ladera era empinada, el helecho se convertía en el crujiente y quebradizo marrón del otoño. Un zarapito hizo gárgaras quejumbrosas, tratando de apartarlos de su nido y Lucy jadeó y saltó cuando una liebre se levantó casi de debajo de sus pies y corrió, con las orejas aplastadas, por un túnel de maleza.

A medida que se acercaban más y las crestas como oxidadas de la tierra rocosa se doblaban debajo de ellos, un panorama surgió gradualmente y cuando Rory la ayudó a trepar a un pináculo rocoso, la vista hizo que Lucy jadease de asombro. Ondulando debajo de ella había acres de tierra sin cultivar en tonos púrpura, bronceado y verde; grupos de árboles atrofiados, manchas blancas de ovejas de cultivo; un lago gris y opaco a la sombra de una pared rocosa colgante.

Por lo que miró, no pudo ver ninguna señal de un tejado o un campanario de iglesia. Cerca de ellos, un arroyo salpicaba sobre rocas brillantes, cayendo en cascadas gemelas para descender a una grieta bordeada de helechos varios metros más abajo. Justo antes de que se enroscara en la fuerte caída, siglos de agua habían excavado un hueco en su lecho, formando un charco de unos tres pies de profundidad. Lucy anhelaba entrar en ella y bañar su polvoriento y adolorido cuerpo.

Le mencionó su deseo a Rory, quien inmediatamente le dijo que siguiera adelante, prometiendo pararse en la cresta y vigilar para asegurarse de que nadie invadiera su privacidad. Agradecida, Lucy levantó el dobladillo de su vestido, que estaba muy desgarrado por los constantes enganches en las rocas y la maleza. Miró a Rory para comprobar que estaba de espaldas y luego dio un pequeño grito cuando sus piernas se vieron envueltas en agua helada hasta las rodillas.

· · ·

Se estaba limpiando y revitalizando, reactivando su lenta sangre, despejando su dolorida cabeza. Lucy se agachó y metió las manos en el frío punzante de la "piscina", luego se lavó la cara. El agua goteaba de su cabello, empapando su ropa.

El sol de otoño calentaba su cara. *¿Por qué estoy aquí completamente vestida? Debería estar desnuda*, pensó.

Confiando en que Rory no se daría la vuelta, se desnudó rápidamente y se hundió en la piscina, donde se sentó sobre los guijarros pulidos por el agua , con las manos en forma de ventosas, envió deliciosos chorros de agua sobre sus hombros y pechos. Olvidándose de sí misma, empezó a cantar, con la cabeza echada hacia atrás, su cabello teñido de color rojizo que fluía en mechones por lasalgas a su alrededor.

Fue un pequeño sonido, como el chasquido de una ramita, lo que hizo que Lucy levantara la vista. Había estado tan absorta en su tarea de lavarse y peinarse que había olvidado momentáneamente la existencia de su centinela masculino.

-¡No!- Ella gritó en estado de shock y miedo al ver a un Rory desnudo acercándose, el cabello viril, negro y rizado que brotaba de su pecho, los muslos y hombros poderosamente hechos, la pelusa suave y oscura en sus brazos y piernas. A pesar de sí misma, sintió un latido de deseo.

Trató de saltar de la piscina y correr por sus ropas pero el agua se arrastraba por sus piernas e impedía su progreso. Una gran salpicadura hizo que el agua cayera en cascada de nuevo sobre su cuerpo, Rory había saltado a la piscina y aterrizó a su lado.

Estaba casi fuera del agua cuando él la arrastró de vuelta, sus manos resbalando sobre su piel Invocando todas sus fuerzas, Lucy le dio una fuerte patada en las espinillas, pero el agua ralentizó el movimiento de su pie, dándole tiempo para esquivar.

Sus brazos la rodearon, aplastándola contra el desvergonzado recuerdo de su masculinidad. Lucy hundió sus dientes en su hombro y se alegró de oírle hacer un gesto de dolor. Estaba conmocionada y enfadada. Había pensado que podía confiar en él. Él le había dado su palabra de que podía bañarse con seguridad y privacidad, y ahora se aprovechaba mientras estaba totalmente desprotegida y vulnerable.

Trató de morderlo nuevamente, luego sintió su cabello húmedo atrapado y halado hacia atrás, inclinó su cara hacia la de él. Los labios de él se acercaron a los de ella, la lengua de él se movió alrededor de la punta de la suya y luego contra su paladar. Luego aflojó la terrible presión de su boca, sus labios se suavizaron, buscando, explorando, hasta que se encontró respondiendo con una sensación pesada como droga en su cabeza, sintió un dolor hinchado en su espalda, los pezones endurecidos y una necesidad urgente de ser acariciada, presionada aún más fuerte contra su poderoso cuerpo.

Apenas sabía lo que le estaba pasando. Todo lo que sabía era que ya no quería pelear con él. Su mente gritó: *Él te decepcionó, confiaste en él, te ha usado mal. ¡Patada! ¡Mordedura! ¡Corre !,* pero su cuerpo reaccionaba sin ninguna orden.

No se resistió cuando él la recogió, la llevó a la orilla y la puso suavemente en la hierba bajo un arbusto aromático que colgaba tapando el sol. Ya no era consciente de su desnudez.

Sintió que le tomaban la mano, presionando firmemente sus dedos con un objeto duro. Se llevó el dedo a los ojos y vio el sol brillando. Le dio la vuelta, vio la ruptura en el metal, actuando bajo una sospecha repentina, miró a los oídos de Rory. Uno llevaba un aro idéntico y en el otro tenía un pequeño agujero, vacío, faltandole el adorno que una vez había llevado.

-Uno para cada uno de nosotros- dijo, sonriéndole.

-Veré si puedo conseguirte uno mejor en la Feria de Pendleton.

-Estamos . . . ¿estamos realmente casados?

Contuvo la respiración, esperando su respuesta, consciente sólo del calor, tanto físico como emocional, que emanaba del hombre que estaba a su lado y de las sensaciones desconocidas y recién despertadas en lo más profundo de su ser.

Su mirada fija nunca dejó sus ojos.

-Si.

Sus párpados se cerraron y su corazón tronó en su pecho mientras trataba de entender sus palabras. Él comenzó a hablar, en el aire sobre su cabeza.

-Patrick se formó como sacerdote hace muchos años. Él es el único de nosotros que puede leer y escribir. Lo abandonó a por una vida de aventuras, cerveza, mujeres, pero todavía está calificado para realizar matrimonios, bautizos y oficiar en un entierro. Esos votos que tomamos anoche fueron tan reales como cualquier otro tomado en una iglesia. Eres mi esposa, Lucy, a los ojos de Dios y eres más hermosa que las montañas, el mar y el amanecer.

La boca de Rory una vez más comprometida con la suya. Su cuerpo se movió sobre el de ella y la presionó, exprimiendo el jugo de las hojas de hierba y las flores silvestres debajo de ella. Sus pezones hormiguearon y se endurecieron cuando rozaron la piel suave y oscura de su pecho, ella apretó los muslos, temerosa de lo que estaba por venir.

Si realmente era su esposa, entonces esto era lo que se esperaba de ella. Pero tenía miedo, tanto miedo, no sólo del dolor que su hermana le había dicho que toda mujer experimentaba la primera vez que se acostaba con un hombre, sino del poder abrumador de su propio deseo. ¿Seguramente estaba mal querer tanto a un hombre?.

Ella se estremeció cuando su mano fuerte se agachó y separó sus muslos. Sus ojos se abrieron al ver su masculinidad tumescente. ¿Seguramente su cuerpo no fue construido para acomodar algo tan grande como eso? El pánico la arropó.

-Sé amable, por favor- murmuró.

-Nunca he...

-Calla, Lucy. Sé cómo domar una potra- Sus ojos bailaron y la besó, ella probó sus labios, un sabor agridulce como una ostra azucarada.

-Sólo relájate.

La besó de nuevo, un beso más largo esta vez, su lengua bailando con la de ella, luego se agachó sobre ella, se tensó mientras la cabeza roma y suave de su dura masculinidad buscaba la entrada a su cuerpo.

Hubo un dolor repentino y agudo cuando él la penetró, gritó, instintivamente tratando de alejarse de él.

-Ahí, Mavourneen, ahí- susurró él, acariciando su cabello. Sus manos revoloteaban sobre su cuerpo, deteniéndose aquí, acariciando alla, calmándola y relajándola hasta que sintió como si estuviera flotando dormida al borde de un sueño.

Luego, en un cambio abrupto de humor y ritmo, sus labios llovieron besos fuertes en su rostro y cuello, sus dientes mordieron su hombro, mordieron su oreja. Su cuerpo fue arrastrado hacia su abrazo, retorcido, presionado hacia abajo, mientras, incrustado profundamente dentro de ella, él montaba las oleadas rítmicas de su propio placer.

Lucy fue atrapada y llevada en la urgencia de su deseo. Todo el dolor había desaparecido ahora y las extrañas pulsaciones dentro de su vientre, que la obligaron a sacudir las caderas espasmódicamente hacia arriba, la hicieron gemir de alegría. Nunca había experimentado un éxtasis tan penetrante y conmovedor. Todo su ser fue superado por una serie de ondas que la hicieron temblar. Se entregó a ello, sacudiendo la cabeza de un lado a otro, extendiendo los brazos, llorando en voz alta, sus gemidos se unieron pronto al ronco grito de satisfacción de Rory.

Más tarde, Lucy se despertó de un sueño reparador y sonrió suavemente para sí misma mientras su dedo índice trazaba el contorno de la ceja de su compañero dormido, que parecía una franja de terciopelo. Por fin tenía un aliado, alguien que la cuidaba, alguien que la complacía, un hombre cuya visión poética y forma de hablar la sorprendieron y la deleitaron. Quizás ahora, su camino no tendría que ser recorrido en solitario.

Marido... La palabra era ajena a ella. No se sentía como una esposa. El matrimonio perfecto que habría planeado para ella era con un hombre que la amaba y deseaba, que despertara una pasión. Pero, se vio obligada a admitir que eso era exactamente lo que Rory había hecho. Tal vez el destino había tenido que moverse de maneras extrañas para lograr las cosas que eran mejores para ella, reflexionó.

Aunque odiaba no tener el control de su propio destino, tenía ganas de bendecir la mano invisible que los había unido a los dos. Todavía se sentía como Lucy Swift y no como Lucy McDonnell que el aro de oro en su dedo ahora proclamaba lo que era. Pero sabía que seguramente tomaría tiempo formar parte de la vida de cualquier otra persona, por ahora, su individualidad estaba sumergida en el resplandor de la unión y la satisfacción sensual.

8

Desde que era una pequeña niña , Lucy amaba las ferias. Su padre la había llevado a muchas y nunca había dejado de estar fascinada por las multitudes, de la gente vestida alegremente, la felicidad, la emoción.

La Feria de Pendleton era sólo un pequeño evento local, pero la población de muchos pueblos de los alrededores parecían haber salido en masa. Había que estar en guardia contra las bandas de carteristas que deambulaban por ahí, buscando a una mujer absorta en los chismes o a un hombre, que por la ingesta de cerveza no sentían los ligeros dedos y hábiles manos en los bolsillos o ver una mano arrastrándose a una capa o cesta.

Había pasado cinco semanas enteras con Rory, Smithy y Pat. La actitud de los compañeros de Rory hacia ella se había suavizado, especialmente cuando descubrieron que sabía tanto de caballos como ellos, con la excepción de los trucos que les permitían hacer pasar a un caballo enfermo como sano, o incluso, en ocasiones, hacer que un caballo en forma pareciera dañado para poder comprarlo barato. Ella no aprobaba estas prácticas y se preguntaba si su padre estaba al tanto de estas cosas.

Su padre... Le causaba una preocupación infinita. Cada vez que visitaban una feria, que era dos o tres veces por semana, ya que diferentes pueblos tenían sus mercados en diferentes días, lo buscaba constantemente, especialmente porque él hacía una línea de abejas para la venta de caballos. Lucy sólo podía rezar para que lo viera antes de que él la viera.

Sin embargo, reflexionó, un mercado o feria probablemente sería el último lugar donde esperaría encontrar a su hija desaparecida. Sin duda estaba feliz de tener de vuelta al Emperador. Pat y Smithy habían visto esa decisión a regañadientes el sentido de su sugerencia de que, como era un caballo fácilmente reconocible, debía ser liberado y permitir que vagara a su casa, por lo que lo llevaron a la pista que bajaba de los páramos hacia el valle. Y lo había dejado hacer uso de su instinto natural.

Tal vez su familia asumiera que había tenido una caída y había muerto. Las lágrimas inundaron sus ojos al pensar en el dolor de su madre. Si hubiera alguna forma de enviarle un mensaje a Ann para que supiera que estaba viva y bien...

Un grupo de muchachos la empujó y Lucy se estremeció. Pero no tenía nada que temer ahora de ladrones codiciosos y carteristas; no tenía objetos de valor que pudieran querer arrebatar. En la primera feria a la que habían ido, había reemplazado el odiado vestido de satén color crema con un vestido sencillo y una capa cálida. De mala gana, se había separado del collar de oro que había sido un regalo de su padre para celebrar su decimosexto cumpleaños.

El collar había alcanzado un precio muy por debajo de su valor, pero había sido útil para realizar otras compras, un par de botas de cuero para ella y una camisa azul tejida para Rory e incluso había sobrado algo de dinero. Pero, durante las últimas semanas, la lluvia y el frío a menudo la habían obligado a ella y a sus compañeros, buscar refugio en una serie de posadas, y el dinero obtenido por Lucy había disminuido rápidamente.

Hizo una pausa mientras un aroma a hierbas y flores secas flotaba hasta sus fosas nasales. Provenía de una gran cesta de paja colocada sobre el barro húmedo. Pequeños paquetes secos de tomillo y romero, además de otras especies que no podía nombrar, se mezclaron con aerosoles de lavanda y pequeñas bolsas de muselina que contenían los pétalos marchitos de rosas de verano que emitían un perfume embriagador.

En un impulso, se inclinó, tomó una de las bolsas fragantes y se la llevó a la nariz, inhalando profundamente.

-Dos por un cuarto, solo un cuarto- entonó una voz entrecortada.

Lucy vio que provenía de una marchita anciana que se balanceaba detrás de la canasta como un gorrión. Buscó en la bolsa casi vacía debajo de su capa y sacó la suma requerida, seleccionando una bolsa de pétalos de rosa y una ramita de lavanda.

Se había dado vuelta para irse cuando la voz seca y ronca la llamó de regreso.

-Aquí, señora...

Lucy la ignoró al principio, sospechando que la anciana estaba a punto de acusarla de engaño o robo, un truco de feria común para extorsionar más dinero a un cliente inocente. Pero había algo en los tonos de la bruja que la hizo obedecer.

La anciana saltó de detrás de su canasta y se aferró a Lucy con una mano huesuda y manchada. Lucy retrocedió alarmada. No tenía ganas de contraer ninguna desagradable enfermedad que esta antigua bolsa de huesos pudiera estar llevando.

-No estás casada, ¿verdad, querida?- dijo la bruja. Era una declaración, no una pregunta. Lucy estaba a punto de mostrarle la mano que llevaba su anillo de oro, luego cambió de opinión.

-Lo estoy, madre- respondió.

-Serás una bonita novia, con un vestido de seda, con tu marido a tu lado. Un hombre alto con pelo castaño claro. Y una esmeralda tan hermosa.

Pronunció "bonita" de tal manera, dándole tres sílabas e implicando una especie de regodeo, Lucy pensó que la mujer debía estar loca y viendo visiones seniles. Mientras se preguntaba cómo separar la mano espantapájaros de su manga, espió a Rory buscándola.

La saludó con la mano libre y lo llamó por su nombre.

-Ese es mi esposo- informó a la anciana.

-Ese hombre alto y moreno de barba.

La vieja bruja se puso de espaldas a su cesta y se puso en cuclillas, agitando sus mechones blancos. No dijo ni una palabra más, ni siquiera miró a Lucy pero, mientras Lucy se abría paso entre la multitud para unirse a Rory, escuchó una risa como el graznido de un cuervo que la seguía y se alegró cuando pudo meter su brazo en su codo.

-Hemos vendido la castaña y nunca lo creerás, nos hemos deshecho de la vieja mazorca gris por fin- él le informó, con los ojos brillantes y un alto color en sus mejillas.

Lucy pensó que cada día estaba más guapo. Ciertamente se volvió más cariñoso. Poseía una naturaleza apasionada, rápida para expresar su ira e impaciencia, rápida para perdonar y siempre lista para amar. Lucy respondió a sus demandas sexuales con presteza.

Ella pensó que su acto de amor fue maravilloso ese día en los páramos, cuando él la sedujo por primera vez, pero incluso esta experiencia palideció hasta la insignificancia ante las muchas ocasiones de felicidad que hubo desde entonces. Incluso ahora, sentía una pequeña emoción de deseo mientras movía su cadera contra la de él y alargaba su paso para igualarlo al suyo.

Se había sorprendido muchas veces desde que conoció a Rory. Con el calor que él tenía, siempre estaba lista y ardiendo por él. Al principio, se preocupó por si había algo malo en ella. ¿Seguramente eran sólo los hombres los que se suponía que se sentían así?.

¿Alguna vez su madre o su hermana habían sentido esta necesidad, esta fusión lánguida, que experimentaba cada vez que Rory la miraba o le hablaba de cierta manera? ¿Cada vez que sus cuerpos se tocaban accidentalmente o deliberadamente? Rory dijo que la amaba. Bueno, tal vez esto fue amor. Debe ser la esposa más afortunada del mundo en habitar un paraíso de sentimientos mutuos y felicidad compartida.

Su mente parpadeó hasta el día anterior, cuando, riendo y protestando, permitió que Rory la arrastrara a un parche del espeso bosque. Antes de que sus manos alcanzaran para desabrochar el corpiño de su vestido, ya estaba en llamas por él, odiándose a sí misma por la rápida respuesta de su cuerpo, que estaba segura de que la ponía al mismo nivel que cualquier mujerzuela común, amando la sensación de estar tan completa y vibrantemente viva.

Temía quedarse embarazada. No estaba preparada. Esperaba que no sucediera por mucho tiempo, un año por lo menos. De hecho, había comprado en secreto un té de hierbas que sorbía todas las mañanas y tardes ,que estaba destinado a evitar que eso ocurriera. También tenía un frasco de una tintura especial que, si sospechaba que estaba embarazada, debía beber sin demora. Sin embargo, dudaba si algún preventivo funcionaría cuando el sexo con Rory era tan dulce y sus sentimientos tan fuertes.

-Te ves muy bonita hoy- dijo Rory, su voz salió como un feliz recuerdo. Lucy se preguntó si el cálido rubor en sus mejillas era responsable de su resplandor.

-Toma, mi querida niña, te he comprado un regalo.

Rebuscó en el bolsillo de sus pantalones grises y sacó algo que brillaba. ¿Podría ser el tan prometido anillo de bodas? Su corazón dio un salto.

Lo colocó en su mano , para su decepción, resultó no ser más que una baratija, una cadena de oro falsa con una pequeña piedra verde en un marco con forma de flor. Lucy reflexionó con tristeza que no era del todo la esmeralda de la que había hablado la anciana, luego apartó de su mente las palabras de la loca bruja. Puede que no sea valioso, puede que no sea un anillo de bodas de oro, pero aún así era una bonita nimiedad, un regalo del hombre que amaba.

Le dio las gracias, se puso de puntillas y le besó la mejilla, luego se puso el collar alrededor de la garganta.

-Algún día, cuando sea rico como tu padre, te compraré un zafiro que haga juego con tus ojos- prometió Rory.

Lucy había descubierto que conocía a su padre , lo había conocido en las ventas de caballos. El mundo de los caballos era pequeño. Lucy descubrió que Rory tenía mucho respeto por Martin Swift, aunque al principio no lo había conectado con Lucy.

Nunca pensó que su familia fuera rica, exactamente, pero para

Rory, que estaba acostumbrado a años de dormir a la intemperie o en hosterías, una gran granja con varios acres de tierra, una colección de buenos caballos y un par de sirvientes, por no hablar de jornaleros y mozos de cuadra, debe haber sonado como un verdadero lujo.

A Lucy no le gustaba pensar en el futuro, prefería vivir el día a día, pero tenía que admitir que le preocupaba. Ciertamente no deseaba pasar el resto de su vida vagando como una gitana. ¿Qué manera era esa para educar a un hijo?

Sabía muy bien a lo que conducía el amor y sólo podía esperar que las consecuencias naturales se retrasaran, al menos hasta convencer a Rory de abandonara a Pat y a Smithy y la vida errante que llevaban y que tomara algun trabajo en una granja, una casa de campo los ataría, mejor aún, ahorrar lo suficiente para tratar de obtener su propia granja.

Rory tenía buen ojo para los caballos y con unos buenos tratos podría hacerlo. ¿Por qué compartir las ganancias con Pat y Smithy? No los necesitaba, especialmente ahora que la tenía a ella, con toda su experiencia.

Pasaron por un puesto donde un tonto voluntario atravesaba la cabeza en un agujero en una tabla y le eran arrojado frutas podridas, el premio era otorgado según cuánto tiempo podría soportar ese tratamiento tan insultante, Lucy se sumió en un sueño en el que estaba en una gran de carrera caballos, envuelta en pieles, siendo dueña de los mejores caballos de carreras del país.

Mientras su pura sangre aerodinámico pasaba rápidamente por el poste de la victoria, el nombre de Lucy Swift estaba en boca de todos. Le acercaban copas con champán. La Realeza la invitaba a cenar. Tendría una hermosa casa de pueblo con su propio carruaje y sirvientes, además de una mansión en el campo donde sus caballos serían mantenidos y entrenados. Sus colores de carreras serían verde esmeralda y azul martín pescador, con sus iniciales, LS entrelazadas, en la manga.

Pero ya no soy LS, soy LM, recordó, rediseñando mentalmente su logo. "Lucy McDonnell" simplemente no tenía el mismo tono.

Todavía se reprendía por ser una snob cuando Rory se agachó en la puerta de una tienda de con lona donde había una pelea de gallos, arrastrándola con él. Lucy no podía soportar ver a ninguna criatura herida. Detestaba la forma en que los animales estaban equipados con crueles pinchos en sus patas con los que despedazaban a su oponente, pero Rory ignoró sus protestas.

Todos los hombres del público y las pocas mujeres parecían estar borrachos. Como una manada de lobos, aullaron de alegría cuando el vientre de un desafortunado pájaro fue cortado, deslizándose en las tripas de sus propias entrañas, fue cortado en pedazos mientras aún estaba vivo por el feroz pico de un malvado gallo de ojos rojos cuyas negras plumas chorreaban sangre. Al darse cuenta de que su enemigo había sido vencido, el pájaro abrió su pico sangriento y cantó, todo el público, con la excepción de Lucy, pisoteó el suelo y rugió.

Se sintió enferma y quiso irse, pero Rory le informó que tenía una apuesta para la próxima pelea y prometió irse tan pronto como terminara.

El hermoso gallo blanco en lo que Rory había colocado imprudentemente su dinero pronto se redujo a carne cruda y plumas. Maldiciendo su mala suerte, Rory mantuvo su palabra y condujo a una Lucy , agradecida de tomar aire fresco nuevamente. Estos eran lados de su esposo que no le gustaba; la facilidad con la que jugaba y su evidente disfrute de los deportes de sangre, Peleas de perros, corrida de toros, peleas de gallos, todo era lo mismo para él.

Hacía una apuesta y miraba la competición con creciente excitación, tejiendo de un lado a otro mientras su cuerpo seguía los movimientos del animal al que apostaba, gritando de alegría al ver una herida, gimiendo al caer su campeón. Después de la competencia, se volvía hacia Lucy y le murmuraba algo ardiente al oído, o le daba una caricia que no le dejaba duda de que se sentía estimulado y lujurioso. Y fingía responder aunque se sintiera enferma y asqueada.

Pero los hombres eran así. ¿Sería capaz de respetar a Rory si se pusiera pálido y enfermo al ver sangre, o si predicara santurronamente contra los males de la bebida y el juego? Sabía, en su corazón, cuál era la respuesta.

-Tengo que volver a Jamieson's Field, querida, a ver cómo nos va- dijo Rory, alargando su paso.

Parecía haber dejado de pensar en la decepción del juego. Su estado de ánimo cambió tan rápidamente que Lucy tuvo dificultades para seguirle el ritmo. Tan pronto como se había del hecho de que él estaba alegre y silbando, su ceño se arrugaba , de repente se enfurecía por el clima, el hecho de que Smithy había llegado tarde a recoger los caballos, su forma de vida.

Ella inmediatamente adaptaba su estado de ánimo al de él y cuando estaba a punto de decir algo consolador, de la nada, él empezaba a bromear y a reir nuevamente, preguntando por qué tenía ella una cara de preocupación.

Lucy se rindió. Rory era Rory y tal vez nunca lo entendería.

-¡Pat está apostando por una gris moteada que debe ser criada en tres cuartos y yo soy un violinista!.Smithy le hizo cosquillas cerca de la parte trasera con mi poción mágica cuando examinó sus patas, debería estar cojeando. Le he dicho a Pat que si no nos deshacemos de esa yegua castaña hoy todos seremos hombres hambrientos.

-Come tanto y se hincha con el viento, pareciera que va a dar a luz a toda una manada. Creo que podríamos engañar a cualquiera en ese en un puntop. ¿Qué tal si lo intentamos, mi querida muchacha?

Él estaba de un humor irrefrenable y Lucy anhelaba que la feria terminara, para que él y ella pudieran estar juntos a solas. Esa noche se alojaron en el Ram's Head, una bulliciosa posada cerca de la plaza del mercado. Habían tenido suerte de conseguir una habitación para ellos, los alojamientos en días de feria siempre son escasos. A menudo, Lucy se había visto obligada a permanecer despierta durante media noche, rascándose las picaduras de pulgas, con los oídos atormentados por el sonido de la tos de Smithy y el poderoso ronquidos de Pat que emanaban de sus pulmones como paletas de paja.

El Cautivante Conde

. . .

Jamieson's Field era una pequeña parcela de hierba cercada donde los comerciantes de caballos siempre se reunían. Los animales desfilaban uno por uno y el precio de venta era dado y recibido entre risas, con lo que la vista del vendedor se reducía sensiblemente y hasta que la puja comenzara en serio.

Lucy y Rory llegaron al lugar, tuvieron que abrirse paso entre una multitud de cocheros, que habían dejado los vehículos y estaban ocupados bebiendo ruidosamente cerveza de jarras agrietadas y maltratadas. Un sólido grupo de hombres gritaban ofertas, cada una de las cuales intentaba conseguir una ganga. Se acordó una venta, se inició un hack de estudio y fue el turno de su yegua castaña, dirigida por Pat.

Aunque mucha gente lo conocía de vista, su tamaño y apariencia todavía conmocionaron a la multitud en silencio. Lucy tuvo que admitir que la yegua ciertamente parecía estar preñada. Sus costados se hincharon y caminó con las patas abiertas como una futura madre, algo presumida. Era un animal apuesto con cuartos fuertes, un cofre profundo y una nariz ligeramente derramada que hablaba de su sangre árabe.

Pat declaró su ascendencia falsificada, le contó lo del posible potro su crianza bien llevada, pidió veinte guineas. Para gran sorpresa de Lucy, la voz de un hombre respondió:

-Sí.

Rory dio un grito de asombro e incluso Pat puso los ojos en blanco, tratando de no mostrar lo sorprendido que estaba por esta desviación de la norma. La confianza del postor desconocido hizo que otro hombre ofreciera veinticinco. El primer hombre respondió con treinta. La oferta subió rápidamente hasta la asombrosa suma de cincuenta guineas, con lo que la yegua fue vendida al hombre que había hablado primero.

Rory y Lucy corrieron hacia Smithy, que estaba de pie con el resto de sus animales. El viejo estaba jadeando de alegría.

. . .

-¡Je, je, je! Pensé que estaba recibiendo dos por el precio de una! ¡Uh-oh, nos hizo rico! Algunas personas no saben nada de caballos, ¿verdad? ¡ Heh-heh, debería haber enviado un caballerizo!- Smithy se dobló, jadeando, agarrando sus muslos.

Rory le dio una palmada en el hombro.

-Calla, tonto. Aguanta tu risa. ¡Aquí viene el.. "sálvese quien pueda"!

Lucy podía oír el tono estridentes de Pat y una voz bien educada que le respondía.

-Sí, lo sé. Engendrado por Fleetwood de Darley Court, ¿eh? No me lo creo, pero te tomo la palabra... y si da a luz a un peludo idiota, ¡te colgaré personalmente!"

La voz era ligera, joven, refinada, Lucy levantó la vista interesada. El hombre que caminaba junto a Pat era alto, más delgado que Rory y vestía un magnífico abrigo de brocado amarillo que llevaba sobre un chaleco gris y pantalones, todos muy bien cortados. Mientras los gruesos mechones negros de Rory caían salvajemente sobre sus hombros, el cabello oscuro y reluciente de este hombre estaba recogido cuidadosamente con una cinta de terciopelo negro.

Su tez era pálida y sus rasgos finamente cincelados, había un porte altivo que hacía que Lucy se sintiera ligeramente insultada, como si estuviera insinuando que estaba por debajo de él, el mezclarse con semejante gentuza.

-Tengo algunos asuntos que atender hoy y no volveré hasta mañana. Encárguese de que la yegua sea entregada a las ocho en punto mañana por la mañana. Mansión Darwell, a unos cinco kilómetros en el camino del oeste, en la colina. Pregunte a cualquiera de la posada dónde ubicarme. Te darán la dirección.

-Sí, señor- dijo Pat, con una sacudida de su cabeza. Era extraño ver al gigante agachandole la cabeza a un hombre de menor estatura que él.

-¿Y a quién se la entrego, señor?

-Philip Darwell, el hijo del conde de Darwell.

El comportamiento altivo, la ropa cara, el tono de voz aristocrático:

Lucy sabía que no podría haber pertenecido a otra cosa que a las clases altas. Cuando se volvió para alejarse, hizo una pausa y miró directamente a Lucy y a Rory. Rory le estaba murmurando algo a Smithy en voz baja y Lucy pensó que tal vez el nuevo dueño del caballo sospechaba, imaginando que estaban hablando de él.

Lucy miró a Rory, luego otra vez al extraño, de repente se dio cuenta de que era a ella a quien se dirigía su clara mirada gris. Avergonzada, miró a sus pies, luego a Rory nuevamente, y finalmente le devolvió la mirada al desconocido con una arrogante propia. ¡Dos podrían jugar en ese juego!

Una leve sonrisa curvó sus labios. Luego le dio un breve asentimiento, se volvió y siguió su camino.

Casi de inmediato, Rory se volvió hacia ella.

-¡Desvergonzada!- siseó.

-¿Qué quieres decir?- preguntó Lucy indignada, sintiéndose doblemente agraviada.

-Vi la forma en que ese hombre elegante te miraba, y cómo le devolviste la mirada, ¡frente a mí, tu propio esposo!

Rory nunca había estado enojada con ella antes. Lucy se sentía desolada. Esta embestida fue extremadamente injusta de su parte; no había hecho nada para invitar al extraño a mirarla más que sonrojarse de la vergüenza. Tal vez Rory había confundido el color rosado de sus mejillas con otro tipo de rubor. Su ceja estaba anudada por la ira. Parecía salvaje. Lucy apenas podía creer que le pertenecía, que la amaba. Debe encontrar alguna manera de arreglar esta tonta riña.

Pero no iba a ser así. Durante todo el camino de vuelta a la posada discutió y no quiso entrar en razón. Cuando llegaron a su pequeña habitación del ático con su cama de madera y su mesa rudimentaria, Lucy se sintió cansada y deprimida. ¿Qué le había pasado que había provocado estos celos totalmente infundados? No había comido nada en todo el día, y su estómago retumbaba de hambre. Estaba acostumbrada a que él la cuidara mejor que esto.

-Rory- dijo, cubriendo su mano con la de ella mientras estaba sobre su muslo. Ambos estaban sentados en la cama, ella en el lado más cercano a la ventana, él en el extremo que daba a la puerta.

-Rory, te quiero. Nunca miraría a otro hombre. No hay nadie que pueda compararse contigo. Me tienes, en cuerpo y alma, por todo el tiempo que me quieras. Y si alguna vez no me quieres más, dímelo y me iré. Nunca te molestaría. Todo lo que quiero es que seas feliz.

Le costó mucho decir estas palabras, enojada como estaba con su comportamiento irracional, pero era la verdad. No podía imaginar hacer el amor con otro hombre. Nadie sería capaz de agitarla o satisfacerla así. Y nadie podría ser más interesante, impredecible, siempre cambiante, o más amoroso y afectuoso hacia ella, aparte de en este mismo momento.

Él miró hacia otro lado, ignorando su apasionada confesión.

-Rory, te suplico

-Por favor créeme, no coqueteé con ese engreído. Todo estaba en su mente. No podía evitar que me mirara.

-Oh, deja de lloriquear, mujer, me haces doler la cabeza. Sólo cállate, ¿quieres?

Lucy se estremeció ante sus palabras poco amables y poco características. Esta no era el Rory que conocía. Parecía haber algo de amargura, una llaga dentro de él que le roía, le inquietaba y le obligaba a irritarse. No había nada que pudiera hacer para que él revelara sus pensamientos, pero deseaba que él confiara lo suficiente como para compartir sus preocupaciones con ella. ¿Era una deuda de juego, tal vez?

Se movió incómoda sobre la dura cama y miró por la ventana para distraerse del incómodo silencio en la habitación. No podía creer que su matrimonio ya iba mal, después de cinco cortas semanas. Todas esas personas que caminan afuera, van a visitar amigos, familiares, amantes o pasean en pareja; ninguno de ellos parecía cargado de tantos problemas como ella.

De repente, Lucy vio un familiar abrigo amarillo y rezó en silencio para que Rory no se diera la vuelta y viera a su imaginario rival. No se atrevió a respirar hasta que el joven noble desapareció de la vista detrás de una línea de carruajes.

Detrás de ella, Rory lanzó un suspiro y la cama crujió cuando se levantó. Él la cogió por los hombros y la giró para mirarlo, luego plantó sus labios sobre los de ella. El espíritu de Lucy se rebeló. ¿Cómo podía esperar que hiciera el amor cuando la había hecho tan infeliz? ¿No tenía ninguna sensibilidad? Ahora, si solo fuera para disculparse, rogarle perdón, decirle que la amaba...

Lucy nunca había rechazado a Rory antes, pero ahora algo dentro de ella se frenaba al pensar en este hombre que le había causado tanto disgusto, satisfaciéndose dentro de su cuerpo. Anhelaba un tiempo a solas; tiempo para pensar, tiempo para perdonar.

-No, Rory- dijo, las palabras se ahogaban en su garganta.

-¡No!

Ella se estremeció ante la mirada de furia ardiente que se reflejó en su rostro.

-¿Qué quieres decir con 'No'? Eres mi esposa y tengo los derechos como marido. ¡Algunos hombres te azotarían por esto!

Las lágrimas saltaron a sus ojos y su cara se suavizó.

-No voy a forzarte- dijo.

-Todo lo que voy a hacer es pedirte que entres en razón, chica y que te entregues a mí. Ahora. Vamos, Lucy.

Él tiró de su brazo y ella se apartó, metiéndose en la esquina de la habitación más cercana a la puerta. Su cara enrojecida por la ira. Sabía que él la iba a golpear.

Sollozando, Lucy se hundió en el suelo, abrazando sus rodillas contra su pecho, meciéndose, doblando la cabeza para que no pudiera abofetearla o, peor aún, patearla. Sus estados de ánimo eran como ráfagas de viento, sacudiéndola, golpeándola para que se sintiera mareada y agotada. Si pudiera leerlo como lee a los caballos. Incluso con un caballo asustadizo, ella podía predecir sus movimientos y reaccionar en consecuencia, pero no con este hombre. Era tan tempestuoso como el mar agitado por una tormenta.

Escuchó el portazo y miró hacia arriba. Se había ido.

9

Lucy se despertó para encontrar la piel de su rostro seca y tensa por el llanto. Se sentía exhausta y agotada emocionalmente. Una ola de soledad la atravesó mientras examinaba la habitación y la encontraba vacía. Su lado de la cama estaba arrugado pero el otro lado estaba liso, la sábana y la almohada estaban frías al tacto. Estaba segura de que Rory no había vuelto.

Al apartar la deshilachada cortina, vio a la gente en la calle ya se dedicaba a sus asuntos cotidianos,las bufandas enrolladas alrededor de los cuellos para protegerlos de los dedos de la húmeda niebla de noviembre. Ella estaba vacía, entumecida, ya sin lágrimas para llorar , sin embargo, mirando hacia atrás, su discusión había parecido tan trivial, una simple riña por una mirada imaginaría, una celosa fantasía. ¿Seguramente no la dejaría por eso? No era como si la hubiera atrapado en los brazos de otro hombre.

Tal vez había salido a apostar en alguna parte, o se había emborrachado en otra posada e incluso ahora estaba tumbado en un banco con un montón de paja, durmiendo. Razonando todo lo que podía ocurrir, Lucy todavía sintió un estremecimiento de aprensión

El Cautivante Conde

cuando deslizó sus rígidas extremidades del colchón de paja grumosa, se echó un poco de agua helada sobre la cara de la jarra de piedra en la mesa y se preparó para ir abajo en busca de Pat y Smithy.

Recordó el caballo que tenía que ser entregado esa mañana al hombre que era la causa de sus problemas matrimoniales, se preguntó quién lo había tomado. La habitación principal de la posada estaba vacía. Una niña estaba limpiando las cenizas de la reja y un hombre silbaba alegremente mientras limpiaba las ollas con un trapo húmedo y sucio. Lucy se acercó a él, le describió a sus compañeros, le preguntó si sabían de su paradero.

-¿"El gran felino"? El que tiene un traje negro que hace juego con sus dientes? Oh sí, lo he visto bien, también al abuelito, un caso consumado, creo haberlo visto.

Hizo una pausa, sacó el paño andrajoso y lo puso en la tapa de la barra de madera. Era un hombre pequeño, gordo, calvo, con mejillas de color rojo brillante, ojos estrechos y astutos. Continuó, hablando.

-Me recuerda a Samuel Smethwick. Un buen hombre, Samuel, no era fuerte.Creció siendo delgado y pálido, tosía mucho, como ese anciano hombre, tosió espuma rosa con sangre, lo hizo. Poe más de un año, lo hizo...

Lucy estaba impaciente, pero temía entrometerse y molestar a este hombre que estaba obviamente decidido a contar su historia, en caso de que se negara a darle la información que tanto necesitaba. Así que enroscó los dedos de los pies dentro de sus botas y se preparó para parecer interesada.

-Un día ...- Su voz lenta y monótona pareció masticar cuarenta veces cada palabra antes de escupirla.

-Otro día, estábamos caminando por la calle, de repente, tosió y con una gran fuente de sangre, whoosh, por toda la capa blanca de una bella dama que estaba en el camino.La dama quedó tan empapada, parecía un cordero en el matadero.

Hizo una pausa y se rió de su propio ingenio. Obviamente había relatado esa historia sangrienta muchas veces antes y tenía a Lucy atrapada, estremeciéndose, instándolo mentalmente a llegar al final y responder sus preguntas.

-Oh, ho-ho, fue una visión muy divertida, todas las caras verde y ropa encantadora toda cubierta. .

Lucy trató de no escuchar.

-Cuando lo enterramos,estaba blanco como si no le quedara una gota de sangre en sus venas. Todo gris y hundido. "Orrible".

Miró a Lucy con una sonrisa, se disolvió rápidamente cuando se dio cuenta de que no iba a gritar ni a palidecer como otras damas a las que les había contado su horrible historia. Tomó su trapo de nuevo y comenzó a limpiar las ollas.

-Ejem- Lucy aclaró su garganta y en voz alta para recuperar su atención.

-Mis amigos. ¿Dónde están?

Hizo un vago gesto que parecía indicar que debería salir por la puerta y girar a la izquierda. Sus indicaciones la condujeron a un cobertizo de madera al costado de la posada. Había algunos sonidos en la profundidad, sonidos muy familiares. Agachándose en la puerta, miró hacia el sombrío interior, una vez que sus ojos se acostumbraron a la penumbra, distinguió las formas de varios hombres, desparramados en forma descuidada sobre los montones de paja que cubrían el suelo áspero.

Uno era Pat, sin duda; Sus ronquidos llevaron sus ojos directamente a él. El gigante estaba boca arriba, con la boca abierta, una jarra de cerveza vacía todavía en su mano. Acurrucado en posición fetal junto a él estaba Smithy. ¿Estaba Rory con ellos?

Silenciosamente, sin atreverse a moverse de tal manera que despertara a alguien e incurriera en la ira por la cerveza, inspeccionó cada figura por turno. Uno, al principio pensó que era Rory por su camisa azul y su cabello oscuro, suspiró, se dio la vuelta y reveló un hombre mucho mayor.

Quizás había llevado el caballo a Darwell Manor. Solo había una forma de averiguarlo. Mientras se dirigía al terreno detrás de la posada, donde habían dejado a los animales a cargo de un vigilante, hizo un inventario de los animales.

. . .

Todos estaban allí, incluida la yegua castaña con su estómago falsamente hinchado. El corazón de Lucy se sacudió un poco. No tenía idea de qué hora del día era y Philip Darwell no se parecía a la clase de hombre que le gusta esperar.

Se apresuró a regresar a la posada y preguntó la hora al lavador de ollas.

-Siete, señorita- respondió.

Sabía que el uso de la palabra "señorita" era un insulto deliberado, implicando que no era una mujer casada respetable que se alojaba allí con su marido, sino una zorra que había sido recogida y se hacía pasar por "esposa". Sin embargo, con tantos asuntos importantes en su mente, no podía permitirse el lujo de entrar en una discusión para defender su virtud.

Decidió ir directamente al grano.

-Mi esposo, Rory McDonnell, un joven con barba y con un arete de oro. ¿Lo has visto?

-¿Tu marido?- se burló el hombre. Una mirada furtiva pasó por sus rasgos hinchados.

-No, no puedo decir que sí. ¡Debe haberse levantado temprano y salió a caminar, después de una noche con una jovencita caliente como tú!

Su repugnante mirada hizo que a Lucy se le revolviera el estómago. Se encontró maldiciendo a Rory por obligarla a llevar este tipo de vida donde se mezclaba con escorias como este hombre. Rory debería estar aquí a su lado, defendiéndola, golpeando a este hombre y su boca sucia, enseñándole cómo comportarse en presencia de las mujeres.

Y entonces se volvió y lo vio... y él la vio. Ambos se quedaron congelados como estatuas, él en actitud de culpabilidad, ella en actitud de horror, decepción y angustia. Él salía de una habitación detrás de la barra, abotonando su camisa y ajustándose los pantalones, mientras que la silueta desnuda de una chica regordeta, sus grandes y flácidos pechos colgando como bultos de masa, eran claramente visible detrás de él.

Lucy intentó hablar pero su garganta se había cerrado. Sintió una transpiración pegajosa en su cara, manos y sus piernas comenzaron a temblar. Escuchó a la chica desnuda jadeando, la vio empujar a Rory fuera de su habitación para poder cerrar la puerta a los ojos de Lucy. Lentamente, como un hombre en trance, Rory se acercó a ella, negándose a mirarla. Entonces, sin decir una palabra, se puso a correr a trompicones y salió corriendo hasta la puerta de la calle.

En un impulso, sin saber lo que haría o diría, Lucy corrió tras él, escuchando la risita del hombre que la seguía. Rory corría a ciegas, como un animal asustado, tropezando con las personas y tirándolas a un lado. Las maldiciones sonaron detrás de él, luego se detuvieron cuando los transeúntes empujados se detuvieron para mirar la persecución.

-Vamos, muchacha, lo atraparás- se rió un anciano mientras Lucy pasaba corriendo, con las faldas levantadas en la mano para evitar tropezar.

Pero no sirvió de nada. Rory era demasiado rápido. Desapareció en una calle lateral y ella quedó jadeando, apoyada en una pared, deseando poder morir allí mismo, en esa fría mañana de noviembre, sin nada en el mundo entero por lo que valiera la pena vivir.

Por un tiempo, permaneció allí, con la cabeza baja, sollozando, pero finalmente la niebla húmeda penetró en su ropa, haciéndola temblar y obligándola a comenzar a caminar para calentar su cuerpo, aunque cada paso parecía inútil, era avanzar a ninguna parte.

De repente, recordó el caballo y las 50 guineas que había que cobrar a Philip Darwell. ¡Ella tendría ese dinero! Rory la había engañado, la había dejado sin hogar y sin dinero. Pat y Smithy estarían bien. Tenían los otros caballos que, aunque no podían conseguir una suma tan grande, al menos les permitiría seguir comiendo y viajando. Ella era la que estaba desesperada y seguramente la perdonarían, si alguna vez descubrieran los verdaderos hechos.

Mientras regresaba a la posada, abrazándose a sí misma en busca de calor, pensó en sus padres sentados alrededor de un fuego rugiente: su padre que, a pesar de todas sus fallas, era un hombre inteligente y amoroso; su madre desvaída y adorable; su gato mascota, Ha'penny; Emperador; El olor limpio y vibrante de los establos. . . Su corazón se

El Cautivante Conde

extendió anhelando la familiaridad nostálgica que había dejado kilómetros atrás.

El rostro de Rory nadó en su mente, con gran esfuerzo, hizo a un lado la visión de él. Había confiado en él, le había amado, le había ofrecido toda su vida si él lo quería y había elegido rechazarla de la manera más vil, prefiriendo la compañía y el cuerpo de una sucia y tosca puta de cervecería que a ella.

¡Oh, si ella no estuviera atada a él por los lazos del matrimonio! No la hubiera capturado, forzado su voluntad. ¿Cómo podía haber sido tan crédula como para creer que él la quería como compañera de toda la vida? ¿Por qué no podía simplemente haberla violado y haberla dejado vagar por los páramos, sin su inocencia, pero su cuerpo, su mente y su corazón aún intactos y libres?

Deteniéndose para comprobar que todavía podía oír los ronquidos atronadores de Pat, Lucy abrió la puerta y asintió con la cabeza al muchacho que vigilaba a los animales. Sabía que era uno de los miembros del grupo que los había dejado allí el día anterior y la ayudó a ensillar la castaña, estirando la circunferencia con dificultad sobre su abultado vientre.

-Tengo que montarla suavemente, ¿eh?- comentó, con una mirada de complicidad.

-Lo haré- murmuró, tan preocupada que apenas se dio cuenta de que había hablado.

Su mente estaba en confusión, en medio de la cual sólo una cosa estaba clara: que debía llevar este caballo a la Mansión Darwell y cobrar cincuenta guineas. ¿Y luego? Con esa gran suma en su bolso, podía ir a cualquier parte, hacer cualquier cosa y comprar su propio caballo.

Dinero y caballos. . . Eso era todo lo que parecía girar en su vida. Había sido así desde que era una niña, desde que tenía memoria. Dinero y caballos, y por supuesto las impredecibles y poco fiables característica de los hombres.

Al agarrar la brida de la yegua, notó el brillo de su improvisado anillo de bodas. Un grueso y asfixiante bulto de lágrimas se acumuló en su garganta mientras miraba el aro de oro que una vez había adornado la oreja de Rory. En una oleada de furia, se lo arrancó del dedo y lo arrojó al campo.

Mientras guiaba a la yegua por el sendero, vio a un chico jugueteando entre la hierba. *Deje que la venda si quiere,* pensó, *es mucho más útil para él que para mí.* El aro de oro siempre había sentido temporal y sin sentido, como la burla del matrimonio que simbolizaba. Ahora había perdido ambas cosas, pero no se sentía libre ni ligera de corazón al salir bajo la lluvia en busca de la Mansión Darwell.

10

Theodore, el noveno conde de Darwell, levantó la cabeza débilmente de las almohadas cuando escuchó los cascos que resonaban en el patio. Una mano amarillenta y demacrada, que llevaba un pesado anillo de oro con el escudo de la familia, se agitó en la sábana, luego se tambaleó hacia la cuerda de la campana.

Tiró y sonó un timbre en los cuartos de los sirvientes pero, viendo que la Mansión Darwell se había reducido a solo tres sirvientes, un cocinero, una mucama general y un mayordomo, estaban todos ocupados cumpliendo las tareas de al menos quince personas, nadie respondió al llamado del viejo.

-Malditos asuntos- murmuró para sí mismo,

-Malditos.

Lo que lo empeoró fue que sabía que era completamente culpa suya, y solo suya, que la familia Darwell se había visto reducida a tales penurias. La muerte de su joven esposa hace muchos años había convertido lo que antes eran actividades placenteras, de las que apenas participaba, en una forma de vida. Beber y apostar eran los pasatiempos de muchos caballeros de ocio, aunque pocos eran tan indulgentes como Theodore Darwell, que había permitido que tanto su fortuna como su salud se desperdiciaran, hasta ahora solo quedaban los más mínimos vestigios de ambos.

-Eleanor... oh, mi querida y hermosa Eleanor- murmuró el anciano, dejando que sus ojos filosos se llenaran de lágrimas.

-Podrías haber sido un gran consuelo para tu moribundo marido.

-¡Tonterías, padre!- sonó una voz alegre.

-No te estás muriendo. Quizás estás bebiendo demasiado, pero tus tripas deben estar tan bien conservadas que te encontrarán en tu tumba dentro de doscientos años, como si te hubieras dormido.

Los labios del viejo se apretaron petulantemente. Lo único que no podía soportar era que alguien le recordara su propia mortalidad. ¿Por qué no lo dejaba hacer lo que quería, que era deslizarse hacia el pasado y vivir junto a sus recuerdos?

-Haz algo por mí, muchacho. Tráeme mi petaca.

Un profundo suspiro emanó de su hijo, Philip, que estaba de pie enmarcado en la puerta. Miró a su padre con una expresión severa pero indulgente, como si estuviera a punto de reprender a un niño travieso.

-Ahora, padre, escuchaste lo que dijo tu médico. No más de dos vasos pueden pasar por tus labios en un día y, que yo sepa, ya has tenido tres. ¿Quién te crees que eres, el rey Jorge?

-Puede que tenga dinero para beber todo el día, comer faisán y cisne toda la noche, pero debo recordarte, querido padre, que nuestro armario está vacío. Cuando oí tu campana sonar, pensé:

-¿Padre ha encontrado un rubí en el colchón? ¿Un almacén de doblones en los paneles? Y luego consideré:

-No hay tanta suerte, sólo quiere un trago.

Philip Darwell encontró a su padre exasperante y tonto. Lo había maldecido muchas veces por perder el dinero de la familia al dejarse engañar por bastardos como George Hardcastle de Rokeby Hall, quien, Philip sabía a ciencia cierta, que siempre llevaba un paquete de cartas marcadas. Sin embargo, también lamentaba la vida solitaria que Theodore había llevado durante tanto tiempo, llorando tanto por su Eleanor, esto indicaría nunca volvería a casarse.

El Cautivante Conde

Philip había sido criado por una serie de institutrices y tutores, hasta que el conde decidió que era menos costoso enviarlo al ejército por un tiempo. Pronto se había convertido en un oficial de caballería, su buen juicio de la gente lo había llevado a realizar varios negocios que traían suficiente capital para mantener buena vestimenta, pagar los salarios de los sirvientes y comprar el amado licor de su padre, aunque no había suficiente para evitar que las paredes de su asiento ancestral se derrumben por el mal estado.

Excepto que ya no era su sede ancestral. No desde la última partida de cartas de su padre con Hardcastle, cuando el Conde hizo su última gran apuesta, la Mansión Darwell, la perdió contra ese... ese embaucador, ese tramposo y estafador.

Philip se había ofrecido a pelear un duelo para recuperar las escrituras de su casa, pero Hardcastle, gordo, de nariz morada, tosco y cobarde, carecía de rastros de sangre azul pero había ganado su dinero en la industria del algodón, utilizando a los habitantes de la ciudad como mano de obra esclava, se había negado a ello, alegando como excusa un violento ataque de indigestión. ¡Indigestión! A Philip le hubiera gustado pincharle el vientre hinchado con la punta de su espada para aliviar la presión interna del viejo charlatán.

Y en cuanto a su hija con cara de caballo. . . Philip solo esperaba poder llevar a cabo la boda con éxito. Una vez que su matrimonio le devuelva Darwell Manor a sus manos, Philip pronto le enseñaría su lugar, a la niña arrogante. Pero por ahora, interpretaría el papel del encantador prometido, todo halagador y con palabras melosas. Más tarde, una vez que plantara un heredero en su cuerpo fibroso, volviera a unirse a su regimiento, habría tiempo de sobra para el amor.

Entonces Philip oyó el estampido de un casco en los adoquines. Mirando a través del distorsionado cristal de diamante de la ventana con parteluz, distinguió una figura en un caballo regordete. Este era el momento que había estado esperando. Podría haber muchas cosas injustas en su vida, reflexionó, pero podría hacer algo al respecto y por Júpiter lo iba hacer.

Los pícaros y los embaucadores de cualquier tipo estarían mejor dejando el país que enfrentándose a Philip Darwell. Le daría una inmensa satisfacción ver la soga del verdugo mordiéndoles el cuello.

Lucy pensó que nunca había visto un lugar tan descuidado y carente de vida. Sin embargo, podría haber sido una casa hermosa y elegante, con enredaderas florecidas en las paredes, ricos tapices en las ventanas y sirvientes sonrientes en la puerta. Debería haber habido risas de niños, visitas constantes de damas y caballeros con título, elegantes carruajes, en lugar de ese aire melancólico de silencio y abandono que goteaba de las canaletas rotas y los alféizares podridos.

Tal vez era demasiado pronto y los ocupantes de la mansión aún estaban en cama. Como el joven caballero había dicho el día anterior, la gran casa era fácil de encontrar. De hecho, habría sido difícil no verla, con sus torres grises saliendo como dientes afilados del grupo de árboles que la rodeaban, un parche de majestuosidad y misterio situado en los hermosos pastos de las colinas de Pendleton.

La yegua castaña perezosa había tardado más de una hora en recorrer la larga cuesta hasta la mansión. Lucy había esperado algún tipo de bienvenida, aunque solo fuera del jefe de caballerizas. ¿Seguramente la estaban esperando? ¿O Philip Darwell ya se había arrepentido de su compra y se había escondido en los rincones más recónditos de su gran casa? Tal vez su "negocio" lo había mantenido alejado más de lo que esperaba. Después de su experiencia reciente, Lucy tenía serias dudas sobre la naturaleza de la ausencia de cualquier hombre en casa.

No tenía intención de dejar el caballo sin cobrar. Lucy sabía muy bien que la nobleza podía engañar tanto como cualquier hombre común, pensar menos en ello. No, esperaría; todo el día, si era necesario.

Era una mañana fría y húmeda, la llovizna del amanecer presagiaba lluvia constante. A la yegua le disgustaba tanto como a Lucy, se quedaba con la cabeza caída y la cola pegada a los corvejones. Un vívido recuerdo de Philip Darwell volvió a Lucy, mientras estaba sentada temblando en su saturada capa. Esos ojos grises, tan altivos y distantes, habían mantenido un parpadeo de interés cuando se encontraron con los de Lucy, no era una mera valoración física, sino algo más cerebral, una especie de reconocimiento, como si se diera cuenta de que Lucy era diferente de sus compañeros y de alguna manera superior.

Detrás de su aristocrática y dominante fachada, Lucy había percibido gentileza y humor. Quizás era intuición o quizás se estaba engañando totalmente a sí misma, pero había sentido que había algunas admirables cualidades en el apuesto joven, por lo que ahora se sentía tan culpable por traerle un caballo sin pedigrí, un mero mestizo, que ni siquiera estaba preñada.

No estaría tratando de tomar su dinero bajo falsas pretensiones si no lo necesitara tanto. Su honestidad natural la instó a disculparse, explicar y negarse a venderle el animal, a pesar de que significaba enfrentar la furia de los demás cuando regresara.

Sin embargo, si este fuera un día normal, no estaría sentada aquí ahora, mojada, fría y confundida. En su lugar, Pat o Smithy habrían entregado la yegua castaña y estaría de vuelta en la posada con Rory, haciendo los preparativos para pasar a su siguiente destino. Riendo, bromeando, aprovechando la habitación para ellos y haciendo el amor.

Lucy sintió una punzada de emoción que la atravesó como un estoque. No habría más horas íntimas de risa y amor con su marido. Se había acabado. Rory se había ido. La había defraudado de la peor manera que un hombre podría traicionar a una mujer, a través de otra mujer.

-"¡Esa zorra!"- Lucy pensaba en ella, cabello castaño despeinado y pésimo, la grasa, los labios sensuales, la piel como manteca de cerdo, los grandes y caídos brazos. Un animal bovino, lento y astuto, que sólo cobra vida con un vaso de vino, una moneda de oro y un hombre entre sus muslos. ¡Ugh! Lucy deseaba haber marcado con sus uñas ese rostro, arrancarle el pelo, darle una patada y enviarla desnuda a la lluviapor atreverse a seducir a su amado Rory.

Sin embargo, pensó, calmando deliberadamente sus pensamientos, tal vez no fue totalmente culpa de la niña. Tal vez, no, no podría ser cierto, seguramente él no lo haría. Tal vez Rory se había sentido atraído. Si eso fuera así, Lucy solo se alegraría de que se hubiera ido, porque ¿cómo podría soportar dejarlo acercarse a su cuerpo? Y la tensión de tener que vigilarlo siempre cuando estaba en compañía de otras mujeres, ya fueran buenas damas o mozas comunes. . . No, nunca hubiera funcionado. Habría sufrido años de miseria

La rabia suscitada por sus reminiscencias la impulsó a desmontar, colocar las riendas alrededor de un bloque de montaje para evitar que el animal deambulara y caminar por el lado de la casa hasta la puerta principal de roble. Agarrando la pesada aldaba de hierro, la levantó y la dejó caer con un golpe seco sobre la madera tachonada.

Casi inmediatamente, como si alguien la hubiera estado esperando, la enorme estructura de roble se abrió para revelar una figura. Vestido con una camisa blanca con volantes, una chaqueta un chaleco gris, pantalones color crema y botas marrones muy pulidas, Philip Darwell era un espectáculo que hacía revolotear el corazón de cualquier doncella.

Lucy, en su estado de agitación, no estaba de humor para ser impresionada. Incómodamente consciente de su húmedo y destartalado estado, esperaba que al menos la invitara a secar su ropa mojada junto al fuego y a tomar algo caliente.

Pero no había amistad ni invitación en su rostro, solo una frialdad insondable que ella no entendió, cuando él habló, su tono era como astillas de hielo.

-Supongo que estabas demasiado avergonzada para venir directamente a la puerta. Te observé desde la ventana, sentada en ese miserable jamelgo, tratando de reunir el valor para robarme.

-YO . . . No lo entiendo -Tartamudeó Lucy.

El problema era que entendía. Entonces Darwell no era tonto, después de todo. Él sabía de caballos y ahora sufriría por su conocimiento. Observó cómo el brillo frío en sus ojos cambiaba y se

El Cautivante Conde

volvía decidido, retrocedió, esperando poder trepar a la yegua y desaparecer antes de que él pudiera perseguirla.

Se dio la vuelta, echó a correr repentinamente y saltó sobre la espalda del castaño, pero Philip Darwell estaba justo detrás. Agarrando su capa azul, tiró con fuerza. Incapaz de mantener su control sobre la silla, Lucy se encontró dando tumbos hacia él. Pateó furiosamente, alejando a la yegua debajo de ella. Por un segundo sintió como si estuviera suspendida en el aire, luego, con un golpe sordo, aterrizó sobre su cadera y codo sobre los adoquines duros y resbaladizos.

Antes de que pudiera ponerse en pie, Philip Darwell la había atado y la había arrastrado hacia la puerta de los establos.

-Déjame ir, ¿me oyes? Quítame las manos de encima, tú ...

Se le cortó todo el aliento cuando él curvó su pie detrás de su tobillo y la hizo girar en un gran fardo de paja en la parte trasera del oscuro establo. Sin aliento, Lucy levantó los brazos para protegerse mientras Philip, con los ojos entrecerrados y crueles, extendía una mano hacia ella.

En ese instante, el recuerdo de la golpiza que había recibido de su padre la noche en que se escapó de casa volvió con desconcertante detalle. Luego, había peleado, mordido, aruñado y pateado, pero aún así había sido vencida.

Quizás había otra forma de lidiar con este tipo de situación: en forma tranquila y con lógica. Philip no parecía el tipo de hombre que se dejaba influenciar por las súplicas o las lágrimas de una mujer, pero tal vez, si podía hacerle frente, ganar su respeto. . .

Lo miró y llamó su atención para que su movimiento hacia ella se detuviera.

-Entiendo por qué estás enfadada- dijo.

Lo dijo en serio. También se habría enfadado por la circunstancia. Entonces se detuvo, pensando mucho. Si ya sabía que lo habían engañado y que la yegua no estaba preñada, debió saberlo en el mismo momento en que pujaba por el caballo.

¿O alguien le había informado más tarde, Pat o Smithy tal vez, a cambio de un regalo financiero de Philip por exponer su truco? No, ellos nunca harían eso. Sería el final de su sustento si lo hicieran. Tenían que tener cuidado, especialmente cuando muchos de los caballos que manejaban eran de propiedad robada. Un hombre podría ser ahorcado por menos que eso.

¡*Colgado!* Un repentino escalofrío poseyó a Lucy mientras miraba los ojos de acero de Philip. Él se acercaba otra vez. Le agarró el brazo, retorciéndole la piel, haciéndola gritar de dolor.

Su cara debió mostrar cuánto le estaba haciendo daño, porque de repente sonrió fríamente y le dijo:

-¡Vamos, pequeña ladrona, llora! ¡Habrá tiempo para las lágrimas cuando el verdugo te lleve a la horca!

La boca de Lucy se abrió con incredulidad. ¿Qué había hecho? Era inocente de todo. No fue idea suya hacer pasar a la yegua por una yegua de casta y esperando un potrillo. Desafortunadamente, le tocó entregarla, eso fue todo. Sin embargo, mientras pensaba esto, se ruborizó, recordando su plan de quedarse con las 50 guineas de Philip.

La sostuvo sobre la paja espinosa, sus dedos cavando cruelmente en la parte superior de su brazo. Lucy permaneció quieta. No parecía tener sentido gritar o luchar. No, su primera idea fue la mejor: razonar con él.

Pero tendría que elegir sus palabras con mucho cuidado porque, si no lograba influir en él, él podría cumplir su promesa de arrojarla a la cárcel, hasta que la llevaran ante el magistrado y la sentenciaran a muerte con la horca. El peligro en el que se encontraba sirvió para agudizar su cerebro. Escuchaba atentamente lo que él decía y luego intentaba contrarrestar sus argumentos con lógica o si no, la verdad.

Comenzó a hablar, lentamente, como si hablara consigo mismo.

-Ladrones, ladrones, estafadores. Me han quitado mucho.

Luego, fijando a Lucy con un brillo que la asustó, le habló directamente, puro veneno en sus palabras.

-Os he estado observando a todos vosotros. He estado siguiendo tu progreso, ya sabes. Oh sí, podrías haber pensado que te habías salido con la tuya disfrazando a la "Doncella de Plata", ¡esa que desapareció del huerto de Lady Pettigrew el pasado Junio!

-No tuve nada que ver con nada de eso- señaló Lucy en voz baja, aunque su corazón le martilleaba en el pecho.

-Ni siquiera los conocía entonces. Si me dejaras explicarle...

-¡Cierra la boca, muchacha!- dijo Philip, sacudiéndola.

-Es su desgracia haber caído con ellos y por eso, en lo que a mí respecta, todos ustedes son tan malos como los demás. Sabéis cuál es la pena por robar caballos y engañar a los ciudadanos honrados. Ahora os tengo en mis manos, y me vais a llevar a los otros. Y luego... Hizo una pausa.

El corazón de Lucy latía con tanta fuerza que apenas podía escuchar sus últimas palabras, que pronunció en voz baja y sibilante, con un aire de triunfo.

-...Y luego me dará una gran satisfacción verlos a todos juntos.

-¡No!- La palabra salió de los labios de Lucy antes de que pudiera comprobarlo. De repente, su calma la abandonó y se retorció violentamente para intentar escapar de las garras de Philip.

Al mismo tiempo, calculó qué tan lejos estaba su pierna y le dio una fuerte patada en el centro de la espinilla izquierda. Pero las botas de cuero de Philip eran de excelente calidad, y no reaccionó más de lo que lo habría hecho una mariposa si aterrizara sobre él.

-Escuchaste lo que dije, ¿verdad?- Se acercó tanto a Lucy que ya no tenía suficiente espacio para pegarle.

-La gente como tú son la escoria de la tierra. No merecen vivir.

Un golpe de ira salió de la garganta de Lucy:

-Hijo de un conde puedes ser, pero tus modales no son mejores que los de un carnicero- dijo, tratando de igualar su tono frío y cortante.

-Exijo que me liberes ahora mismo y, además, me des las disculpas que me corresponden por tu imperdonable comportamiento con una dama.

El ladrido de risa de Philip fue tan fuerte que en el extremo más alejado del establo, hubo un repentino aleteo de alas, una enorme lechuza blanca se abalanzó sobre sus cabezas y salió por la puerta, causando que Lucy chillara de terror al sentir el viento de su vuelo le revolvía el cabello.

-¿Pretendiendo ser una dama ahora, somos, ahora que la sombra de la soga está alrededor de tu cuello? Te vas a retractar, ¿verdad? ¿Llamar a un eclesiástico y confesar tus pecados? Bueno, tal vez Dios te perdone, pero yo no soy Dios y no tengo intención de dejar que te salgas con la tuya en tu robo y fraude ni un minuto más.

-He estado tratando de localizar a tu pequeño grupo durante mucho tiempo y a ese gran patán que finge ser de la iglesia.

-¡Pero lo *es*!- interrumpió Lucy con vehemencia.

Philip la ignoró.

-Esa pequeña rata marchita con tos tosca y el mujeriego barbudo.

El primer instinto de Lucy fue saltar en defensa de Rory y decirle que era su marido y un hombre honorable. Entonces los eventos de esa mañana volvieron a ella y se mordió la lengua.

-Y luego estás tú, mi linda- Él retiró el labio superior de sus dientes como un perro a punto de arrancarle la garganta.

Lucy se alejó de él. ¿Iba a tener un ataque? Había oído que la aristocracia tenía acciones violentas; sobretodo algo relacionado con la endogamia, le habían dicho. ¿O iba a estrangularla allí mismo para ahorrarle la agonía pública y la humillación de la horca?

Pronto se hizo evidente que no iba a hacer ninguna de las dos cosas. Colocando sus brazos detrás de su espalda, tomó el broche de su capa y lo desenganchó. La ropa empapada cayó de sus hombros y Lucy se sintió repentinamente vulnerable, sabiendo que no había nada más que su endeble vestido y su ropa interior entre sus ojos y su piel desnuda.

Se sentía horriblemente como en la situaciónque había estado con Rory y sus compañeros, pero en esa ocasión se había salvado por la intervención de Rory, aunque, reflexionó ahora, no le había hecho mucho bien.

. . .

Estaba empezando a aprender mucho sobre los hombres, a descubrir qué los motivaba: el dinero y el sexo. Con ambos, sus instintos eran adquisitivos y urgentes. Ya no era virgen, era cierto, pero todavía no deseaba ser devastada por nadie, mucho menos por un hombre cruel e irracional que se negaba a dejarla explicar sus circunstancias y parecía tener la intención de tomar no solo su cuerpo, sino su vida.

-Philip Darwell- Tenía que intentar razonar con él nuevamente, para apelar a su mejor naturaleza, si tenía una. Era su única arma. Si la violación era realmente lo que tenía en mente, ciertamente se estaba tomando su tiempo, tocando los cordones que mantenían unida la parte delantera de su vestido.

Su cuerpo comenzó con un repentino hormigueo y lo traicionó. Realmente era muy guapo. Qué pena que no se hubieran encontrado en mejores circunstancias.

-Si eres un caballero y un ser humano inteligente y justo, entonces al menos déjame presentar mi caso antes de condenarme a ser entregada a las autoridades. No estaba con ese grupo de hombres por mi propia voluntad. YO...

Sus palabras fueron interrumpidas cuando los duros labios de Philip se cerraron sobre los de ella. Había estado jugando, como un gato juega con un ratón; ahora el juego había terminado y la presa debía ser devorada. La paja espinosa raspó la espalda de Lucy cuando él agarró el escote de su vestido. Se rasgó en la costura lateral para que uno de sus hombros quedara expuesto.

Lucy pateó, giró y jadeó. A pesar de su mejor juicio, la lucha la estaba excitando. El olor del sudor fresco de Philip era como un afrodisíaco. Se dio cuenta de que lo deseaba. Incluso el olor de su sudor era como un afrodisíaco para ella. ¿Qué sucede contigo? se preguntó a sí misma. Ninguna mujer debería sentirse así cuando un hombre intentaba forzarla. Debería buscar formas de desactivarlo, en lugar de sentir que su cuerpo palpita y se derrite por él.

De repente, hubo un grito penetrante desde la puerta.

-¡Philip! ¿Qué haces con esa chica?- La voz era femenina, sonaba horrorizada y llorosa. Luego se escuchó el sonido de pasos corriendo a través del patio.

.-Rachel! ¡Oh no, Rachel! Rachel, espera!- Philip la soltó y salió corriendo en su busqueda.

¡Estaba libre! El milagro había ocurrido después de todo. Podía irse ahora. Su madre siempre había dicho que tenía un ángel guardián, por primera vez, Lucy pensó que debía tener razón. Haciendo una mueca por la sensación húmeda de su capa mojada, se la puso una vez más alrededor de los hombros y se la sujetó para ocultar su vestido roto.

Estaba a punto de salir de puntillas del establo cuando oyó voces que se acercaban a la puerta. Estaban discutiendo. Philip suplicaba y se disculpaba, Rachel furiosa e implacable. Lucy se encogió hacia las sombras para escuchar.

-¡No, Philip, no te perdonaré! ¡Traidor sin corazón! ¿Cómo pudiste hacerme esto? Dos meses antes de nuestra boda, y te atrapo con. . . con una ramera!- Su voz se rompió en sollozos y Philip se hizo cargo.

-Rachel, mi amor, querida, no es así, te lo prometo. Hay una buena razón Te lo diré si solo escuchas. No tiene nada que ver contigo o con mi amor. Ni siquiera era una fantasía pasajera. No es nada. Esa chica, me engañó, me robó. Tenía que ser castigada, así que ...

-¡Una buena manera de castigarla!- El tono de Rachel era ácido. Lucy sintió una oleada de simpatía.Sabía exactamente cómo debía sentirse.

-Queridísima, este fue un desafortunado y aislado incidente.

La voz de Philip era insistente y persuasiva, Lucy lo odiaba por sus intentos de salir de su dilema. Casi tenía ganas de salir y mostrar su estado harapiento y magullado a la niña, cómo su precioso novio había abusado de una extraña , lo que lo haría odiarlo más.

Pero las siguientes palabras de Rachel hicieron que su mente y sus simpatías giraran en la dirección opuesta.

-De tal palo, tal astilla- Se burló.

-Tu padre fue tan tonto como para perder el dinero de tu familia y su buena casa a manos de mi padre, en un juego de cartas. Y ahora su tonto hijo, tú, Philip Darwell...- Lucy, desde su escondite, podía imaginar a Rachel señalándolo con un elegante dedo,

-...Ha desperdiciado su única oportunidad de recuperar parte de su herencia. Ahora me doy cuenta de que nunca me amaste, aunque una vez imaginé estúpidamente que sí.

-Pero Rachel... .

-No, no hay excusas. ¿De verdad crees que yo, Rachel Hardcastle, quiero casarme con un pobre diablo con un título sin sentido, que corteja a las putas cada vez que me doy la vuelta? ¡Sería el hazmerreír de mi propia casa! No quiero oír tu explicación.

-No habrá perdón, ni de mí, ni de mi padre. Estoy totalmente disgustada con lo que me acabas de obligar a presenciar. No quiero tu título, no te quiero. Espero no volver a verte nunca más. Tan pronto como tu padre fallezca, la Mansión Darwell será mía, ya que mi padre me ha regalado las escrituras.

-En cuanto a lo que te pase, bueno, sin duda puedes encontrar alguna sirvienta con un cuerpo complaciente que estará encantada de acogerte. Adiós, Philip.

Lucy escuchó el sonido de los cascos de un caballo y se arriesgó a echar un vistazo por la puerta del establo. Vio un lomo rígido vestido con terciopelo azul, y una larga madeja de pelo pálido atada con un lazo marrón, desapareciendo en el camino sobre un castrado ruano, con Felipe corriendo tras ella, llamándola por su nombre.

Por fin, era la oportunidad perfecta para su escape

11

Fue su culpa. Podría haber corrido alrededor del establo y encontrar alguna ruta para alejarse de la mansión, pero tambaleó. Lo que la detuvo era saber que estaba en un grave peligro, no solo de Philip sino también de Pat y Smithy.

Tal vez, en ese momento, descubrieron el robo de la yegua, su desaparición y la de Rory. Llegarían a una conclusión errónea, por supuesto; asumirían que Rory y ella habían robado la yegua y huirían juntos.

Darwell Manor sería el primer lugar en donde buscarían, pero si vinieran aquí, estarían caminando directamente hacia una trampa. Sin embargo, no había manera de que pudiera advertirles, no había manera de explicarles sus acciones. Philip esperaba que lo llevara directamente a los miembros restantes del grupo.

Había notado algo el día anterior, la mirada de Philip, por ejemplo, Rory le había informado de sus celosas sospechas, podrían pensar, naturalmente, que estaba del lado de Philip contra ellos. Sin embargo, si se negaba a obedecer a Philip, su situación era igual de mala. De cualquier forma que lo mirara, el panorama era igualmente sombrío.

Ahora era demasiado tarde, vio la silueta de Philip en la puerta, escudriñando en las sombras .

-Sé que estás ahí. ¿Debo tomar una linterna y encontrarte, o serás una buena chica y te mostrarás?

¿Estaba imaginando cosas, su voz no era tan severa como antes, antes de su encuentro con Rachel? El tono de acusación parecía haber desaparecido.

Una mirada a su alrededor le aseguró a Lucy que no había otra forma de salir del establo. Estaba en un callejón sin salida, con nada más que una fila de cajas sueltas entre Philip y ella. Dando un paso adelante, dijo suavemente:

-Estoy aquí.

No hizo ningún movimiento para acercarse , así que Lucy se acercó, todavía agarrando su capa fuertemente alrededor de su vestido roto. Una vez más, tuvo la intuición de que debía ser razonable con él, a pesar de la forma en que había tratado de abusar de ella.

-No pude evitar oír lo que acaba de ocurrir entre usted y su prometida. Lo lamento. Pero si deja que una mujer que ni siquiera conoce dé su opinión, diría que es lo mejor. No parece el tipo de chica que haría muy feliz a un hombre.

¡Allí! Había hecho todo lo posible para consolarlo. Ahora, ¿ablandaría sus sentimientos hacia ella?

Para su sorpresa, Philip levantó un puño y lo estrelló contra el marco de la puerta. Gotas de sangre brotaron a lo largo de sus nudillos, pero no intentó limpiarlos ni chuparlos, simplemente dejó su mano dañada colgando a su lado. Parecía haber algún tipo de conflicto interno dentro de él.

Pacientemente, Lucy esperó una respuesta o una orden.

-¿Cuál es tu nombre?- Su voz parecía venir de muy lejos, como si estuviera hablando en un trance.

-Lucy, er, Swift- Había estado a punto de decir "McDonnell", pero la idea de ser conocida con ese nombre le revolvió el estómago. No quería tener más que ver con el nombre, ni con el hombre que lo llevaba.

No hizo ningún comentario sobre su vacilación, solo miró el piso del establo cubierto de paja y murmuró:

-Es un desastre. Si la perdí, lo he perdido todo.

Lucy quería señalar que fue su culpa, que si la hubiera dejado explicar, nada de esto hubiera sucedido , pero de alguna manera se las arregló para contener su lengua y decir, tan tranquilamente como pudo:

-Deduzco que había algo más que simplemente el amor en juego.

Philip levantó la cabeza y la miró, como si la viera claramente por primera vez.

-Mira, yo. . . es decir . . . . - Él vaciló

-. . . Quiero decir que lamento lo que te hice.

Sus palabras comenzaron a salir apresuradamente, cayendo una sobre la otra. Un leve rubor subió a sus pálidas mejillas.

-Yo estaba muy enojado. Era cierto que me había propuesto detener el robo de caballos y el comercio corrupto que estaba ocurriendo, pero no debería haberte tratado así. Te vi solo como un ladrón, no como una mujer. Una dama- se corrigió a sí mismo.

-Supongo que si hubiera sido un hombre, me habrías dado una buena paliza.

-Sí, por supuesto, aunque no sé qué oportunidad habría tenido contra ese gigante tuyo.

-¿Y realmente nos habrías entregado a las autoridades, para ver como que nos ahorcaban a todos?

Se quedó en silencio, mordiéndose el labio inferior, pensativamente. Luego levantó la barbilla en forma desafiante y dijo:

-No puedo mentir sobre eso. Sí, esa era mi intención.

Sintiendo que había llegado el momento perfecto, Lucy habló con valentía.

-Me gustaría que sepas que no estaba con el grupo de ladrones, embaucadores, traficantes de caballos, o como quieras llamarlos, completamente por mi propia voluntad.

-Cabalgaba solo por la noche y me atacaron en un lugar aislado, me capturaron. Por varias razones, no pude escapar. Fui tan víctima de ellos como, ahora, lo soy de tí.

Ella lo miró tan desafiante como él la miró. Intentó no parpadear ni dejar que su mirada vacilara mientras sus ojos grises e inescrutables sostenían los de ella.

Finalmente, rompió el silencio, miró hacia otro lado y dijo, pensativo,

-Creo que te creo.

Lucy se sintió aliviada. Entonces había algo de esperanza. Tal vez, si él la dejara contar la historia completa, entonces tal vez hubiera alguna forma de obtener ayuda.

De repente, pareció notar que estaba lloviendo, se refugió en el establo, junto a Lucy. Se mantuvo algo alejado de ella, como si tratara de retener algunos pedazos de dignidad. Tomando su silencio como estímulo para continuar, Lucy se encontró explicando los eventos que habían llevado a su captura en el páramo.

Deliberadamente retuvo la información sobre la supuesta boda a la que se había visto obligada a someterse. Una voz interior la instaba a no revelarle a Philip que estaba manchada. En cambio, le dio la impresión de que había permanecido virtuosa a pesar de las constantes molestias de Rory, era un alivio, no celos, lo que había sentido esa mañana al descubrirlo con la chica de la posada.

Cuando le contó su plan de robar sus cincuenta guineas, usarlas para un alojamiento y un caballo, él soltó una carcajada.

-Niña tonta. ¿De verdad crees que te lo habría dado? ¿Realmente te parecí tan idiota ayer?

Lucy no se atrevió a decir "Sí", así que se contentó con el discreto, aunque enigmático:

-Tenía mis dudas.

-Puedo ver que tienes mucha angustia y problemas, niña. Aún así, aunque su situación me toca, siento que no puedo evitar romper la solemne promesa que me hice para tratar de poner fin a todo este torpe trato de caballos.

-Todavía está en mí poder terminar no solo con el sustento, sino también con la vida de ustedes y tus amigos. Sin embargo, creo, después de lo que acabas de decir, eres una víctima inocente de las circunstancias.

Lucy sintió un enorme alivio, pero instintivamente sabía que habría un precio que pagar. Philip Darwell obviamente no era un derrochador de clase alta sin carácter, no importaba lo que Rachel pudiera haber dicho. Tenía la idea de que él estaba a punto de llegar a algún tipo de acuerdo . ¿Significaría entregarle su cuerpo a él? ¿Se vería obligada a traicionar a Pat, Smithy y Rory? ¿Qué iba a tener que hacer a cambio de que él le perdonara la vida?

Pero la curiosidad de Lucy no iba ser mitigada. Philip Darwell parecía no estar dispuesto a revelar lo que estaba sucediendo en su mente. En cambio, sonrió sombríamente.

-Ven conmigo- dijo, impulsándola fuera de los establos y cruzando el patio.

-Te vas a quedar un tiempo en Darwell Manor.

12

La habitación de la planta baja estaba casi vacía. Lucy pensó que la alfombra debía tener al menos cien años y algunas tablas debajo del suelo podían verse a través de los agujeros producidos por la polilla. La cama y el armario de roble en una esquina estaban tallados con un patrón de hojas que hacían juego, el escudo familiar que Lucy había notado sobre la puerta principal de la mansión. Toda la casa no hablaba de austeridad, sino de una grandeza que se desvaneció debido a la pobreza.

Una criada había traído algunos leños y había encendido un fuego, Lucy sintió que su convulsivo temblor comenzaba a calmarse. La ventana estaba en dos pies de piedra gris sólida y daban a un balcón con vistas a una parte del parque. Alguna vez, debe haber sido hermoso, porque los árboles estaban dispuestos en hileras rectas que flanqueaban una amplia avenida, ahora eran desierto de ramas caídas y maleza enredada. A través de la torrencial lluvia, Lucy vio un brillo de agua más allá de los árboles y algunos restos de antiguas estatuas, ¿o eran solo tocones cubiertos de hiedra?

Alguna vez, pensó, los señores y señoras debieron pasearse cogidos del brazo por esa avenida, para pasar el rato junto a las fuentes mientras los músicos tocaban en el césped plano fuera del invernadero.

En su mente, limpió las malas hierbas enredadas y las ramas muertas, arrancó las hojas caídas y las hierbas gruesas del césped y restauró la mampostería caída al pie de las paredes.

Luego, después de haber ordenado el jardín, se puso a revitalizar el corazón de la mansión desmoronada en su imaginación, cubriendo las paredes vacías con pinturas y tapices, colocando una mesa ornamental aquí, un jarrón allá, añadiendo alfombras, cojines y brocados en colores ricos y brillantes. Luego la pobló, imaginando las conversaciones, las intrigas y los romances, la ropa fina, la dulce música, la rica y deliciosa comida, comida digna del mismísimo monarca Jorge IV.

Tan perdida estaba en sus fantasías que no oyó a la criada volver a entrar en la habitación y saltó cuando sintió un el ligero toque en su codo.

-Lo siento, señorita. El joven dijo que le trajera ropa seca. Me temo que no está muy de moda, es una de las mías. La hice yo misma, señorita.

Lucy la miró fijamente, el simple vestido gris que tenía sobre su brazo, una camisa de algodón que cubría debajo de él. La mujer tenía unos sesenta años, con la cara arrugada, el pelo fino y gris, arreglado en un moño. Parecía haber visto días de hambre, pero había un aire de resignación en ella y su boca cerrada sonreía con orgullo mientras le ofrecía el vestido.

Lucy tomó el vestido y lo examinó de cerca. Aunque el material era simple lana, la costura era tan fina, casi invisible, las mangas perfectamente ajustadas en las sisas y la cintura se juntaba en suaves pliegues que caían a lo largo de toda la falda.

-Es bonito.

Una sonrisa iluminó el rostro de la mujer, haciendo que sus ojos marrones bailaran. Era como encender una lámpara. Debe haber sido bonita alguna vez, pensó Lucy.

-Estaré orgullosa de llevarlo.

-El "joven amo" dijo que, después de vestirte, debes unirte a él para almorzar en el salón de banquetes. Le mostraré el camino.

Lucy no pudo resistirse a hacer una pregunta.

El Cautivante Conde

-Dijiste" el joven amo ". ¿Significa esto que el viejo conde todavía está vivo?

-Sí, señorita, aunque está en cama. En estos días nunca sale. Matthew, que es mi marido, se ocupa de él. No tiene una mujer cerca desde que la señora falleció. Le aconsejo que se quede en la planta baja de esta casa y que nunca se aventure a subir donde él o donde el joven amo duermen.

-¿Por qué?

-El conde es frágil. La conmoción de ver a una extraña sería malo para él. Alguna vez fue un hombre tan bueno, pero la muerte de su esposa cambió todo eso.

Los ojos de la criada se oscurecieron como si estuviera reviviendo un recuerdo triste, luego retomó la compostura y comenzó a ayudar a Lucy a quitarse las prendas mojadas. Cuando Lucy se quitó la capa, revelando las irregulares en el vestido, la mujer hizo una mueca y le pidió permiso a Lucy para reparar el daño, Lucy dio con mucho gusto.

-¿Se quedará mucho tiempo, señorita?-Preguntó.

-Trataré de terminar la costura esta noche, pero si Matthew insiste en que debemos ahorrar la vela, tendré que continuar mañana. Me levantaré antes del amanecer y ...

Lucy cortó sin tomar aliento.

-Creo que estaré aquí por un tiempo, unos pocos días por lo menos. Tendrás mucho tiempo para terminar el trabajo. Estoy muy agradecida.

El vestido era un poco grande pero al menos cálido, por lo que Lucy estaba agradecida. Recordó que todavía llevaba la baratija que Rory le había comprado en la feria. Sabía que debería haberla arrojado en el campo para seguir con el arete, pero era la única pieza de joyería que poseía, por lo que era reacia a separarse de ella. No solo eso, sino que cada vez que lo tocaba, pensaba melancólicamente cuánto había amado a Rory en ese momento. Había algunos recuerdos que ni siquiera el trato más cruel podría destruir.

Estaba a punto de levantarlo del interior del vestido y dejarlo descansar contra la lana gris, para darle a su escote un toque de decoración, cuando algo la detuvo. Estaba en la casa de un conde. Incluso si él y su hijo ahora vivían en circunstancias reducidas, debe haber habido un momento en que habían conocido oro y joyas autenticas. No quería pararse delante de ellos usando un tipo de adorno que una criada podría haber lucido. Aunque no podía igualar a los Darwell en el linaje, su padre era más rico que ellos, Lucy tenía un sentido del buen gusto bien desarrollado. Entonces el collar permaneció escondido dentro de su corpiño.

Ahora la criada le cepillaba el cabello, tratando de alisar los enredos. Lucy soportó el dolor con paciencia mientras la mujer abordaba cada nudo por turno, sabiendo muy bien que podía hacerlo mucho más rápido. Pero la criada era una buena mujer y Lucy no deseaba lastimarla ni despojarla de su orgullo por su trabajo.

Mientras tiraban de sus rizos castaños de un lado a otro, Lucy preguntó con curiosidad:

-¿Qué le pasó a la joven madre del conde?

-Fue cuando nació el bebé, señorita. Perdió demasiada sangre y se consumió. Mi señor nunca lo superó.

Había una extraña restricción en su voz. Lucy se lo preguntó, pero supuso que era producto de su imaginación.

-Si no tenía madre, ¿quién lo crió?- preguntó.

-Al principio estaba la Condesa de Harringford, la hermana del Conde. El Conde estaba en el extranjero en una larga campaña y ella contrató a una nodriza, llevó a Philip a su propia casa durante dos años, hasta que el Conde regresó y se encontró con el niño.

-Entonces el joven amo fue traído de vuelta aquí y Matthew y yo hicimos lo mejor para él. Pensó en mí como su madre, hasta que el Conde le oyó llamarme mamá un día y se lo prohibió. Tenía una institutriz y una enfermera, hasta que el Conde empezó a perder su dinero y tuvieron que irse. Pero estoy hablando demasiado.

Miró a Lucy como si le pidiera perdón, y luego confesó:

-Era una terrible charlatana cuando era joven. Matthew nunca pudo conseguir que dejara de hablar. Y ahora, aparte de la cocinera, es tan raro que tenga la oportunidad de hablar con otra mujer.

· · ·

El Cautivante Conde

Se detuvo y se llevó la mano a la boca.

-Perdón, señorita. Por lo que sé, podrías ser una dama. El joven amo no me lo dijo.

-No te preocupes, er...- Lucy levantó una ceja.

La criada de cabello gris rápidamente proporcionó la información:

-Martha, señorita. Soy el ama de llaves, la mucama y casi todo lo demás, señorita.

-Oh, de verdad, Martha. Llámame 'señorita' si debes, pero preferiría que me llamaran Lucy.- Se había entusiasmado tanto con esta mujer, que podría convertirse en su amiga y aliada.

-Lamentablemente, no soy una dama, ni una condesa, ni siquiera una duquesa, sólo soy Lucy Swift.- No McDonnell. Definitivamente no eso.

El fuego le había secado el cabello. Martha le trajo un espejo y Lucy se alegró de ver el rubor que el calor del fuego había traído a sus mejillas, el brillo de su cabello limpio. El tono del vestido tal vez era un poco monótono, pero su color natural y vivo lo superó. Ahora se sentía preparada para enfrentarse a Philip y le pidió a Marta que le indicara el camino.

El pasillo estaba sin alfombra, los pasos de Lucy resonaban, sus pesadas botas, creyó que sonaba como todo un ejército en marcha. Se lo dijo a Martha y ambas se rieron, hasta que la criada se llevó un dedo a los labios e insinuó que se acercaban a la sala de banquetes.

Martha se adelantó y abrió una puerta. Lucy pasó junto a ella y se encontró de pie en lo alto de un tramo de escalones de madera que conducían al piso escasamente alfombrado de una enorme habitación rectangular. Restos de banderas hechas jirones, junto con las cabezas de ciervos magníficamente cornamentados, adornaban las paredes con paneles oscuros y en un extremo de la habitación había una larga vidriera con la cresta familiar. Debajo de él, una colección de lanzas antiguas se entrecruzaron en forma ordenada.

Mientras miraba a su alrededor, fascinada, sintió que sus ojos se dirigían al centro de la habitación, donde una enorme mesa de madera con dos candelabros ramificados, velas encendidas contra la oscuridad del día, dominaba el suelo. Dos lugares estaban preparados, pero nadie se había sentado todavía.

En la gran chimenea, un altísimo fuego rugió y crujió, enviando chispas que salían disparadas hacia la oscura chimenea. Lucy se sorprendió de que no hubiera olor a humedad o moho en el gran salón y se lo dijo a Marta, quien le informó que mantenían el fuego encendido en el salón durante todo el invierno, era una de las pocas extravagancias de su amo.

Un leve crujido hizo que los ojos de Lucy exploraran la habitación. Sintió un movimiento y lo encontró. La alta figura de Philip estaba en silencio en una puerta al final del pasillo, justo a un lado de la ventana ornamental.

Mientras observaba, él descendió un tramo de escaleras similar a las que ella estaba parada, se paró en uno de los lugares establecidos en la mesa y le hizo señas. Sintiéndose inexplicablemente nerviosa, Lucy comenzó a descender la escalera.

Entonces la voz de Philip sonó:

-¡Alto!

Lucy sintió un sonrojo que ardía en sus mejillas al sentir sus ojos inspeccionándola. Sus siguientes palabras la enrojecieron aún más.

-¡Ese vestido! ¡Terrible! No te queda bien. ¡Martha!- La mujer encorvada se escabulló al lado de Lucy.

-Ya sabes dónde están las cosas de mamá. Encuéntrale algo mejor. Parece una campesina con ese trapo tuyo.

-Lo siento- susurró Lucy al oído de Martha, mientras volvían por el pasillo. Estaba furiosa con Philip, no solo por la forma en que él la había hecho sentir, como si fuera un objeto, un artículo de mobiliario tal vez, que tenía que cubrirse para adaptarse a él, sino también por molestar a alguien de buen corazón. Marta. Vió la mirada afligida en el rostro de Martha. ¿Por qué Philip tenía que ser tan cruel?

El miedo la invadió de nuevo. Si podía ser tan poco amable con la mujer que lo había criado desde pequeño, ¿qué podía tener en mente para ella? El recuerdo de su comportamiento en el establo volvió y se estremeció, pero luego recordó lo diferente que había sido en aquellos momentos en los que había bajado la guardia. Era un enigma, un hombre completamente impredecible y ella, por desgracia, estaba absolutamente a su merced.

De vuelta en su habitación, Lucy se rindió a una sombría ola de soledad, la primera que había experimentado desde que salió de casa. Extrañaba la alegre y amorosa compañía de Rory. Sin duda ya estaba en alguna posada en el camino, deleitándose con la compañía de una puta. Lucy hizo una mueca y desechó el pensamiento. No iba a pensar en él , presionando a otra con su cuerpo. Una punzada de deseo insoportable e irritante la apuñaló al pensar en el cuerpo viril y desnudo de Rory.

Afortunadamente, en ese momento hubo un toque de luz en la puerta y Martha entró, llevando una franja de material en color azul que rozó el suelo. Mientras lo levantaba y lo sacudía, Lucy jadeó ante la magnificencia de un anticuado pero exquisito vestido de seda brillante y luminosa, cubierto con encaje de un tono más pálido, trabajado con cuentas y volantes en el corpiño escotado.

-¡No puedo usar eso!- exclamó Lucy preocupada. No solo era demasiado grande y viejo para ella, Sino que era más adecuada para una dama con titulo de al menos veinticinco años, además Lucy temía el efecto en Philip de verla con un vestido que alguna vez había agraciado a su difunta madre.

-Pero Amo Philip dijo que debía darselo...

-No me importa lo que diga el Amo Philip. No voy a usar ese vestido. Llévatelo. Si insiste en prestarme algo que perteneció a su madre, entonces por favor encuéntrame algo más simple y adecuado. Puede que esté cenando en una gran casa, pero sólo soy una joven normal, ¡no una duquesa viuda! Y de todos modos- bajó el tono con confianza

-Prefiero usar ese vestido suyo que todas estas galas.

Martha se veía pálida y ansiosa.

-La cocinera tiene la comida lista y el joven amo tiene buen temperamento. No tienes por qué seguir mi consejo, pero se lo doy con la mejor de las intenciones. Pongase éste y mantenga contento al amo Philip.

-Oh, está bien, si debo hacerlo- suspiró Lucy cansada. Se sentía muy hambrienta y si eso significaba deslizarse hacia la mesa con un vestido de baile de veinte años, entonces lo haría, aunque se sentiría completamente ridícula.

Martha se había aplicado un poco de polvo en los moretones de su cuello para que no se vieran. Lucy sabía que tenía curiosidad por saber cómo se habían producido las heridas, pero sentía que, a estas alturas de su corta relación, apenas podía decirle que habían sido infligidas por el "joven amo" de Martha.

Cuando Lucy bajó las escaleras hacia el salón de banquetes por segunda vez, sintió el calor en los ojos de Philip mientras la miraban de arriba abajo. Alcanzó el plato de cordero recién cocinado, pero el sonido de alguien aclarándose la garganta justo detrás de ella hizo que retirara la mano.

-Permítame, señorita- Un hombre con uniforme le quitó el plato, con modales impecables, procedió a servir carne, verduras y salsa tanto a Philip como a Lucy.

Inclinando la cabeza ante su amo, el sirviente se disculpó por no haber estado allí antes, había salido a cortar leña. Lucy se dio cuenta de que debía ser el marido de Martha, Matthew, un hombre de aspecto agradable con un porte erguido, cabello plateado y una sonrisa atractiva.

Philip lo perdonó y le explicó a Lucy que los sirvientes tenían pocos suministros en su hogar debido a las circunstancias difíciles de los Darwell y que se esperaba que cada uno hiciera varios trabajos. Por eso los jardines parecían tan abandonados, pensó Lucy. Con tantos roles que cumplir, Matthew tuvo que descuidar algo, ya que simplemente no había suficientes horas en el día. En cualquier caso, se necesitaría un equipo completo de jardineros trabajando a tiempo completo para mantener la finca bien cuidada.

-Deduje eso- respondió,

-...por lo que escuché de la conversación entre usted y, er, Rachel.

Echó una mirada a través de la mesa. El cabello de Philip brillaba a la luz del fuego. La miró a los ojos y comentó, amargamente:

-Sí. Rachel La chica con la que me iba a casar. Él suspiró profundamente.

-Ahí es donde me vas a ayudar.

Un tenedor lleno de carne se detuvo camino a la boca de Lucy. Quizás él quería que actuara como intermediaria, pasando mensajes y disculpas a Rachel, negociando entre ellos. Por desgracia, no estaba destinada a jugar a Cupido, como lo reveló la explicación de Philip.

-Si escuchaste nuestra conversación, probablemente habrás entendido lo que ha pasado. Mi padre era, como Rachel tan acertadamente señaló, extremadamente tonto. No tenía talento con las cartas y podía ser fácilmente engañado por gente sin escrúpulos como el padre de Rachel. Le rogué que dejara de apostar, pero no me escuchó. Dijo que el juego era su único placer en la vida ahora que mi madre se había ido.

-¿Por qué no se casó nunca más?- preguntó Lucy, pensando que un hombre con un título, una casa solariega y con todos los accesorios que el Conde de Darwell debe haber tenido, sería un buen partido para cualquier joven.

Philip suspiró y se preguntó si había sobrepasado la marca con su pregunta, pero él respondió rápidamente.

-Estaba dedicado a mi madre, Lady Eleanor- explicó.

-Era muy hermosa, eso dicen, gentil, amable y cumplida también. Todos la amaban, como Martha te dirá.

-Mi padre se envolvió en un mundo solitario después de que ella muriera. No pensaba en el futuro. Incluso ahora, su mente residía en el pasado. Le he oído hablar con mi madre como si estuviera allí con él en la habitación. Es por eso que perder el dinero y la casa no significó nada para él. Era un hombre viejo, destinado a morir pronto. No pensaba en que su hijo se quedara sin nada que heredar.

-Lo único que no puedo entender es por qué se jugó las joyas de mi madre. Hubiera pensado que serían más valiosas para él que el dinero o la propiedad.

-¿Amas a Rachel?

Philip se congeló en el acto de servirse otra papa, Matthew había salido de la habitación para buscar más leña.

Se mantuvo en silencio por unos momentos, como si estuviera luchando con su conciencia, y finalmente respondió:

-No. La admiro, la respeto, pero no la amo. Es fría- *como tú* , pensó Lucy

- ...y tiene una vena cruel e insensible como la de su padre. La he visto azotar a un perro hasta la muerte con su fusta solo porque le había masticado una bota.

-No, hubiera sido puramente un matrimonio de conveniencia. Hardcastle quiere desesperadamente un título para su hija Heredaré el de mi padre cuando muera, pero ahí es cuando Hardcastle se apoderará de Darwell Manor. Él amablemente nos permitió seguir viviendo aquí hasta que llegue ese día.

-Quiero mantener esta casa. Me encanta. Ha estado en mi familia durante trescientos años, aunque ha sido remodelado varias veces y se han agregado partes aquí y allá .

Sus ojos brillaron mientras hablaba de su hogar, aportando calidez a su expresión que suavizó sus rasgos angulares y lo hizo parecer más joven y ligeramente vulnerable. Lucy se encontró recordando a su hermano Geoffrey, que tenía el mismo tono de cabello, aunque su rostro era más redondeado.

-Así, casándose con Raquel, podría seguir viviendo aquí a perpetuidad y ella habría ganado un título, complaciendo así a todo el mundo- Las palabras de Lucy fueron una declaración de hechos y Philip asintió.

-Al perder a Rachel, has perdido la Mansión Darwell.

Ella empujó su plato a un lado, sintiéndose satisfecha. Philip también había dejado de comer y miraba a Lucy como si tratara de decidir si decir algo o no. Su estómago se tensó al recordar que no sólo era su invitada para el almuerzo, sino su prisionera.

Brevemente, se preguntó dónde estaría Rory , si Pat y Smithy se habían ido a la siguiente ciudad. Si tan solo pudiera enviarles un mensaje, para advertirles. Quizás Marta. . .

Entonces Philip habló.

-Lucy Swift, me has impresionado como una chica de coraje y espíritu.

Lucy lo miró sorprendida. ¿A qué podría llevar esto?

-Después de que mi padre jugó su última partida de cartas contra Hardcastle, en el que perdió a Darwell Manor y se vio obligado a entregar las escrituras a ese viejo y obsceno saco de cerveza, entré en el estudio donde habían estado jugando y descubrí que ...- buscó en un bolsillo y sacó un objeto que parecía una carta de juego,

-…esto.

Se lo entregó a Lucy. En la habitación sombría, parecía un as de trébol con un patrón en la parte posterior.

Se lo devolvió a Philip con una expresión de perplejidad.

-No puedo ver nada extraño en él.

Se levantó de su asiento y rodeó la mesa al lado de Lucy.

-Aquí- dijo, volteando la carta.

-Tendrás que mirar muy de cerca pero, sólo por esta parte roja en la esquina… …¿puedes verlo?

Su dedo índice señaló el lugar y Lucy inclinó la cabeza para examinarlo. Allí, a un lado del patrón de remolino, había una pequeña marca en un tono rojo algo diferente. Levantó la vista hacia Philip, con una repentina comprensión en sus ojos.

-Quiere decir .

-Sí. Cada una de sus cartas está marcada de alguna manera. He visitado su casa desde entonces y le he echado un buen vistazo a cada uno de sus paquetes de cartas. Si no supieras lo que estás buscando, no lo hubiera visto, pero yo sabía qué esperar y esto es lo que encontré. Me sorprende que el viejo tramposo se haya salido con la suya durante tanto tiempo. Sin embargo, se mueve con inteligencia y se asegura de que sus fenomenales victorias estén salpicadas con algunas derrotas, de modo que sus éxitos podrían, por un ligero estiramiento de la imaginación, ser atribuidos a la suerte.

-¿No hay nada que puedas hacer? Quiero decir, ¿no hay nadie a quien puedas exponer este truco?

Philip sacudió la cabeza. Caminando de un lado a otro frente al fuego, sus manos se agarraron a su espalda, parecía estar considerando cómo responder.

-Este es un asunto privado- dijo al fin.

-Hardcastle tiene muchos amigos influyentes. Todo lo que quiero es recuperar lo que es legítimamente mío. Y quiero que me ayudes a hacerlo.

-¿Cómo?- Lucy se levantó a medias de su silla, agarrando el borde de la mesa. Una punzada de ansiedad la apuñaló y apretó su agarre sobre la mesa.

-¿Qué es lo que quieres que haga?

Se detuvo en su paso.

-No será fácil- dijo, mirándola con cautela.

-Tiene que ser más fácil que la otra alternativa- murmuró Lucy secamente, imaginándose a sí misma balanceándose en una horca.

-Quiero que me devuelvan las escrituras de la casa- anunció abruptamente. Levantó la barbilla y miró a Lucy casi desafiante, como si la desafiara a interpretar a una mujer débil, a quejarse de que era demasiado pedirle.

Parecía sorprendido cuando respondió con bastante calma.

-¿Y cómo propones que haga eso?

Philip trajo una jarra de vino de una mesa y llenó los dos vasos que estaban junto a sus platos. Lucy acercó su mano a la mitad de su vaso, luego lo retiró al ver que Philip todavía no estaba bebiendo.

-En respuesta a tu pregunta- respondió, su rostro retomando su expresión severa habitual que le recordó a Lucy una vez más su precaria posición en su casa,

-...lo que propongo es esto: que asumas el puesto de sirvienta personal de Rachel Hardcastle , luego encuentra la manera de recuperar las escrituras.

13

Si un batallón de caballería hubiera atravesado la pared con sus caballos y entrado en el salón de banquetes, Lucy no podría haber estado más aturdida. Entrar en la casa de alguien y tomar algo era una cosa. Apeló a su sentido de la audacia. Pero lo que proponía era, francamente, escandaloso , según ella, estaba más allá de sus posibilidades.

-¿YO . . . una criada?- Era una sugerencia insultante, lo que implicaba que él la consideraba de bajo nivel y que este puesto era acorde con su posición en la vida.

-No puedo. . . No sabría cómo - Se mordió el labio con ira.

-No olvides que es eso o tu vida- recordó Philip.

Con sus agudas palabras, el ingenio de Lucy volvió.

-¿Has pensado que tal vez vio lo suficiente como para poder reconocerme?

-Estaba oscuro, además, estabas luchando y tu cabello estaba por toda tu cara. La única cosa de la que tenía una buena visión era de mi espalda.

-¿Cómo sabes que necesita una doncella personal?

Philip echó la cabeza hacia atrás y se echó a reír, mostrando sus blancos dientes.

-Rachel siempre necesita una doncella. Es seguro trabajar para Rachel Hardcastle. Los deberes son, por decir lo menos arduos.

-Pero no debes quedarte por mucho tiempo. Si te vas después de cuatro semanas, serás solo otra en una larga fila de chicas que, fueron incapaces de soportar a Rachel, todas han hecho exactamente lo mismo. La madre de Rachel es una mujer amable; siempre les da una referencia. Sabe muy bien cómo es su hija.

-Pero nunca he sido una doncella. ¿Cómo se supone que debo obtener una referencia que diga que soy una criada buena, honesta y confiable? ¿Y si alguien ha oído hablar de mi padre y reconoce mi nombre?

Cuanto más pensaba Lucy en ello, más recordaba los tonos imperiosos de Rachel, menos le gustaba la idea. En cuanto a robar... De repente, recordó al Emperador y se vio obligada a admitir para sí misma que era muy capaz de robar siempre que su conciencia estuviera limpia.

-Déjeme los arreglos a mí- dijo Philip.

-Estoy seguro de que mi tía en Londres, Lady Clarence, me hará ese favor. Ella es de mi confianza y está al tanto de la situación.

-Solo suponiendo por un minuto que me dan el puesto, lo cual creo que es muy poco probable...

-Tonterías, están desesperados por conseguir a alguien- dijo Philip.

-Como estaba diciendo- continuó Lucy,

-Suponiendo que me acepten. ¿Entonces que? No tengo idea de cómo es la casa o dónde se guardan los papeles, entonces, ¿cómo se supone que los recupere?

Philip sacó su silla de la mesa y la llevó alrededor, volviéndola a colocar junto a la de Lucy.

Apartó los platos, limpió un espacio y luego, sumergiendo su dedo en su vino intacto, comenzó a dibujar en la mesa el interior de Rokeby Hall.

-Aquí está la entrada, aquí los pasillos que llevan al salón. El comedor está aquí. El estudio acá, a la derecha de la puerta del estudio, está la escalera principal.

Lucy asintió con la cabeza. Tenía buena memoria visual y ya se estaba imaginando caminando hacia esas escaleras, que serían anchas y curvas para permitir el paso elegante de un amplio y fluido vestido de fiesta. Se salió de su fantasía cuando Philip comenzó a dibujar un plan diferente.

-Ahora, este es el mapa de las habitaciones de arriba. Las habitaciones de los sirvientes están todas en la parte de atrás, por aquí. Este tenedor representa el corredor principal del primer piso. El dormitorio de Rachel está aquí.

Tomó un salero de plata y lo colocó cerca del borde de la mesa. Lucy se preguntó cuántas veces había entrado a esa habitación, eso si la helada Rachel se lo hubiera permitido, lo que Lucy dudaba mucho.

-Hay una habitación de invitados vacía aquí, junto a la de Rachel. Está el vestidor y el dormitorio de la madre de Rachel aquí, dejó caer una gota de vino sobre la mesa, es el dormitorio principal donde duerme George Hardcastle. Su camerino se conecta con el de su esposa.

Su manga tocó su brazo mientras hacía algunas adiciones a su diagrama. Tembló un poco y no estaba segura de por qué. Philip tomó un pañuelo y limpió los rastros. Sumergiendo su dedo en la copa una vez más y comenzó un nuevo dibujo.

-Este es el dormitorio de Hardcastle. Cama aquí, vestidor allí, escritorio, baúl, una puerta que da al vestidor. Guarda la llave del escritorio en el cofre de roble que hay junto a la ventana. Hay una pequeña repisa en el interior y la llave está en ella.

-¿Como sabes eso?- preguntó Lucy con asombro. Philip solo sonrió y continuó.

-Dentro de la cómoda, a la derecha, hay un pequeño cajón con un mango de latón. Ahí es donde guarda las escrituras, no sólo de su propia casa, sino de algunas casas de campo que posee, una propiedad en Londres y...- se detuvo:

-...Darwell Manor.

-¿Y mantiene este cajón cerrado?- preguntó Lucy, pensando en lo complicado que parecía todo.

-Desafortunadamente, sí. Siempre lleva la llave con él, normalmente en un bolsillo dentro de su chaleco.

-¿Cómo se supone que voy a conseguirlo?- Robar una llave de un cofre era una cosa, pero ser carterista requería un juego de manos que Lucy no poseía.

-Eso, querida, es un problema que tendrás que resolver. Todo lo que puedo hacer es llevarte a esa casa. Una vez que esté allí, tendrá que pensar en tu propio plan para adquirir la llave y las escrituras.

-Y una vez que te haya dado las escrituras, ¿me dejarás salir de esta casa como una mujer libre? Si me tomo tantas molestias por ti, no quiero pensar que cambiarás de opinión y me entregarás para que me cuelguen.

Este horrible pensamiento se le acababa de ocurrir, junto con el recuerdo de ese lado frío de la personalidad de Philip que sabía que nunca estaba lejos de la superficie. Quizás no era de fiar en absoluto. Luego sintió un repentino toque suave en su cabello. Se estremeció e inmediatamente retiró la mano como si fuera una abrasadora llama de una vela.

-Perdóname- murmuró.

-Esos rizos tuyos son tan tentadores, especialmente con la luz del fuego que brilla sobre ellos, convirtiéndolos en llamas de cobre y ese azul se convierte en ti.

Furiosa por su repentino deseo de ser besada por él, Lucy rechazó el pensamiento y frunció el ceño. No iba a rodearla con palabras dulces y poéticas.

-¡Y supongo que mi cuerpo te pareció tentador en el establo esta mañana!- Ella refutó.

Lamentó sus palabras de inmediato cuando vio la expresión que apareció en el rostro de Philip; esa mirada cerrada, fría y desdeñosa que estaba llegando a conocer tan bien.

Se puso de pie.

-Esta es una transacción de negocios, Srta. Swift. Cumpla su parte del trato y yo cumpliré la mía. Y si usted fracasa . . .

Dejando que esta amenaza resonara por el pasillo, subió la escalera, cerró la puerta de golpe y se fue, dejando a Lucy sentada sola con su ropa prestada, preguntándose qué debería hacer ahora.

Su soledad duró pocos segundos antes de que Matthew apareciera, en silencio como siempre, y comenzó a limpiar los platos. Lucy repentinamente recordó a la yegua que había traído esa mañana y le preguntó a Matthew si sabía algo al respecto.

-Está en el establo, señorita. La vi yo mismo. ¿Está preñada?

Sus honestos ojos marrones miraban fijamente a Lucy, haciendo que se preguntara cuánto sabía. Decidiendo que la honestidad era la mejor política, sacudió la cabeza.

-No lo creo. Es la forma en que se atornilla la comida, se llena de aire.

- ¡Yo también tennía una así, hace casi veinte años. Solía hincharse como una mujer de nueve meses. Abrochabas la correa y luego te arrepentías de haberlo hecho, porque media hora después, encontrabas tu silla deslizándose alrededor de su vientre y a ti mismo en el suelo!

Lucy se unió a sus risas. Había presenciado a la yegua jugar precisamente a ese truco con Rory. Había aterrizado con un golpe en la espalda en un parche de ortigas, en medio de las carcajadas de Pat y Smithy.

Se preguntó si Philip realmente iba a tratar de encontrarlos y exponerlos. Tal vez estaban cabalgando hacia Pendleton en ese momento. Parte de ella, el lado amargo y herido, quería ver a Rory. ¿Cómo merecía vivir un hombre después de lo que había hecho? Pero colgarlo; eso era lento y cruel.

Matthew se aclaró la garganta. Había terminado de ordenar la mesa y le preguntaba a Lucy si deseaba que la acompañaran a su habitación. Ella aceptó agradecida.

Era apenas era la tarde, pero se sentía aturdida y somnolienta, aunque Philip ni ella habían bebido su vino. ¿Lo había derramado con la intención de brindar por el éxito de su misión? Si es así, sus palabras apresuradas habían estropeado el momento. Esperaba que su destello de temperamento no lo hubiera persuadido a cambiar de opinión. Prefiere actuar como una criada y una ladrona que perder su vida, incluso si esa vida ya no parecía valer la pena.

Lucy despertó y encontró a Martha atendiendo el fuego. Se había quedado dormida encima de la cama y su hermoso vestido estaba arrugado.

Martha la miró con desaprobación.

-Si estaba planeando un descanso, señorita, debería haberle dicho a Matthew que me pidiera un camisón- dijo.

-Lo siento- respondió Lucy.

-No quise hacerlo. Es sólo que... bueno, tuve una experiencia bastante mala hoy que me molestó mucho y creo que debo estar bastante agotada.

Martha le echó una aguda mirada.

-¿Así es como se hizo esos moretones?

-No. Bueno, en realidad, tuve dos experiencias desafortunadas esta mañana...

Lucy se preguntó de repente qué pensaría Martha de ella. Había entrado en la casa como una total desconocida, andrajosa como una indigente, magullada como una puta, por lo que Marta sabía, eso era precisamente lo que era. Quizás debería explicarlo.

-No soy lo que tú crees, Martha. Vengo de una buena familia- comenzó.

-Nunca lo dudé, Lucy- Marta habló amablemente. Extendió la mano y acarició la mano de Lucy.

-Eres lo suficientemente joven como para ser mi hija, ya sabes. No tienes que decirme nada, pero si quieres, encontrarás que tengo un oído comprensivo.

Lucy le hizo un gesto para que viniera y se sentara a su lado en la cama. Martha obedeció y pronto Lucy se encontró en confianza, habló sobre su vida familiar, sobre cómo había llegado a huir y ser capturada por los comerciantes de caballos.

De lo único que se encontró incapaz de contarle a Martha fue sobre su matrimonio en el páramo con Rory. Sintió que la mujer sería incapaz de comprender cómo había aceptado tan voluntariamente o lo atraída que había estado por Rory. Mejor era pensar que era un vagabundo que la había secuestrado y luego la había traicionado con otra mujer. Deje que el ritual sagrado siga siendo su secreto.

Como esperaba, los ojos de Martha brillaron con furia cuando Lucy describió cómo había visto a Rory salir de la habitación de la puta de la taberna.

-¿Fue por él? ¿Es así como obtuviste esas marcas?- preguntó ansiosamente.

Lucy sacudió la cabeza.

De repente, una mirada de comprensión apareció en los ojos de Martha.

- ¿El amo Philip estaba enojado por la yegua?

Lucy asintió agradecida. Así que lo sabían. Esto le ahorraría muchas explicaciones incómodas.

-No fue mi idea venderle ese caballo. No debería haber sido mi trabajo entregarlo, pero no había nadie más.

-¿Pero sabías que la yegua no estaba preñada?- La mirada inquisitiva de Martha era aguda.

-Sí- dijo Lucy suavemente,

-Lo sabía. Pero no había nada que pudiera hacer, además, sin hogar al que volver y sin Rory, necesitaba el dinero.- Dio una sonrisa de culpabilidad

-Ya veo- Por un momento Lucy pensó que Martha estaba a punto de censurarla. Se sintió aliviada cuando la criada le puso una mano en el brazo y le dijo:

-Pobrecita.

Algo se rompió dentro de Lucy. Tal vez fue la gentileza de Martha, que le recordaba a su propia madre o su tono de voz cálido y simpático. Fuera lo que fuera, se encontró sollozando incontrolablemente y volviéndose hacia a Martha para que la consolara. La mujer abrazó a Lucy y la acunó, mientras que todo el dolor y la conmoción que había sufrido brotaba, se derramaba en una serie de sollozos y lágrimas inundantes.

Cuando ya no pudo llorar más, Martha le ofreció un pañuelo, Lucy se sonó la nariz con fuerza y murmuró su agradecimiento.

-Quédate aquí y descansa- ordenó Martha.

-Te traeré una bebida agradable y refrescante de la cocina- Lucy le sonrió débilmente y se desplomó sobre las almohadas.

-Te encontraré un camisón también.

-¿Sería demasiado si te pidiera prestado ese vestido otra vez, el que hiciste?

El deleite en la cara de Martha hizo que su petición realmente valiera la pena.

Marta se fue por mucho tiempo. Cuando regresó, con la ropa que había prometido, le informó a Lucy que el "joven amo" había salido y que cenaría sola esa noche.

-¿No podría comer contigo y con Matthew? Me gustaría- preguntó Lucy.

Pero Marta rechazó inmediatamente esta idea, diciéndole que si Philip se enteraba, se enfadaría.

-Las paredes tienen oídos- añadió oscuramente y Lucy sintió que era mejor no insistir en el tema, mientras se preguntaba qué quería decir.

Así que, vestida con el modesto y cálido vestido, comió un plato de pollo, verduras y fruta en su habitación, preocupándose todo el tiempo por Philip. Sabía que no debía preocuparse por el destino de sus antiguos compañeros, pero habían sido muy amables con ella y no les deseaba ningún daño, ni siquiera a Rory.

Le pidió a Martha algo para leer para pasar el tiempo y Martha le confesó que, como ella misma no podía leer, no reconocía un libro de otro.

-Solo tráeme algo- le informó Lucy. Martha reapareció después de un rato con un volumen encuadernado en cuero que resultó ser muy entretenido, ya que trataba sobre mitos y folklore locales e incluso tenía un capítulo sobre brujas, lo que le interesaba mucho a Lucy. .

No tenía idea de cuánto tiempo había pasado, pero las velas de su habitación se habían apagado cuando escuchó voces provenientes de algún lugar cerca de su puerta. Ella reconoció las voces, eran Philip y Matthew, pero, esforzándose lo más que pudo, no logró entender lo que decían. Poco después de eso, apagó todas las velas menos una, se puso el camisón y se preparó para la cama.

Tan pronto como se acurrucó debajo de las cálidas mantas, fue golpeada su puerta. Contuvo el aliento, asustada por pronunciar un sonido y comprobó el paradero del candelero más cercano en caso de que necesitara golpear a un intruso en la cabeza.

El golpeteo sonó de nuevo y luego, para su horror, la puerta comenzó a abrirse lentamente. Lucy jadeó mientras un espectral brillo cruzaba a través del creciente hueco de la puerta. Pensó en el libro que había estado leyendo antes, sobre fantasmas ,velas para cadáveres, y estuvo a punto de gritar.

Entonces escuchó una voz en un tono bajo,

-¿Lucy?- vio la alta figura de Philip flotando en la puerta, con una linterna en mano.

-¿Estás despierta?- añadió, en el mismo tono bajo.

-Sí- dijo Lucy, más fuerte y con firmeza de lo que pretendía, haciendo que Philip se sobresaltara y su linterna se balanceara, enviando sombras que parpadeaban por el techo.

-Solo quería informarte que un mensajero está en este momento camino a casa de mi tía en Londres. Debería regresar con la referencia dentro de diez días.

¿Por qué la había molestado para decirle esto? Podría haber esperado hasta el día siguiente. Lucy sintió que la carne en la parte posterior de su cuello comenzaba a arrastrarse con inquietud. Debe tener algo más que decirle, algo desagradable. Las personas solo eran despertadas a esas horas solo para entregar malas noticias.

Su presentimiento resultó ser correcto.

-También creo que deberías saber- anunció Philip formalmente,

-...Tu viejo amigo Rory McDonnell está muerto.

14

Todos estaban siendo amables con ella, Martha, Matthew, incluso Philip. Durante tres días, Lucy no pudo levantarse en absoluto y cuando se levantó al cuarto día, Martha se movió a su alrededor, asegurándose de envolverse cálidamente y beber un tazón de nutritivo caldo.

Philip había llamado para verla varias veces en ese terrible primer día, pero estaba tan perdida de dolor que no podía hablar con él, después de varios intentos vanos de animarla, se había ido, tal vez sintiéndose impotente al ver las lágrimas de una mujer.

No fue hasta el tercer día que Lucy se sintió con suficiente control de sí misma para pedirle que describiera las circunstancias de la muerte de Rory. Se preguntó si el propio Philip lo había matado como parte de su campaña para acabar con los tratos deshonestos, pero cuando Philip contó su historia, sintió que le creía.

-Estaba en Dudcott, haciendo negociosí, cuando escuché una terrible conmoción que venía de una posada. Toda la gente del pueblo se reunió para ver cuál era el alboroto y yo fui con ellos. Pude oír a una mujer gritando: "¡Asesinato, asesinato! Entonces salió corriendo ese gigante tuyo, con sangre en su abrigo. Tres hombres se aferraban a él, tratando de contenerlo.

-Llamé a un par de soldados que estaban comprando provisiones, para ayudar a detener al gigante, bajaron sus provisiones y lo detuvieron, no sin tener que desenvainar sus espadas. Una vez que lo aseguraron, empujé a la multitud y entré en la posada.

Lucy no estaba segura de si podría soportar escuchar la siguiente parte de la historia. Pensar en el hombre que una vez amó tanto, estaba muerto, ¡incluso sus amigos no fueron capaces de protegerlo!

-El posadero se inclinaba sobre el cuerpo de un hombre que yacía en el suelo- continuó Philip.

-Era el joven barbudo con el que te vi aquel día en Pendleton, sin duda alguna. ¿De verdad quieres los detalles? No son muy agradables.

-Quiero escuchar todo, todo- presionó Lucy, sin pensarlo, agregó:

-Después de todo, él era mi esposo.

-¿Tu *qué*?- Las cejas de Philip se levantaron y deseaba poder borrar su tonta e impulsiva confesión. Él la miró fijamente y permaneció en silencio, con su corazón martilleando.

Una mirada enmascarada cayó sobre su rostro mientras continuaba.

-Estaba tirado en el suelo como dije, un cuchillo estaba clavado en su espalda, un cuchillo de aspecto inusual con un mango de madera con algo tallado.

-¡Es de Pat!- Lucy había visto ese cuchillo muy seguido durante las semanas que había pasado con el grupo. Lo llevaba consigo a todas partes, no sólo para protegerse, sino para cortar la cuerda de los cabestros, para sacar piedras de los cascos de los caballos, incluso para cortar su comida y comer. Pero seguramente Pat no lo habría hecho... ?

Philip continuó.

-El posadero me dijo que había habido una pelea entre Rory McDonnell y el hombre grande.

-Pat- interrumpió Lucy.

-Es el nombre del gigante. ¿Pero por qué estaban peleando?

-Si me dejas continuar. Parece que el desacuerdo se refería a un caballo y por lo que deduzco, era sobre esa vieja molestia que me trajiste. Pat acusó a Rory de entregar la yegua como estaba previsto y embolsarse el dinero.

-¡Pero el muchacho que cuidaba los caballos sabe que fui yo quien se la llevó! Seguramente se lo habría dicho.

De repente, se le ocurrió a Lucy un pensamiento terrible. ¿Y si el chico se lo dijo únicamente a Rory? Rory podría haberse sentido culpable por su comportamiento y mentirle a Pat que fue él quien tomó el caballo. Rory podría haber muerto tratando de protegerla. ¡Ella lo mató con sus propias manos!

Sintió que la sangre se le escapaba de la cara y la habitación comenzó a girar a su alrededor.

-¿Lucy? Lucy, ¿estás bien?- Él le miraba la cara.

-Sí, estoy bien- respondió con timidez. ¿Cómo podría este hombre frío y arrogante entender cómo se sentía? Rory había estado tan lleno de vida y risas, ahora estaba muerto. Todo por su culpa.

-¿Que pasará ahora?- susurró con los labios entumecidos.

-Pat será ahorcado por asesinato, supongo. Ya lo han llevado a prisión en Manchester. En cuanto a su cómplice, Smithy. . . Bueno, supongo que todavía tiene los caballos restantes, y podría continuar con el negocio, si pudiera llamarse así, solo podría unir fuerzas con otros pícaros como él. Sin embargo, por lo que he presenciado, no goza de la mejor salud .

-No- acordó Lucy, preguntándose si el frágil hombrecito sobreviviría al invierno.

Philip la dejó con tacto en ese punto, una vez sola, Lucy se hundió en un sordo sopor de miseria, su mano agarrando el pequeño collar que Rory le había dado como si fuera un talismán que podría borrar el pasado y protegerla de los eventos del presente. Si solo . . .

Al quinto día, Lucy se sintió lo suficientemente bien como para aceptar la invitación de Philip para cabalgar por su finca. Martha le puso un traje de montar, color verde claro, otro artículo del armario de la difunta Lady Eleanor, le dió a Lucy su propia capa, así vestida, Lucy montó un cazador de castañas perteneciente a Philip y se dispusieron a cabalgar por los alrededores.

El caballo le dio a Lucy un brioso paseo, corcoveando y patinando en el aire helado, tímido cada vez que un pájaro o un roedor crujía en los arbustos. Varias veces Philip la felicitó por su habilidad en la equitación, el ejercicio, el clima frío y ventoso le dieron un brillo en la cara que sabía que la convertían en ella. Disfrutó mucho del paseo. Philip señaló los puntos de referencia que se podían ver desde la colina, habló de todo lo que haría con los terrenos si tuviera suficiente dinero.

Finalmente, se detuvieron junto al lago ornamental, Lucy vio que la impresión que había tenido en su primer día había sido correcta; había estatuas alrededor del lago, muy necesitadas de limpieza y reparación. Le hubiera encantado abordar el trabajo ella misma y se lo mencionó a Philip, quien se rió y dijo que era un trabajo para alguien que no le importase ensuciarse.

Los siguientes días los pasó de forma similar, montando, hablando y cenando juntos por la noche. Con mucho tacto, Philip no mencionó a Rory ni el tema de su matrimonio y poco a poco, su pena disminuyó, se encontró disfrutando de la compañía de Philip ahora que había bajado la guardia de su gélida formalidad.

En varias ocasiones se sorprendió mirándolo con admiración. Era un hombre bien parecido, de corte limpio, muy inglés, diferente de la imagen rebelde de Rory, su tez rojiza al aire libre. Era un compañero divertido e ingenioso, sus historias sobre la sociedad de Londres y sus experiencias de caballería la hicieron saltar de alegría y olvidar un tanto su reciente duelo y el trato cruel de Philip hacia ella en su primer encuentro.

Era de noche, cuando estaba sola en la cama, el dolor y la soledad la invadía. Se revolvía en lo que parecían acres espaciosos y vacíos, anhelando los brazos cálidos y fuertes de Rory para tomarla y abrazarla.

A veces lo imaginaba tumbado a su lado en la oscuridad. Su mano trazaría su contorno, sus labios se moverían hacia el lugar donde deberían estar los suyos y no encontrarían nada más que un vacío inquietante. Entonces las lágrimas vendrían otra vez. Lloraría hasta quedarse dormida, a la mañana siguiente, Martha se esforzaba por la humedad de la almohada y la mancha de la cara de Lucy, le traía agua tibia a la que había agregado unas gotas de esencia de romero, para calmar y limpiar la piel de Lucy.

Una mañana se despertó y encontró una extraña, fría y blanca luz en la habitación. Corriendo las cortinas encontró el mundo entero cubierto de nieve. Un mirlo trinaba en el árbol fuera de su ventana, el único sonido en un universo apagado y muerto. Entonces, con un chak-chak de advertencia, el pájaro salió volando y Lucy escuchó voces de hombres abajo.

Se vistió rápidamente, por si el disturbio le preocupaba, se demoró en su habitación hasta que Martha llamó para traerle algo de desayuno: huevos recién puestos ligeramente revueltos, pan recién horneado y un vaso de leche tibia, que Lucy demolió vorazmente. Siempre parecía tener mayor apetito en invierno.

Después de terminar de comer, deambuló por la casa. Todos los pensamientos de huir los habían abandonado, aunque podría haberlo hecho fácilmente. Pero eso habría significado robar otro caballo y dirigirse quién sabe adónde, Manchester o Liverpool quizás, sin dinero en el bolsillo y con la nieve en el suelo. La Mansión Darwell empezaba a sentirse casi como en casa y cada día confiaba más en la amistad de Martha y la compañía de Philip.

Se detuvo junto a la puerta de la biblioteca, de donde venían las voces, estaba a punto de entrar cuando la puerta se abrió de repente. Lucy se aplastó contra la pared, medio oculta por un gran armario. A través del espacio entre la parte posterior del armario y la pared con paneles, pudo ver a Philip escoltando a otro hombre en dirección al vasto pasillo de mármol.

La puerta de la biblioteca había quedado abierta y pudo ver una hoja de papel sobre la mesa. Calculando que pasarían varios minutos antes de que Philip regresara, entró corriendo en la habitación y la cogió. La hermosa escritura que cubría la página con remolinos de tinta negra era su falsa referencia de la tía de Philip que declaraba que Lucy Skinner, ¿Skinner?, había sido una excelente y hábil sirvienta.

El Cautivante Conde

Con la conmoción de la muerte de Rory y su depresión de los últimos días, además de su creciente y rencoroso gusto por Philip, sus viajes juntos, Lucy se había olvidado por completo del propósito por el cual la mantenían en Darwell Manor, descubrió que no le gustaba que se lo recordaran.

Pasando su mirada rápidamente por la página, notó que la razón de su partida era la incapacidad de establecerse en Londres, Lucy era nacida y criada en el campo. Sin embargo, Lady Clarence había añadido que era honesta y obediente, limpia y digna de confianza y que se podía confiar en ella para realizar sus tareas con rapidez y eficiencia.

La referencia tenía un bordado tan extravagante que Lucy se encontró admirando el arte de la dama y lamentando no poder conocerla, ya que parecía muy inteligente y con un vivo sentido del humor.

Colocando la carta exactamente donde la había encontrado, Lucy salió de la biblioteca, deambuló por el pasillo, atravesó el salón de banquetes y entró en el salón de baile, largamente descuidado, con sus tapices descoloridos y con telarañas. Lleno de luz espectral reflejada desde el suelo nevado afuera, el salón de baile era un lugar embrujado de figuras a medio vislumbrar, romances sin terminar y un cosquilleo en el aire como la vibración de los violines no escuchados.

Lucy sabía que era sólo su imaginación la que estaba trabajando, pero le encantaba quedarse en el salón de baile, mirando al parque desde las enormes ventanas que se extendían a lo largo de una pared y se abrían a un largo balcón cubierto desde el que se podía descender, por medio de escalones de piedra, hacia el césped abajo.

Mientras soñaba junto a la ventana, temblando ligeramente por el aire tan frío que podía ver su aliento flotando, el sonido de los violines imaginarios en su cabeza se hizo más fuerte. Tarareando para sí misma, empezó a mover su cuerpo, dejando que sus pies la llevaran a ritmo de vals hasta el medio del polvoriento suelo. Cerrando los ojos, se imaginó a un compañero guiándola, se sumergió, se balanceó y giró hasta que hizo un circuito completo en la habitación, se encontró una vez más junto a las ventanas, donde se detuvo, jadeando y regañándose a sí misma por ser tonta.

Todavía podía oír el eco de las cuerdas tocando la melodía soñadora y ligeramente melancólica, sacudió la cabeza para despertarse, pero el sonido continuó. Era sólo un violín, no mucho, no tenía ni idea de dónde venía la música, pero la llenaba de terror.

Lucy nunca había visto un fantasma pero creía en ellos de todos modos; ahora parecía que estaba en compañía de una sombra del pasado. No podía ver nada, pero en cualquier momento esperaba que se materializara un hombre de otro siglo, vestido con un atuendo extraño y anticuado. ¡Quizás era el mismo Diablo! El libro que había leído en noches anteriores había mencionado que el diablo a veces precedía su aparición con el sonido de un violín.

Comenzó a temblar. ¿Qué haría si de repente se enfrentara a una visión satánica? ¿Hacer la señal de la cruz? ¿Recitar el Padre Nuestro?

Hablando en voz alta, con toda la convicción que pudo reunir, Lucy comenzó las primeras palabras:

-Padre nuestro, que estás en el cielo...

Ella había llegado tan lejos como:

-Hágase tu voluntad. . .- su voz se hacía cada vez más temblorosa con cada sílaba, cuando retumbaban carcajadas demoníacas que resonaban en la habitación vacía. ¡Él estaba aqui! ¡El diablo! En cualquier momento, lo vería, con los ojos rojos y la cola de horquilla, ¡y él la arrastraría a su sulfuroso pozo subterráneo para causarle terribles torturas!

¡No! No la atraparía. La vida volvió repentinamente a sus extremidades, con un chillido, Lucy se arrojó hacia la puerta, rasgando dolorosamente las uñas en sus esfuerzos por abrir la barrera inflexible entre la pesadilla y la seguridad. Gateó, empujó y tiró con todas sus fuerzas, pero estaba atascada, bien bloqueada desde el otro lado, o tal vez retenida por algún poder sobrenatural.

Cuando se dio cuenta de que estaba atrapada, se dejó caer al suelo, con los ojos fijos, con una mirada desafiante, deseando que todo lo que había en la habitación se fuera y la dejara sola. No había ningún sonido en absoluto, salvo el ruido espasmódico de las ventanas cuando las sacudían las ráfagas de viento que arrastraba la nieve, pero Lucy seguía allí, tensa y alerta.

Y entonces lo oyó; un crujido lento y amortiguado, seguido de otro, un poco más fuerte. Pasos... ¿Pero de dónde venían? Una niebla gris de terror se formó frente a los ojos de Lucy y la habitación pareció retroceder y luego regresar en oleadas de oscuridad y claridad. Todavía no podía ver a nadie, sin embargo, sintió como si la estuvieran observando, una sensación incómoda que hacía que su cuero cabelludo se arrastrase, los pequeños pelos de sus brazos se erizaron como el pelaje de un gato enojado.

Los pasos se detuvieron y la sensación de ser observada se hizo más fuerte. El corazón de Lucy latía tan fuerte que podía ver los diminutos y rítmicos movimientos de su palpitación en el material revoloteante que se extendía por su pecho. Por el rabillo del ojo vislumbró un movimiento. Una de las paredes deshilachadas se movía como en una corriente de aire y un hombre vestido de oscuro estaba de pie en el centro del salón de baile, observándola.

Todo lo que vislumbró antes de que el ruido de sus oídos la abrumara como una marea oscura, fue su vaga silueta y el violín que sostenía en una mano.

Lentamente, aturdida, se dio cuenta de una cálida presión contra sus labios y su frente. Entonces escuchó que su nombre se repetía una y otra vez.

-Lucy, despierta. Lucy Swift, ¿estás bien? Por favor, despierta, Lucy.

No era consciente de haber querido que se abrieran los párpados, pero lo hicieron y descubrió que estaba mirando directamente a los preocupados ojos grises de Philip Darwell. Tan pronto como vio que había recuperado la conciencia, una mirada de alivio se apoderó de él y colocó un brazo debajo del suyo para ayudarla a ponerse de pie.

-Lo siento mucho- dijo.

-Realmente le pido perdón. No tenía ni idea de que entraría en esta habitación en particular y no tenía intención de asustarla.

-Yo... yo pensé que eras un fantasma- balbuceó Lucy, temblando con una mezcla de miedo y frío.

-Déjame ayudarte a ir al salón. Martha puede buscarte una bebida para calentarte y calmar esos nervios tuyos.

El salón Darwell Manor había sido una vez elegante y atractivo. La habitación, de proporciones nobles como el resto de la casa, estaba en la parte trasera y daba a un jardín de rosas exquisitamente diseñado que ahora, como el resto de Lancashire, yacía oculto bajo una capa de nieve. Un fuego cálido crepitaba en el hogar y el calor del vino caliente que Matthew había traído envió hilos de fuego que la quemaron hasta los dedos de los pies.

Le agradeció a Philip con gratitud y luego le preguntó, por pura curiosidad:

-¿Sueles pasar tiempo en el salón de baile?

-Sí, de hecho lo hago. Me encanta el ambiente que hay allí. Hace años, cuando mi padre todavía tenía dinero, tuvimos algunos momentos gloriosos. Aparentemente, cuando mi madre aún vivía, se hablaba de los bailes de la Mansión Darwell por todo el condado. Los parientes venían desde Londres especialmente para compartir.

-Mi padre continuó con la tradición por un tiempo después de la muerte de mi madre, porque todo el mundo esperaba que le ayudara a olvidar su dolor, creo que algunos esperaban que encontrara una segunda esposa entre los invitados, pero cuando yo tenía unos cuatro o cinco años, el entretenimiento en nuestra casa disminuyó gradualmente, en parte por falta de dinero y en parte porque mi padre se cansó de las interminables citas que se hacían por su cuenta. Sin embargo, creo que mi amor por la música se remonta a esos tiempos felices.

-Tocas el violín muy bien- le informó Lucy, en privado pensando que podía expresar sus sentimientos mucho mejor a través de las cuerdas bien afinadas del instrumento que a través de sus propias cuerdas vocales.

-No podía verte cuando estabas jugando. ¿Dónde estabas?

-La próxima vez que entres en la habitación, mira hacia el techo del fondo. Verás una pequeña galería allí, "la galería de los besos", solíamos llamarla, porque las parejas se desviaban de la pista de baile y hacían su cortejo en lo alto sobre las cabezas de sus madres y padres, a veces incluso de sus esposas y maridos.

El Cautivante Conde

-Hay una estrecha escalera que conduce a ella, oculta detrás del tapiz al lado del gran espejo con marco dorado. Es un lugar que encontraría por accidente. Yo, por supuesto, siempre lo he sabido.

-¿Supongo que hay muchos túneles ocultos y escondites secretos en una casa vieja como esta?-Desde la infancia, Lucy había alimentado un secreto sueño en el que descubriría ese pasaje y encontraría un tesoro escondido al final, pero, por desgracia, la granja de los Swift, que tenía apenas sesenta años, no tenía tales sorpresas.

-Sí, hay uno o dos- respondió Philip, sonriendo ante su repentino entusiasmo.

-Sin embargo, no creo que tenga tiempo para explorarlos. Recibí la referencia de Lady Clarence esta mañana.

Aunque ya lo había visto por sí misma, se estremeció interiormente. ¿Eso significaba que quería que fuera de inmediato? No estaba preparada en lo más mínimo y se sintió triste por tener que terminar lo que rápidamente se estaba convirtiendo en una existencia muy agradable. Todo parecía estar sucediendo demasiado rápido.

Philip ya debe haber informado a Martha de la inminente partida de Lucy, porque la criada la estaba esperando en su habitación con el vestido en el que Lucy había llegado, ahora perfectamente arreglado. Estaba envuelto en un pequeño paquete, del que sobresalía un trozo de material marrón que Lucy reconoció: era la prenda hogareña que Martha se había hecho, la que Lucy había admirado tanto.

-¡Martha! No puedo aceptarla, no debo. Has puesto tanto trabajo en ello, tanto amor- exclamó Lucy.

-Por eso quiero que lo tengas, mi paloma. Lo necesitarás en Rokeby Hall. Es una casa fría, eso dicen .

El ligero guiño de la criada indicaba que sus palabras tenían más de un significado.

Sintiendo una oleada de gratitud, Lucy la abrazó.

-Oh Martha, querida Martha, has sido tan buena conmigo todo el tiempo que he estado aquí. ¡Realmente no quiero irme en lo más mínimo!

-Entonces, ¿por qué debes hacerlo? Es un clima amargo. Debe ser algo muy importante para obligarte a salir en un día así- La declaración de la criada contenía una pregunta sin respuesta.

-Lo es- Lucy le dijo.

-Es algo que tengo que hacer por el joven amo. Debe hacerse de inmediato.

-Ya veo. Bueno, espero que salga todo bien, porque es un mal día para un viaje.

Martha reanudó su actividad y se resistió a la oferta de Lucy de volver a ponerse su viejo vestido y devolver el vestido de terciopelo de Lady Eleanor que llevaba puesto.

-El joven amo dijo cómo ibas a tomarlo. No queremos que la señorita Rachel vea esa actitud suya, ¿verdad?

Martha apenas necesitaba explicar su obvio disgusto por la antigua prometida de Philip.

Martha conocía a Rachel, Lucy se aventuró a preguntar:

-¿Cómo es ella?

-Tu rostro y tu figura golpearían las de ella. Es fría, fría como la nieve afuera y dura como una herradura de hierro. El joven amo habría tenido las manos llenas y el corazón vacío si se hubiera casado con esa chica. No tuve tiempo para congeniar con alguno de los habitantes de Hardcastle, ni tampoco mi Matthew. Son malvados y tortuosos, astutos como zorros en una espesura. Trate de tener poco que ver con ellos como le sea posible, ese es mi consejo.

Lucy anhelaba poder decirle a Martha la verdad sobre su misión en Rokeby Hall, pero se abstuvo, en parte por miedo a que Philip se enterara de que había estado contando sus secretos a la criada y en parte porque sabía que la mujer de corazón cálido se horrorizaría y molestaría al pensar que tenía que trabajar para Rachel Hardcastle.

Cuando por fin entró al carruaje conducido por Matthew, que debía transportarla por los senderos cubiertos de nieve hasta Rokeby Hall, Lucy se sintió como una mártir yendo a la hoguera. Su visión final de Darwell Manor fue la de un imponente edificio gris, con Philip de pie, empequeñecido por la enorme puerta y la cara ansiosa de Martha mirando por la ventana de la biblioteca.

15

—Tu gatita. ¡Lo hiciste deliberadamente!

Rachel acercó su cara a la de Lucy, había un brillo loco y amarillento en sus ojos entrecerrados. De repente, su mano arremetió y golpeó a Lucy en la mejilla. La fuerza del golpe fue, en sí misma, no tan dolorosa, pero el gran anillo de esmeraldas que llevaba Rachel la atrapó en el pómulo y le sacó sangre, Lucy descubrió el brote cuando se llevó su mano a la cara.

La niña tenía una edad cercana a la de Lucy, si no hubiera sido por la misión que había prometido cumplir (¿cómo podría olvidar las oscuras palabras de Philip, "Es eso o tu vida"?) Lucy la habría golpeado. La chica era tan fría, deliberadamente rencorosa y cruel que Lucy se preguntaba si estaba poseída por un espíritu maligno.

Había estado allí solo tres días y habían sido los tres días más largos y desagradables de toda su vida. Nada de lo que podía hacer estaba bien a los ojos de Rachel. Tan pronto como Lucy se cepilló el cabello para darle un esplendor dorado y brillante, retorció los rizos con planchas calientes, Rachel le torció la muñeca dolorosamente, como si tratara de quemarla con las planchas, luego se pasaba los dedos por los mechones, desatando todo el trabajo cuidadoso de Lucy e insistiendo en que era exactamente lo contrario de lo que ella quería.

Era igual con su ropa.

-Tráeme mi vestido verde- ordenaba imperiosamente. Lucy iba obedientemente al armario y le traía a Rachel la prenda requerida, con lo cual arrancaba el vestido de las manos de Lucy, lo tiraba al suelo como una niña en un berrinche:

-Ese no, estúpida, el azul pavo real.

-Pero usted dijo...- Lucy pronto aprendió a no usar estas palabras o, de hecho, a no discutir con Rachel de ninguna manera. Porque no estar de acuerdo con la niña de ojos pálidos traería un inmediato regaño en la cabeza de Lucy o incluso un doloroso castigo físico; Rachel no estimaba en coger un látigo de montar y golpear a Lucy con furia por el más mínimo error.

Lucy miró fijamente sus dedos ensangrentados. No tenía el temperamento para soportar este tipo de tratamiento, pero... *¡es eso o mi vida!*

Reprimiendo las palabras de represión, Lucy recogió el cepillo que había dejado caer cuando Rachel la golpeó y volvió a peinar el cabello de su odiada ama. ¡Cómo la detestaba! Cuanto más se acercaba la Navidad, más irritable parecía volverse Rachel. La víspera de Navidad era dentro de tres días y esa noche, se celebraría una gran fiesta en Rokeby Hall, a la que habían invitado a la nobleza de muchos pueblos y aldeas circundantes.

Por lo que Lucy pudo determinar, lo principal que atormentaba la mente egoísta de Rachel era el clima invernal que impedía que los mejores jóvenes y dandies vinieran de Londres y pasaran la temporada festiva en Rokeby Hall. No había hecho más que gemir desde que había nevado y Lucy temía la idea de tener que pasar la época más preciosa del año, Navidad, en su desagradable compañía.

Mientras la cepillaba, con la mayor suavidad posible para que Rachel no pudiera acusarla nuevamente de halarle el cabello, Lucy pensó en su madre, sola con nadie más que el padre para preparar el ganso de Navidad. Incluso él probablemente estaría borracho y poco agradecido. Por primera vez desde que salió de casa hace tres meses, Lucy sintió una punzada de nostalgia y el cabello dorado de Rachel se nubló en una neblina ante sus ojos al pensar en la tristeza y la soledad que debe estar comiendo el corazón de su madre.

Primero su hermano Geoffrey, y ahora ella. ¿Cómo pudo soportarlo su madre? Tal vez estaba enferma, suspirando por sus dos hijos desaparecidos. Lucy anhelaba con todo su corazón poder llamar a esa puerta el día de Navidad y traer un brillo de felicidad a los rasgos de su madre.

-¡Perra! ¡Te he dicho que no hagas eso!- El codo de Rachel se disparó y golpeó a Lucy en el estomago.

Sintió que se acercaría y estrangularía a la chica si seguía así. No es de extrañar que todas las otras criadas de Rachel se dieran cuenta y huyeran. Lucy esperaba que hubieran encontrado mejores posiciones con amas más amables. Al menos eran criadas adecuadamente entrenadas. ¿Qué iba hacer, sin casa a la que ir y nada más que una referencia falsa a su nombre?

Cuando se desplomó en su cama dura y estrecha esa noche, Lucy se sintió débil y mareada por el agotamiento. No contenta con golpearla e insultarla, Rachel, en un arranque de furia, lanzó un pequeño jarrón de cristal a través de la habitación. Había golpeado la pared, se hizo añicos y Lucy tuvo que ponerse de rodillas y recoger cada astilla de cristal para que Rachel no se cortara los pies al caminar por la habitación

Lucy, sin embargo, se había cortado un dedo, por lo que Rachel se había reído y burlado de ella. Anhelaba poder poner sus manos sobre las preciosas escrituras de Philip para poder escapar de la tiranía de Rachel hacia la libertad, pero Hardcastle, con la llave en su bolsillo, había estado fuera de casa por negocios en Manchester y no se esperaba hasta víspera de Navidad.

Lucy aún no había visto al padre de Rachel pero había hablado brevemente con su madre, conociéndola primero cuando la entrevistaron para el puesto de doncella. Lucy estaba impresionada por ella. Era una mujer pequeña, de cabello oscuro, tan delicadamente hecha como una muñeca, totalmente diferente a su hija rubia y regordeta, que, Lucy adivinó, seguramente se parecería a su padre.

Harriet Hardcastle hablaba con una voz fina y plateada que se ajustaba perfectamente a su delicada apariencia.

—Así que tú eres Lucy. Lady Clarence habla muy bien de usted. Me envió una carta para decir que le daba una buena referencia, su recomendación es ciertamente suficiente para mí. Espero que se adapte bien a nosotros y se una a las festividades navideñas que siempre proporcionamos a los sirvientes. Maud le mostrará su habitación, que compartirá con Daisy, la ayudante de cocina.

Le había regalado a Lucy una sonrisa encantadora y se la pasó a Maud que tenía unos treinta años, con rostro y figura poco llamativos y amables ojos marrones.

A su vez, Maud le presentó a Lucy su compañera de cuarto, Daisy, que era corpulenta, de pelo grasiento, manchado y poseía un ronquido igual al de Pat, por lo que Lucy solo podía tener breves momentos de sueño antes de ser despertada por otra persona. Daisy era quisquillosa y gruñona, Lucy también descubrió que le gustaba la botella, que sin duda explicaba su exceso de peso y los vapores de cerveza negra que flotaban pesadamente en el aire de la habitación cada noche.

De repente se vio expuesta al frío del aire nocturno cuando Daisy se dio vuelta en la cama con una gran sacudida y un fuerte eructo, llevándose todas las sábanas con ella. Suspiró con resignación y agarró la colcha que descansaba flojamente sobre el montón de mantas de Daisy y se enroscó con fuerza. Antes de caer en un sueño, envió una oración silenciosa que, durante el período festivo, se presentaría una oportunidad para adquirir las escrituras y liberarse de su esclavitud con Rachel y su obligación con Philip.

Al día siguiente Maud se enfermó con un fuerte resfriado y fiebre. Harriet Hardcastle declaró que no podían soportar tenerlo cerca, no sólo por sus antiestéticos ojos rojos y su nariz chorreante, sino también porque tenía miedo de contagiarse. Así que Lucy fue convocada al amanecer para que la atendiera.

Cuando Rachel descubrió que Lucy no era libre de recibir sus órdenes y tormentos ese día, entró en la habitación de su madre y se quejó:

-En serio, madre, creo que esto es muy egoísta de tu parte. Necesito a Lucy más que tú.

Luego, al darse cuenta de que su madre no estaba para nada impresionada con su muestra de temperamento, su astuta personalidad experimentó de inmediato un asombroso cambio de niña mimada a una hermosa voz dulce.

-Quiero encontrarme otro pretendiente pronto. Querida madre, sé que quieres que haga un buen matrimonio. Mi Padre me dijo que podría traer a Lord Emmett de Londres con él. Sabes lo mucho que me gustó cuando nos visitó la última Navidad, sólo que estaba comprometido con esa horrible mujer Cecilia Monotony, o como se llame.

-Condesa Monatova- recalcó gentilmente a su madre.

-Una chica muy encantadora, según recuerdo, aunque su español no era perfecto.

-No me gustaba- continuó Rachel, comprimiendo sus labios.

Si Lucy hubiera conocido mejor a la Sra. Hardcastle, le habría dado una compasiva mirada porque estaba segura de que la madre de Rachel con su buen juicio tranquilizaba a su única hija. Sin embargo, sintiéndose insegura, mantuvo los ojos aplicados a su tarea de buscar un pendiente de granate perdido en uno de los desbordantes estuches de joyas de Harriet.

-De todos modos, nunca me importó un higo Philip Darwell- El intento de Rachel de rodear a su madre con dulces conversaciones obviamente había sido abandonado.

-No tiene dinero, ¿y de qué sirve un título vacío? Nunca quise vivir en ese mausoleo, Darwell Manor. Es como un . . a . . . - La débil imaginación de Rachel buscó un símil y no pudo encontrarlo.

Con respecto a Philip, Raquel procedió a expresar sus sentimientos sobre la forma en que Philip Darwell la había tratado.

-Encontrarlo en el establo con esa... ¡esa zorra de dos peniques! ¡Qué vergüenza!

Lucy sintió que su cara comenzaba a arder. ¿Cuánto había visto

Rachel? Si se lo proponía, ¿encontraría algo familiar en Lucy, algo que la conectara con ese incidente en particular?

-Nunca me han tratado tan groseramente- continuó Rachel.

-¡No era solo el simple hecho de que él me estaba siendo infiel, sino que ni siquiera era una mujer de calidad! Pude ver eso en su vestido.

Una pepita ardiente de odio estalló en el corazón de Lucy.

-Pero Rachel querida, no te esperaba. Los hombres serán hombres, después de todo...- protestó suavemente su madre, dando a Lucy la impresión de que le había gustado y se había puesto del lado de Philip.

-Ese no es el tipo de hombre que quiero- respondió Rachel.

-¡Quiero un hombre que no piense en otra mujer que no sea yo!

Lucy había encontrado el pendiente que faltaba, pero se demoró en anunciar el hecho para escuchar cualquier otra cosa que Rachel tuviera que decir sobre Philip. No es que le importara, después de todo, era bastante fascinante escuchar a alguien de quien se estaba chismorreando, aparte del hecho de que los comentarios de Rachel agregaron aún más combustible al odio de Lucy hacia la niña malcriada y rencorosa, ensalzando sus propias virtudes.

-Quiero un hombre que me adore, que me quiera y me dé todo lo que merezco. Quiero que esté completamente satisfecho conmigo para que no tenga necesidad de buscar a otra mujer. Es la única razón por la que lo hacen, ya sabes, madre - anunció Rachel, mientras miraba fijamente a Harriet.

-Mira a mi padre, por ejemplo.

-¡Rachel! Cuidado con tu lengua- Para una mujer de aspecto tan frágil, Harriet podía, cuando se alteraba, producir un tono de voz agudo y punzante.

-Es lo que pienso, así que lo voy a decir. Si no hubieras dejado de compartir la cama de mi padre hace tantos años, no habría tenido necesidad de ir a galopar a Londres, Manchester y todos esos otros lugares a los que va.

-Son negocios, Rachel, puramente negocios.

-¡Eso es lo que te dice!- replicó Rachel descaradamente, sin dejar que su madre interfiriera.

-Sé todo sobre Susan en Liverpool, Ellen en St. Albans, Ettie en Covent Garden...

Lucy observó la cara de Harriet palidecer a un tono encerado y luego enrojecerse con una marea carmesí de furia.

-¡Rachel! ¡Cesa con esas calumnias venenosas! ¡Si fueras más joven, te enviaría a tu padre para que te diera un buen azote!

-Me complacería que te guardaras tus ideas fantásticas y te abstuvieras de hablar de ellas delante de mí o de mis sirvientes. Ve a tu habitación- El delgado cuerpo de Harriet temblaba de rabia y con un shock nervioso.

-He visto las cartas, los regalos, los billetes, todos están entre sus papeles. Puedes ir y mirar también, madre. *"A mi querida Ellen, cien libras en pago por la generosidad de su cálido corazón"*. Vi eso escrito en su libro de contabilidad y mucho más. ¡Ve y mira, ve y mira!

La estridente y avinagrada voz de Rachel alcanzó un crescendo y giró triunfalmente alrededor de la habitación de su madre mientras Harriet se aferraba a un respaldo de una silla, mirando de cerca el colapso. En la puerta, Rachel se detuvo, miró expectante a Lucy y le ordenó:

-¡Tú! Ven conmigo de inmediato y arregla mi cabello.

-Lo siento, estoy bajo las órdenes de Madame Hardcastle hoy. No soy libre de servirle a menos que ella me dé permiso- dijo Lucy, cortés pero firme, esperando que su tono de voz le diera coraje a Harriet y le hiciera saber que tenía una aliada.

Parecía funcionar, pues Harriet se retiró a la mesa del baño, tomó el pendiente que Lucy le ofrecía e informó a su hija de que era correcto y que le enviaría a Lucy más tarde si podía prescindir de ella.

Rachel le lanzó a Lucy una mirada tan venenosa que casi se estremeció. Si Rachel hubiera sido una de las brujas de Pendle, Lucy estaba convencida de que habría muerto en el acto por una mirada tan agresiva.

Sin embargo, la ignoró y procedió a poner los pendientes en las pequeñas y casi translúcidas orejas de Harriet. La siguiente vez que levantó la vista, Rachel se había ido.

-Gracias, Lucy- dijo Harriet.

El comentario podría haber estado relacionado con el hallazgo del pendiente perdido, pero Lucy pensó que detectó algo extra, tal vez gratitud por ayudarla a darle la fuerza para enfrentarse a su malvada hija.

No se dijo ni una palabra más mientras Lucy empolvaba y desgastaba el delicado rostro de la mujer y arreglaba el encaje en su cuello y puños. Cuando terminó, dio un paso atrás, miró su trabajo y anunció, con cierto orgullo en su voz,

- Parece a una princesa,Madam.

Harriet, obviamente complacida con su apariencia, le sonrió amablemente a Lucy y respondió:

-Haces tu trabajo muy bien, niña. Lady Clarence debe haber lamentado perderte.

Lucy le devolvió la sonrisa con deferencia. Podía entender ahora por qué tantas chicas de los estratos más bajos aspiraban a una posición como esta. Atender a una persona agradecida y agradable hacía que ganarse el sustento pareciera valer la pena y si la ama de uno era atractiva, como sin duda lo era Harriet a pesar de su edad, también le daba a uno una buena cantidad de creativa satisfacción.

La propia Lucy había elegido el vestido de entre la amplia colección de Harriet como uno que le sentaría muy bien. Harriet había admitido que nunca lo había llevado, pensando que el tono profundo de vino del caro brocado era impropio para su pálida tez, pero ahora podía ver en el vaso que Lucy tenía delante de ella, que a su tez le beneficiaba ese color. Sus labios y mejillas se veían más rojos, sus dientes se veían más blancos, Lucy había arreglado su cabello con un estilo más joven y bonito que el severo peinado que normalmente llevaba.

Mientras Lucy observaba a Harriet mirando fijamente su reflejo en el espejo, podía ver cómo se le escapaban cinco o diez años. Con su aspecto de muñeca, era casi una niña otra vez y Lucy estaba encantada por ella. Tal vez, cuando su marido la viera de nuevo, se daría cuenta de lo que le había faltado a su cama todos estos años; tal vez su matrimonio comenzaría de nuevo, revitalizado por este nuevo y atractivo cambio en su esposa.

Cuando Lucy realmente vio a George Hardcastle por primera vez, deseó que tales pensamientos nunca se le hubieran cruzado por la mente. No habría tratado de mejorar las atenciones de este feo, ruidoso, cerdo grosero en ninguna mujer. Entró en Rokeby Hall, abriendo puertas por todos lados, dejando que grandes terrones de barro y nieve derretida de sus botas cayeran sobre las alfombras en lugar de rasparlas en el rascador de botas de hierro junto a la puerta, como cualquier hombre civilizado hubiera hecho.

Lloró por su familia y sus sirvientes ,cuando apareció, inmediatamente los hizo bailar según sus órdenes, llevándole ropa seca, sirviéndole vino, quitándose las botas, ofreciéndole comida y dándole a su compañero, un joven de aspecto efímero, el mismo trato.

Mientras continuaba esta conmoción, Lucy se demoró en el rellano. ¡Así que este joven débil y deslucido era el novio en el que la ardiente Rachel había puesto su corazón! Lucy sintió pena por él. Sin duda, si Hardcastle pudiera comprar a Philip y su título para Rachel, también podría comprar este pretencioso popinjay, con sus joyas y ceceo adulador.

-¡Tú, chica! ¡Te he pillado holgazaneando! ¡Ven aquí inmediatamente y te daré mucho que hacer!- Los tonos imperiosos atravesaron los pensamientos de Lucy y se volvió para enfrentarse a su odiada enemiga, que llamaba triunfalmente desde la puerta de su dormitorio.

-Sí, señorita Rachel- dijo Lucy sin pensar, preguntándose qué tipo de torturas tenía esta demonio femenina para ella ahora.

-Ese hombre en el pasillo con mi padre es Lord Emmett, el hombre con el que me voy a casar. Me vestirá de una manera que le atraiga. Quiero parecerme a una de las damas de la corte, a la moda y seductora. Sé que sólo es un patán sin gusto, pero intenta encontrar algo entre mi horrible y anticuada colección de vestidos algo que sea adecuado para la ocasión.

Vestido tras vestido fue traído y rechazado, con creciente impaciencia, por Rachel. Finalmente, abofeteó a Lucy en el brazo, la llamó "estúpida idiota" y se dirigió al amplio armario, donde tiró furiosamente de un vestido y casi se asfixió cuando un montón de pesados trajes descendieron sobre ella y la tiraron al suelo.

Lucy apenas pudo contener la risa mientras Rachel pateaba y se retorcía bajo el montón de vestidos.

-¡Ayúdame, zoquete! ¡Quítamelos de encima!- Rachel gritó. Le dio una patada fuerte en las espinillas a Lucy, como si la avalancha de sedas y satenes hubiera sido causada por el descuido de su criada y no por el suyo propio.

Rachel finalmente se decidió por un vestido de seda amarilla con una sobrefalda de encaje crema. Lucy pensó en privado que la hacía parecer una lechera en lugar de la gran dama que se imaginaba ser. La sombra drenaba el brillo dorado de su cabello, dejándolo como un campo de heno después de la cosecha.

También añadió un aspecto saludable para su cutis, pero Lucy sabía que definitivamente no era su obligación señalar, no importa cuán tácticamente, que tal vez el vestido no fuera una buena opción después de todo. Al menos Rachel parecía razonablemente satisfecha, aunque se quejó de que el escote no era lo suficientemente revelador.

-¿Lo altero para usted, señorita?- ofreció Lucy.

-¿Qué? ¿Permitirte que pongas tus torpes dedos en uno de mis mejores vestidos? Gracias, no. Me lo pondré como está. Tal vez Lord Emmett aprecie una chica más recatada que las damas a las que está acostumbrado. Puede que me encuentre un poco refrescante, ¿no crees?

Con un volado de sus enaguas, Rachel sonrió a Lucy, que no tenía intención de complacer su colosal vanidad y simplemente asintió con la cabeza. Instantáneamente, una nube oscura cruzó los rasgos de Rachel y se acercó a su tocador como si estuviera a punto de arrojar algo a la cabeza de Lucy.

-Puedo oír a Madam Hardcastle llamándome. ¿Si eso es todo, señorita...?

Lucy se escabulló por la puerta, estaba convencida de que podía oír a Rachel maldiciendo como un soldado. ¿Dónde pudo haber aprendido ese lenguaje tan grosero? Al pasar por la puerta de la biblioteca donde George Hardcastle estaba enfrentando a Lord Emmett en una especie de juego de adivinanzas con nombres de mujeres y caballos, aprendió algunas respuesta a esas preguntas.

No se quedó, porque ahora era su turno de ponerse su mejor vestido y tratar de embellecerse para asistir a la fiesta de Navidad que los Hardcastle proporcionaban anualmente a sus sirvientes.

16

-Bueno, eres una cosita bonita, ¿no es así, querida? Vamos, tu amo no te morderá. Ven aquí donde pueda verte.

Obedientemente, Lucy se dirigió hacia el charco de luz que arrojaba la lámpara de aceite que estaba colocada en el centro de la mesa de la biblioteca.

Tenía muchas ganas de relajarse en compañía de Daisy, Maud y el resto del personal de Rokeby Hall, muchos de los cuales aún no había conocido, y fue su mala suerte pasar por la puerta de la biblioteca justo cuando Hardcastle se tambaleaba en busca de un nuevo suministro de licor. La luz de la lámpara iluminaba el vestido prestado de la difunta Lady Eleanor, de modo que Lucy parecía vestida con cortinas de oro brillante.

-¡Perfecto!

La voz afectada le hizo girar la cabeza, para ver a Lord Emmett envuelto lánguidamente en un chaise longue, lamiendo una ciruela azucarada con una expresión aburrida.

-Sucede que es nueva. No la he visto antes.

-Su esposa hizo una buena elección- Los labios de Emmett se curvaron sádicamente.

El Cautivante Conde

-¿Puedo irme ya, señor?- Lucy hizo una rápida reverencia y se escabulló hacia la puerta, pero el pie de Hardcastle le impidió salir.

-No tan rápido, no tan rápido. Quédate y toma un poco de vino con nosotros.

Su nariz veteada de rojo carmesí hablaba de las muchas veces de embriaguez durante años, para su disgusto, simultáneamente le guiñó un ojo lascivamente. Mientras lo miraba, recordó, de manera horrible,un incidente que había tenido lugar años atrás, pero que, de hecho, solo habían pasado unos meses, entre ella y su grosero cuñado.

Su rápido cerebro buscó una salida a su dilema.

-Pero... la fiesta. Me están esperando.

-¿Fiesta? Humph!- Hardcastle resopló y se volvió hacia su compañero.

-¡La pequeña descarada cree que una fiesta de sirvientes es más importante que ser invitada a unirse a sus superiores!

-No aspiras a la corte, ¿verdad, Hettie?- El aburrido aristócrata parecía hablar sin mover los labios.

-Disculpe, señor, me llamo Lucy.

-Hettie. Las sirvientas se llaman todas Hettie- balbuceó Emmet.

*

-Ven aquí, Lucy- ordenó Hardcastle, acariciando su regazo, mientras Lucy hacía todo lo posible por reprimir el escalofrío.

-Aquí, dije- repitió Hardcastle, un ligero borde en su voz.

Miró hacia la puerta. ¿Por qué siempre le pasaban estas cosas? ¿Qué había en ella que hacía que los hombres, especialmente los viejos y feos, sintieran que tenían que atraerla, seducirla y maltratarla? Si no fuera por la misión que tuvo que emprender para Philip, abandonaría Rokeby Hall en ese momento, incluso si terminara pereciendo en la nieve. De hecho, ese podría ser un mejor final para ella que la horca.

-¡Aquí, gatita, gatita, gatita!- se burló Emmett, frotando su pulgar y su dedo índice.

-Pero señor, la fiesta...- Lucy vaciló.

-¡Haz lo que tu amo te dice!- tronó Hardcastle, sus cejas pobladas se encontraron en la parte superior de su bulbosa nariz.

-Como animales. Tengos que enseñarles quién es el amo- sonrió Emmett.

Con los labios comprimidos, hirviendo de ira, Lucy se acercó a Hardcastle, que estaba sentado en un profundo sillón junto al fuego. En cuanto estuvo a su alcance, la agarró por la cintura y se la llevó bruscamente a su regazo.

-Dale una buena paliza,te digo, George. Hagamos un poco de deporte navideño.

La cara de Emmett mostró su primer signo de animación cuando la mano de Hardcastle empujó el corpiño de Lucy, buscando los cálidos montículos de sus senos.

-No me importaría darle un toque al fuego.

-Ella es de mi propiedad, así que reclamo la primera- anunció Hardcastle, sus labios húmedos y gordos buscando a Lucy.

Instintivamente, se apartó de su beso y fue recompensada con un fuerte golpe en la mejilla con el dorso de su mano.

-Traviesa, traviesa. Debes hacer lo que tu amo dice- entonó Emmett, y luego añadió,

-¿Qué te parece si jugamos a las prendas con ella?

-¿Qué quieres decir?- gruñó Hardcastle. Sus dedos habían entrado en el cuerpo de Lucy y ahora estaban sondeando bajo su falda. El toque de sus torpes dedos hizo que su carne se erizara. Era un verdadero dilema. No se atrevió a arriesgarse a ser despedida antes de cumplir su misión, pero simplemente no podía soportar ser tratada como un juguete por una lista de hombres repugnantes. Reflexionó irónicamente que no incluía a Philip en esa lista.

-¡Señores, se lo ruego!- suplicó, mirando a uno y a otro, decidiendo hacerse la inocente.

-Soy nueva aquí. Vine hace cuatro días. Quiero hacer un buen trabajo como la doncella de la Señorita Rachel. No quiero hacer nada que pueda afectar mi posición en la casa.

Ambos hombres estallaron en risa, Hardcastle jadeó hasta que las lágrimas corrieron por sus hinchadas mejillas rojas.

-¡Posición - humph! ¡Haw, haw! La única posición para ti, querida, es de espaldas con las piernas abiertas.

-¡No, alrededor de tu cuello, George, tu cuello! ¿No tienes imaginación?

Fue entonces cuando Lucy se dio cuenta de que, con ambos hombres incitándose mutuamente y con ninguno deseando perder, sus posibilidades de escapar eran escasas.

Hardcastle, que seguía jadeando y resoplando, tiró del corpiño de Lucy y dejó al descubierto su escote.

Emmett aplaudió su hazaña con lentos aplausos.

-¡Has abierto el cofre, ahora veamos el tesoro!- bromeó.

-¡No! ¿Cómo se atreve?- Lucy protestó cuando Hardcastle hundió su mano dentro de su vestido.

-Mmm, mmm- murmuró Emmett, haciendo un fuerte cuando succionaba otra ciruela que tomó del tazón.

-Guarda esas frutas, estas son más dulces- bromeó Hardcastle.

-¡Por favor, señor, me está haciendo daño!- Cómo odiaba sentirse tan impotente. En momentos como estos, odiaba el sexo masculino. ¡Si todas las mujeres se levantaran y se unieran para cambiar las cosas y atormentar a los hombres de la misma forma en que maltrataban a las mujeres!

-*Por favor, señor, me está haciendo daño*- imitó el odioso Emmett, con voz de falsete.

- *Por favor, señor, hiéreme*, ¡eso es lo que me rogará en un minuto! Te encanta, pequeña descarada. ¡Mírate, dándome una mamada como una nodriza! Tengo algo que me gustaría que chuparas...

Lucy deseaba taparse los oídos para no oir sus crudas palabras. Hardcastle trepaba su pecho con sus dientes como un cachorro rebelde, raspando la tierna piel. No se atrevió apartarse de él por si la mordía aún más fuerte.

Emmett, aún recostado en el diván cubierto de damasco, acariciaba lánguidamente sus dedos por el interior de su muslo, aunque sus rasgos no revelaban nada de excitación.

. . .

Mientras Hardcastle jugueteaba con sus pantalones, Lucy descubrió que poseía una habilidad de la que no había sido consciente anteriormente. La única forma en que podía describírselo era como una sensación de estar separada de lo que le estaba sucediendo; como si su cuerpo estuviera haciendo cosas pero ella no estuviera involucrada. Era como la sensación que experimentó justo antes de quedarse dormida o desmayarse; un sentimiento de ensueño, como si todo le estuviera sucediendo a alguien más.

-Ahí, mi pequeña doncella. Sé una buena chica y ...

Lucy había adivinado lo que iba a decir, pero antes de que pudiera reaccionar, se oyó el sonido de unos pasos que se acercaban a la puerta.

-¡Rápido, puede ser mi esposa! ¡Por aquí!

Hardcastle la acomodó detrás de un biombo a un lado de la chimenea, Lucy pudo oír las voces de los hombres y el tintineo de las copas mientras un sirviente le proporcionaba víveres. También descubrió la razón de la pantalla, que escondía un orinal que ya estaba medio lleno de líquido maloliente.

Lucy rápidamente lo esquivó y tropezó. Cuando su hombro tocó el panel de roble detrás de ella, escuchó un zumbido y se encontró cayendo hacia atrás en lo que parecía un espacio vacío.

Reprimiendo un grito, extendió los brazos y descubrió que estaba en una especie de pasillo estrecho. En el resplandor anaranjado del fuego, la lámpara y las velas de la biblioteca, Lucy vio los dos primeros tramos de una escalera que conducían hacia arriba y lejos de la habitación.

Sin dudarlo un segundo, comenzó a subir, sabiendo que no tenía tiempo que perder, ya que Hardcastle pronto la buscaría. Rezó para que él estuviera demasiado gordo y borracho para subir la empinada y estrecha escalera.

Podía imaginar el acento de Emmett informando a Hardcastle que había "muchas más Hetties".

El rayo de luz de la biblioteca pronto quedó muy atrás. No tenía ni idea de cuántos escalones había subido, buscando a tientas cada uno con el pie para asegurarse de que no caía en un abismo o se estrellaba contra alguna pared. Al menos el pasaje estaba seco, aunque las paredes de piedra se congelaban y tenían telas de araña, en algunas partes el techo era tan bajo que tuvo que agacharse.

De repente, escuchó el sonido que temía: el lejano y borracho bramido de Hardcastle.

-¿Lucy? ¡Lucy! Vuelve aquí. ¡Confundida chica!

Escuchó una conversación en forma de murmullo entre Hardcastle y Emmett, luego los sonidos disminuyeron mientras subía, caminando hacia arriba y hacia arriba. Deseaba que hubiera habido alguna forma de asegurar el panel detrás de ella para ocultar el secreto de su ruta de escape. ¡Había sido mucho mejor haber pensado que era una bruja que se había hecho invisible o que se había ido en su escoba voladora! Dondequiera que esta escalera la llevara, no le serviría de nada, ahora que Hardcastle la había descubierto.

Levantó el pie para dar el siguiente paso y descubrió que la regularidad de los pasos había cesado. Punteó en la oscuridad con el dedo del pie y examinó las paredes con ambas manos, sus dedos encontraron una gruesa telaraña que la hizo temblar. El pasadizo estaba ahora tomando un giro a la derecha. Al doblar la curva, reajustó sus pasos mientras la escalera comenzaba a subir una vez más.

Jadeando por el esfuerzo y el miedo, Lucy finalmente alcanzó el último escalón y se encontró contra otra extensión de paneles en la total oscuridad. En algún lugar, tenía que haber un pestillo que abriera una puerta, si tan solo pudiera presionar o girar el lugar correcto.

¿Pero dónde se encontraría cuando saliera? ¿Estaría en una bodega abandonada, tapiada por mucho tiempo, cuya única salida sería volver por el pasillo y directamente a los brazos triunfantes de los hombres de los que intentaba escapar? ¿Y si se encontraba en, digamos, la habitación de Rachel o la de uno de los sirvientes? Particularmente si la persona era hombre!

Luego se recordó que todos asistirían a la fiesta y que si no mostraba su rostro allí pronto, habría murmullos de que la nueva doncella estaba por encima para asistir. Eso no debe permitirse que ocurra. No se atrevería o arriesgaría a llamar la atención, de ninguna manera. Era vital que encontrara una salida de este estrecho y frío pasaje de telarañas lo antes posible.

Empezando por la esquina superior izquierda, sus dedos

examinaron sistemáticamente cada panel, golpeando la superficie de esquina a esquina, de izquierda a derecha, de arriba a abajo. Nada. Empezó de nuevo, pero aún así no hubo ningún chasquido o señal de alguna hendidura en la obstinada madera.

Cansada y frustrada, se dejó caer en el escalón superior, mientras lo hacía, su cadera golpeó contra una palanca que sobresalía de la pared. Una gran rejilla, como de un pórtico oxidado del castillo, se abrió una sección completa de la pared.

Con un suspiro de alivio, Lucy prácticamente se cayó. Sus pies se encontraron con una gruesa alfombra y se dio cuenta del brillo de una ventana en algún lugar a su derecha. ¡No era una habitación abandonada! Obviamente era de uso frecuente, si no diario.

Se detuvo un momento, escuchando. Ninguna voz o pisada se le acercó, pero notó un rayo de luz que brillaba bajo una puerta, se dio cuenta de que debía estar en algún lugar de la parte principal de la casa. Si esto era así, no tenía tiempo que perder. En cualquier momento, el ocupante de la habitación podría regresar y sería descubierta.

Deseando poder tener una vela, Lucy buscó algún medio para cerrar la entrada del túnel secreto. Mientras empujaba y empujaba, recordó la conversación que había tenido con Philip sobre ese tema. Ahora, su sueño de infancia se había hecho realidad; había tropezado con un pasadizo secreto, pero no había tiempo libre para buscar tesoros, ni tiempo para sentirse emocionada.

Presionó algo que parecía un nudo en la madera, para su alivio, el panel se cerró con otro crujido. Ahora, todo lo que quedaba era que saliera de la habitación desapercibidamente como había entrado.

Primero, anudó el encaje roto en su corpiño y lo apretó con fuerza, poniéndose lo más ordenada posible sin una vela para ayudarse o un espejo. Luego, dio varios pasos en dirección a la puerta y casi la había alcanzado cuando algo la hizo retroceder. Había algo molesto en la parte posterior de su cerebro, algo que había recordado, o notado, sobre la habitación en la que estaba.

Leevó sus pensamientos hacia atrás. Lo primero que vio fue la ventana. Giró sus ojos hacia él. Allí, debajo, estaba el voluminoso contorno de un gran cofre de madera. Un cofre de roble, junto a una ventana. ¿Por qué debería parecerle familiar? Ninguna de las habitaciones de la casa había contenido un cofre en esa posición, aparte del asentamiento en la ventana del salón. Quizás eso era en lo que estaba pensando.

Su mano alcanzó el pestillo de la puerta, pero aún así el recuerdo incómodo la acosaba. Estaba de pie junto a una oficina. Detrás de ella había una cama con dosel y una cómoda al lado, con un tazón de agua y una jarra. La colocación de todos estos objetos parecía tan familiar.

La mano de Lucy voló hacia su boca. ¡Por supuesto que parecían familiares! Los había visto antes en su mente, sus formas y posiciones habían sido sugeridas por el diagrama dibujado con vino sobre una mesa. ¡Estaba en la habitación del mismísimo demonio de cuyas atenciones había huido recientemente, George Hardcastle!

El corazón de Lucy latió de pánico. ¿Ya sabía dónde terminaba la escalera secreta? ¿Estaba él, ahora mismo, esperando en el rellano para atacarla mientras salía de la puerta de su habitación, creyendo que estaba a salvo? ¿Estaba él, una punzada de horror la apuñaló, ya estaba en la habitación, sonriendo sadicamente mientras la veía tropezar en la penumbra?

Sondeó cada rincón oscuro con los ojos. No, no había nadie allí. No tenía esa sensación punzante de ser observada esa sensación que había experimentado en el salón de baile de Darwell Manor. Tomó el coraje al saber que aquí, al menos, estaba sola, caminó hacia el arcón de roble y levantó la tapa.

Allí, tal como Philip había predicho, estaba la repisa y una sola llave. ¿Debería tomarlo ahora? No, Hardcastle podría darse cuenta y molestarse antes de que tuviera la oportunidad de asegurar la otra llave, la que abría el cajón dentro de la oficina. Cerrando la pesada tapa, se fue de puntillas hacia la puerta. No había nadie alrededor. Con un suspiro de alivio, salió al pasillo.

Mientras bajaba las escaleras traseras que usaban los sirvientes, escuchó la voz de una mujer que la llamaba. Componiendo su rostro para no mostrar rastros de ansiedad o culpa, Lucy miró por encima de la barandilla. Allí, de pie al pie de las escaleras, estaba Maud.

-¿Dónde demonios has estado? Te he buscado por todas partes. Me temo que hemos empezado sin ti, pero si vienes rápido, aún quedará algo.

Lucy le sonrió con gusto.

-Estaba en camino cuando el amo me llamó y luego tenía un deber que cumplir para la señorita Rachel- Eso explicaría lo que estaba haciendo en el primer piso.

Maud la miró con recelo.

-Pero la señorita Rachel ha ido a visitar al Escudero, acompañada por Lord Emmett.

-Lo sé- mintió Lucy con soltura.

-Pero ella había derramado un poco de polvo en su habitación y quería que arreglara el desastre.

Maud aceptó esta explicación y puso los ojos en blanco con simpatía. También había soportado la fuerza vituperante de la lengua de Rachel en el pasado y no envidiaba en lo más mínimo a Lucy por su posición como doncella personal de Rachel.

-Ven conmigo ahora. No escaparás esta vez. ¡Hay varios jóvenes agradables que se mueren por conocerte!- Estornudó y se secó la nariz.

-¡Salud!- exclamó Lucy. Aunque solo había conocido a la criada mayor desde hace unos días, ya le tenía cariño. De cara amplia y sencilla, le encantaba su trabajo en la gran casa , aunque se permitía intercambiar insultos y bromas con los sirvientes, admitió fácilmente que prefería tener su propia compañía,con sus propias palabras, "el doble de nous "de cualquiera de los hombres que alguna vez le pagaron la corte.

Mientras Lucy la seguía al comedor de los sirvientes, una ola de calor y un alegre bullicio la saludaron , sintió que comenzaba a transpirar debajo de las pesadas cosas de su vestido. No tenía idea de que Rokeby Hall empleaba a tantos sirvientes. Parecía haber decenas de ellos, los criados de la casa, los cocheros, los jardineros y los muchachos del establo.

Ya conocía a varios de ellos de vista, incluyendo a la cocinera, la Sra. Ramsbottom, una mujer enorme con brazos como costados de carne; el mayordomo, Hawkins; la pequeña esclava, Teresa, o "Árbol" como la apodaban; el criado personal de Hardcastle, Jamieson, a quien

El Cautivante Conde

Lucy odiaba a primera vista casi tanto como a su amo, debido a su expresión permanentemente burlona, su cabello liso y brillante, tan liso y oscuro que parecía como si estuviese cubierto de betún para las botas.

Maud, resoplando y tosiendo por su resfriado, le presentó al capataz, fue nombrado, de manera inapropiada, Adam Redhead, a pesar de su fregona de marrones rizos. Luego estaban los dos muchachos del establo, Davey y Jim; Dickon el jardinero, un anciano de cabello canoso; su joven asistente Tom, un muchacho de la edad de Lucy, finalmente, los cocheros, los hermanos Nat y Josiah.

Tantos nombres y rostros hicieron que la cabeza de Lucy girara como si hubiera tomado demasiada cerveza. De hecho, gran parte de eso ya había sido consumido por todos los demás, dejando a Lucy demasiado sobria para entrar en el espíritu de la ocasión.

Se entretuvo con Maud y Daisy, hasta que esta última se dejó caer sobre la mesa por efectos del licor, para gran diversión de todos. La comida que la señora Ramsbottom había proporcionado fue abundante y deliciosa. Lucy comió rebanadas de faisán, carne de venado y delicados trozos de pastel. Sorbió una jarra de cerveza que Maud le colocó en la mano.

Podía sentir los ojos de las otras mujeres sobre su vestido. Sin duda se preguntaban cómo llegó a poseer una prenda tan grandiosa, anticuada y polvorienta. Los dejó pensar lo que quisieran. No estaría allí por mucho tiempo, sus lenguas podrían moverse todo lo que quisieran una vez que estuviera a salvo en Darwell Manor.

El viejo y retorcido Dickon sacó una flauta de madera de su bolsillo. Él procedió a tocar una melodía alegre y algunos de los sirvientes comenzaron a bailar. Maud, a pesar de su resfriado, se puso de pie con Nat, el mayor de los dos cocheros y giró en torno a la mesa en un movimiento rápido.

Lucy se sentó en la vaporosa habitación, con la mente deambulando, tamborileando ociosamente sus dedos. ¿Era así la Navidad para los sirvientes de la Mansión Darwell, en los días en que Lady Eleanor estaba viva y Philip aún no había nacido?

Intentó imaginar a Philip en el lugar de su padre, como Conde y cabeza de familia. De alguna manera, no podía verlo como un amo benevolente, o incluso como un esposo gentil y cariñoso que lloraría la pérdida de su esposa hasta el punto de volverse loco, como obviamente había hecho el viejo Conde.

Dejando de lado el incidente en el establo, su conocimiento sobre Philip solo habían fortalecido la primera impresión que había obtenido de él en Pendleton Fair, un arrogante, obstinado, inteligente y frío caballero. Aunque hubo momentos extraños cuando decía algo gracioso o se comportaba de una manera más amable, por lo que tal vez había un espíritu más cálido y sensible acechando en el frío exterior. Esperaba que lo hubiera.

Miró vagamente a las figuras giratorias que se reían, tropezaban, agarraban jarras de cerveza cuando pasaban por la mesa y escuchaban a medias la música de la jungla. Si Rory hubiera estado aquí, habría transformado toda la habitación con su personalidad más grande que la vida, su canto, sus bromas, su capacidad para mantener a un grupo de personas embelesadas con sus historias. No tuviera que volver a su habitación sola e incómoda, porque él la habría abrazado, murmurado cumplidos por su belleza y le habría asegurado que era amada y deseada.

Haber estado casada durante tan poco tiempo, un matrimonio con tanto potencial de felicidad, y que terminara tan abruptamente , ¡por qué, era como aplastar una crisálida y privar de vida a una hermosa mariposa! Ya, Lucy estaba empezando a perdonar a su difunto marido por su infidelidad.

Algo en su mente le preocupaba desde hacía tiempo, lo había visto, ciertamente no era la puta de la taberna. Le había dicho a Lucy que no había visitado a Pendleton durante un año, esa gorda mujerzuela no era el tipo de chica que un hombre tendría en mente durante doce meses.

No, algo mucho más importante que eso debe haber estado carcomiéndolo, parecía tan insoportablemente cruel que ahora, nunca descubriría lo que había sido. Nunca sería capaz de calmarlo, amarlo, tener hijos, algo de lo que habían hablado a menudo.

Ningún otro hombre tendría el ardiente entusiasmo por la vida que Rory, ni despertaría las ardientes llamas del deseo en lo profundo de ella que había despertado. Los vagos movimientos que sintió cuando Philip la tocó no eran nada en comparación.

Esta gente alegre y despreocupada, ¡cómo los envidiaba! Parecían como si nunca hubieran conocido la pérdida o el dolor del corazón. Sin embargo, ¿cómo podría uno decirlo?

-¿Por qué tan triste, Lucy?

La agradable voz masculina con un suave acento local hizo añicos su introspección. ¡Hombres! ¿Por qué nunca la dejarían sola? ¿No podían ver que no estaba interesada en ellos? ¿Que, para ella, el amor había muerto junto con Rory?

Se encontró mirando a los ojos verdes de Adam Redhead, el hombre a cargo de los caballos de Hardcastle, ni siquiera pudo sonreír.

-¿Sientes nostalgia porque es Navidad? No eres de por aquí, ¿verdad?- insistió.

Suspiró. Parecía decidido a entablar una conversación, así que tendría que mostrar cierta amabilidad si no quería que la describieran como una persona distante a sus espaldas. Más tarde, cuando estuviera sola, tendría tiempo suficiente para sus recuerdos.

-No. Vengo del oeste, del camino de Prebbledale. Ahí es donde viven mis padres.

-¿Te gusta aquí en Rokeby Hall? He oído que la señorita Rachel es muy difícil.

Este era uno de los temas en los que Lucy podía hablar con mayor elocuencia. Procedió a contarle a Adam algunas de las cosas que Rachel había dicho y hecho en los pocos días que había estado trabajando para ella. Cuando terminó, encontró a Adam mirándola con admiración.

-Debes ser una chica de espíritu y determinación, para aguantar eso. ¿Te hizo esa marca, la de tu pómulo?

. . .

Lucy se llevó la mano a la mejilla y sintió la cresta dura y seca de una costra. ¡Por supuesto! Era el lugar donde el anillo de esmeraldas de Rachel la había golpeado. Se había olvidado por completo, pero, cuando lo presionó con cautela, le dolió bastante. Le contó a Adam cómo había sufrido la herida y su ceño se frunció con preocupación.

-¡Que una chica no debe estropear la belleza de otra! Probablemente esté celosa de ti porque eres mucho más hermosa que ella.

¿Estaba siendo impertinente o había bebido demasiado? Lucy se retiró un poco y se negó a responder al cumplido.

Adam pareció no darse cuenta.

-Ven y baila. Eso pronto te animará y podrás sentir el espíritu navideño.

Lucy declinó, alegando el hecho de que tenía demasiado calor, pero aún así el hombre no la dejaría sola. Maud le llamó la atención y le guiñó un ojo. Sin duda habría chismes e insinuaciones al día siguiente. No estaba segura de poder soportarlo.

-Si no quieres bailar, al menos tómate una copa por la Navidad conmigo, Lucy. Toma, dame tu copa.

Sin consentimiento por parte de Lucy, Adam agarró su vaso de peltre, vertió las dos pulgadas de cerveza que le restaban en el piso, buscó dentro de su chaleco y sacó un pequeño frasco que procedió a abrir. Vertió un chorrito de líquido ámbar en la taza de Lucy, luego tomó un trago profundo del frasco, se limpió los labios con el dorso de la mano y volvió a colocar el recipiente en su escondite.

Empujó la taza sobre la mesa hacia Lucy.

-Toma. Esto calentará los berberechos de tu corazón.

Sentía que no podía rechazarlo. No estaba siendo desagradable en la forma en que Hardcastle y Emmett lo habían sido; sólo era un hombre agradable y corriente de unos veintiséis años que intentaba acogerla en la comunidad de los sirvientes y facilitarle el mezclarse con ellos.

Se llevó la copa a los labios y farfulló cuando el licor le abrasó la garganta. Era puro brandy. Solo había probado el brandy una vez y eso fue hace varios años, cuando su padre, en una de sus borracheras, le ofreció un pellizco , se rió a carcajadas por sus muecas.

Valientemente se tragó el bocado, unos momentos más tarde descubrió que realmente se sentía más relajada y sociable, después de haber comenzado a tocar con el pie la melodía del flautista y sonreír a las parejas que giraban a su alrededor.

-Ahora, ¿qué tal ese baile?- Adam invitó, tendiéndole la mano.

Lucy lo agarró y pronto se entretejió entre las demás parejas, dirigida por Adam, que demostró ser un buen bailarín. Pasó de largo a Maud, que estaba en los brazos de Josiah, cuya esposa estaba en medio de una notable danza con el joven Tom, el jardinero, requería muchos gritos y patadas.

Cuando el reloj de la cocina marcó la medianoche, Hawkins, el mayordomo, pidió un brindis por el Rey George y luego otro por su amo, George Hardcastle y toda su familia. En ambas ocasiones, Lucy bebió más brandy y sintió como si estuviera flotando una o dos pulgadas sobre el suelo.

Abbie, una de las chicas de la cocina, había sacado un poco de muérdago de algún lugar y estaba dando vueltas sosteniéndolo sobre las cabezas de las parejas y exhortándolas a besarse, lo cual hicieron con entusiasmo. Luego fue el turno de Adam y ella.

Su cabello rizado estaba pegado a su cara debido al sudor por sus esfuerzos, una amplia sonrisa envolvió sus labios cuando su rostro se posó en el de Lucy. No hizo ningún movimiento para detenerlo. De hecho, se sintió tan delirantemente feliz que respondió a su beso con mucho más entusiasmo de lo que la ocasión exigía y de repente se dio cuenta de las risas, las risas de todas partes, mientras los otros sirvientes dejaban de hacer lo que estaban haciendo para darse un codazo y comentar sobre la duración del beso

Se dio cuenta de que estaba muy borracha y que necesitaría agarrarse fuerte, así que se apartó de los brazos de Adam, encontró un taburete y se sentó. No todo el mundo se comportaba con tanta propiedad como ella. Los dedos como ramitas del viejo Dickon arañaban el amplio pecho de Daisy, dos pares de pies, uno apuntando hacia arriba y el otro hacia abajo, podían verse alrededor de la puerta de la despensa.

Tom hizo que Kitty, una de las criadas, se extendiera a lo largo de un banco, sus manos explorando vigorosamente debajo de sus faldas, incluso la sensata Maud había sido presionada contra la pared y se dejaba besar y acariciar por uno de los muchachos del establo.

Lucy no se sintió en absoluto sorprendida por este libidinoso espectáculo. Simplemente sirvió para enfatizar su sentimiento de no pertenencia. No podía despertar entusiasmo por tal comportamiento licencioso, aunque ciertamente no lo condenó. Simplemente se sentía distanciada de todos ellos y bastante melancólica. Cómo le hubiera gustado estar con Rory esa noche.

Adam estaba a su lado, su mano en su hombro, sus dedos entrelazados en su cabello. Lo miró y él inclinó su cara hacia la de ella, queriendo besarla.

Ella giró a un lado.

-Lo siento. Me esta viniendo un dolor de cabeza. Creo que necesito retirarme

Un espasmo de decepción torció sus rasgos.

-Pero hace unos momentos estabas bailando y riendo. ¿Qué es lo que pasa? ¿He hecho algo, o dicho algo, para molestarte?

-No- respondió Lucy suavemente, sintiendo su desconcierto.

-Es solo que no estoy acostumbrada al licor fuerte. No me siento muy bien. La señorita Rachel me regañará mañana si me falta la energía para correr y buscarla. Lo ves . . .

Se detuvo y sonrió. Estaba a punto de impartir un secreto que sabía que pondría a toda la casa a zumbar con chismes. No le importaba, porque ¿por qué iba a sentir lealtad hacia la chica que la había tratado tan mal?

-Ya ves- continuó,

-La Señorita Rachel está buscando marido y su presa es Lord Emmett.

Ahora ya no se le escaparía a la cama. Las sirvientas se agruparon a su alrededor, exigiendo saber más, hubo muchos chillidos, carcajadas y palmadas en los muslos. Pero cuando notaron lo pálida que estaba Lucy y cómo tenía que recurrir al parpadeo para mantener abiertos sus pesados párpados, finalmente acordaron dejarla ir , Maud la acompañó por las escaleras traseras, al darse cuenta de que se estaba balanceando.

Lucy estaba agradecida por la compañía, ya que impedía que Adam la siguiera. Sin embargo, no estaba contenta al encontrar, en la habitación, que Daisy estaba tumbada, roncando, justo en el medio de la cama, dejando a Lucy a unas pocas pulgadas de espacio para acurrucarse.

Su cabeza daba vueltas y Maud la ayudó a desvestirse, tomó el cuenco de piedra del tocador y lo colocó estratégicamente cerca del lado de la cama.

Afortunadamente, Lucy no necesitó el cuenco para dormir, en el momento en que se acostó su cabeza tocó el cojín. A la mañana siguiente se despertó con un dolor de cabeza cegador y con el sonido de Daisy tosiendo, gimiendo y lamentando sus excesos de la noche anterior. Era Nochebuena y el día del baile de Hardcastle en Rokeby Hall.

17

Al principio, Lucy temía que tal vez Hardcastle, con más espíritu navideño dentro de su abultado vientre que la noche anterior, pudiera intentar atravesarla, pero el baile pasó sin incidentes, los Hardcastles estaban tan ocupados entreteniendo a sus invitados como para estar divirtiendose con los sirvientes..

Lucy perdió la cuenta de la cantidad de veces que Rachel o Harriet le pidieron que buscara esto o que hiciera aquello o que escoltara a una de sus fatigadas invitadas a una habitación para que descansara. Cuando los músicos empacaron sus instrumentos, Lucy se sentía casi muerta, especialmente con la cabeza todavía palpitando por el consumo excesivo de brandy de la noche anterior.

Sabía que debía pensar en alguna forma de llevar a cabo la orden de Philip pero, cuanto más lo pensaba, más se veía obligada a aceptar que sólo había una forma de obtener la llave y era tomarla mientras Hardcastle dormía.

La única forma de asegurarse de que durmiera lo suficiente como para no se despertara a la entrada de alguien a su habitación, era revisar que tomara mucha cerveza y vino, con algo adicional. Una pizca de especias en su trago que lo pusiera a dormis. Maud tenía muchas en su reserva para uso personal.

Esto significaba que tendría que supervisar el consumo de licor de Hardcastle. Ella misma ya lo había usado el verano pasado y sabía que estaba almacenado en un tarro del armario de la cocina, había pedido un poco, debido a los ronquidos de Daisy, sabía utilizarlo muy bien.

El día de Navidad parecía durar para siempre. Había varios invitados. Había quienes se habían quedado a dormir después del baile, además de otros amigos y parientes de los Hardcastles, que habían llegado a pesar de la nieve, algunos llegaron envolviendo los cascos de sus caballos con un fieltro para disminuir las posibilidades de resbalar en el hielo.

Lucy no podía dejar de pensar en su madre, sola el día de Navidad, ignorada por su marido, que posiblemente se habría emborrachado con los muchachos del establo durante el mediodía. Si tan solo pudiera estar allí para hacerle compañía y hacerle su vida un poco más agradable.

Incluso la presentación de dos regalos sorpresa: una pequeña ampolla de agua de lavanda de Maud y un brazalete bordado de Daisy, hizo poco por levantar su triste ánimo. Se imaginó a Philip caminando de un lado a otro por los corredores de Darwell Manor, preguntándose qué tan cerca estaría de cumplir con su tarea.

Rachel estaba de un sucio humor, gruñendo, ya que no había logrado progresar mucho con Emmett durante el baile, Lucy se vio obligada a sufrir que le halaran el cabello y la golpearan con un cepillo mientras intentaba apaciguar a su mal genio. No podía esperar para completar su tarea y marcharse.

Cada vez que miraba a Hardcastle, tenía un vaso o una jarra en algún lugar cerca de sus labios y Jamieson siempre estaba cerca para reponer constantemente la bebida. Quizás hoy era el día, pensó Lucy, la emoción comenzó a burbujear dentro de ella. La noche de Navidad sería la ocasión ideal para llevar a cabo su misión, ya que, con suerte, Jamieson también bebería demasiado y se retiraría temprano.

Esa mañana, Lucy había encontrado una oportunidad para entrar en la biblioteca y mirar detrás de la pantalla junto a la chimenea. El panel estaba cerrado. Incluso si necesitaba usar esta ruta de escape por segunda vez, dudaba si podía recordar exactamente lo que había hecho para liberar el resorte oculto.

Algo más se le ocurrió a Lucy. ¿Cómo iba a volver a Darwell Manor? Eso era algo no que había aparecido en el plan de Philip, era algo que debería haberle preguntado, ya que la mansión se encontraba a treinta kilómetros de distancia, sobre un páramo cubierto de nieve repleto de derivas y huecos en los que podría caer y morir congelada. .

¡Qué listo había sido al explicar su plan e instruirla en el plano del interior del salón, pero qué negligente al no idear como sería la entrega de ese "preciado tesoro"! Estaba enojada tanto con él como consigo misma.

Mientras pasaba la plancha sobre el manojo de enaguas que Rachel había arrojado a sus brazos, exigiendo que fueran devueltas frescas y alisadas, Lucy se preguntó si había alguna forma de enviar un mensaje a la mansión para que Matthew, o incluso El propio Philip pudiera esperarla en algún lado y llevarla a un lugar seguro.

Pero eso significaría indicar una hora exacta, ya que difícilmente alguien podría esperar bajo el frío y la helada nieve. En cualquier caso, su mensaje tardaría varias horas en llegar, es decir, si podía encontrar a alguien que lo llevara sin despertar sospechas. Apenas podría robar un carruaje o incluso un caballo, bajo la mirada de Adam Redhead y sus compañeros.

El problema de cómo devolver las escrituras Philip parecía insuperable, pero esta preocupación particular parecía menor en comparación con el horror absoluto de lo que tendría que lograr primero. Debido a que se estaba dando cuenta rápidamente de que solo había una forma confiable de meterse legítimamente en la habitación de George Hardcastle, y era que aceptara fingir someterse a sus lujuriosos deseos.

. . .

El Cautivante Conde

Esperaba que el somnífero funcionara, porque la otra alternativa era demasiado repulsiva para contemplarla.

-Así que, pequeña descarada...- Hardcastle extendió una mano carnosa y le pellizcó la oreja.

-Huye de mí, ¿quieres? Me gustaría saber adónde llevan esas escaleras, pero ya estoy muy viejo para esa travesura. ¡Pero no demasiado viejo para esto, querida!

El destino estaba en las manos de Lucy. Como sospechaba por la forma en que Jamieson suministró la bebida la noche anterior a su amo y a él mismo, estaba muy enfermo para cumplir con sus deberes del día de Navidad, los otros sirvientes se turnaban para asegurarse de que los anfitriones e invitados tuvieran suficiente para beber. Fue a Lucy a quien Maud le ordenó que entregara el ponche de ron a Hardcastle en su habitación.

-Asegúrate de dejar la copa y salir inmediatamente. El amo puede ser un poco... difícil.- Guiñó el ojo, dejando a Lucy sin duda alguna sobre lo que quería decir. Adivinó que él debe haberlo intentado con todas las sirvientas, incluyendo a la propia Maud.

La sonrisa que Lucy le dio a Hardcastle mientras colocaba la jarra en su mesita de noche era genuina. De hecho, era todo lo que podía hacer para no reírse, sabiendo que el sabor del somnifero no se detectaría en medio de las potentes especies del ponche.

Ella hizo una reverencia.

-Por favor, señor, perdóneme por la otra noche. Me tomó por sorpresa y me asusté.

-Una pequeña virgen, estaré atado- retumbó Hardcastle desde el sillón en el que estaba sentado, lamiéndose los gruesos labios.

-Me gusta una chica que me evade, pero no demasiado, eso sí. No soy tan joven como solía ser, pero ...(su voz se elevó a un cordial crescendo). ¡Todavía puedo tirar una pierna!

-¡Ugh! ¡Se sintió asqueada al pensar pasar a horcajadas por esa pierna gordinflona!

Se levantó de la silla, levantó la jarra, bebió profundamente, luego se sentó en la cama, que crujió debido al peso.

-Desvísteme, mi hermosa- ordenó.

-Entonces déjame verte desnudarte.

Para cuando lo desnudara y se desnudara ella, él estaría dormido, pensó. Ya no tenía tanto miedo ahora. Estaba empezando a disfrutar de este juego, sabiendo que no estaba en peligro gracias a la potencia de las hierbas.

Mientras lo despojaba de su chaleco, camisa y camiseta, haciendo una mueca al ver su grasoso vientre, erizado de pelos oscuros, la información de Philip sobre el escondite de la llave volvió a su mente. Mientras doblaba su chaleco de brocado y lo colocaba en una silla, sintió rápidamente dentro del bolsillo.

No había llave. ¡Philip estaba equivocado! ¡Pensar que se había metido en esta situación por nada! De alguna manera, tendría que engañar a Hardcastle para que le dijera dónde estaba, antes de que la droga surtiera efecto.

Como una brizna de humo, una idea le vino a la mente. Estaba medio formada por un momento, luego la solidificó en forma viable. Poniendo sus labios en un gesto provocativo, Lucy pasó la punta de una uña por uno de los hombros de Hardcastle.

-Tienes una buena figura masculina, George Hardcastle- murmuró, maravillándose de su habilidad para mentir tan convincentemente.

-Te admiro- mintió.

-Eres un hombre exitoso. ¿Cómo lo lograste...?- pasó su mirada por la habitación...

-¿Todo esto?

-Oh, algo de negocios aquí y allá, querida- respondió, sin revelar nada.

-¿Qué tipo de negocio?- Preguntó, esperando que él mordiera el anzuelo.

Tomó otro trago.

-Debes tener muchas cosas valiosas aquí. Joyas, papeles... Espero que los tengas escondidos en algún lugar seguro, donde nadie pueda robarlos.

¿Estaba siendo demasiado obvia, se preguntó? Esperaba que él se jactara y revelara sus secretoss de seguridad, pero en cambio, volvió a tomar de la jarra y acarició la cama junto a él.

-Ahora es tu turno de desnudarte, creo- dijo.

Lucy soltó una risa nerviosa.

-Vamos, no seas tímida. Aquí, déjame ayudarte.

Lucy jadeó cuando extendió una mano hacia ella. Cogió los cordones que sujetaban su vestido. Dio un tirón y sonrió ante lo que reveló. La atrajo hacia él, frunciendo los labios húmedos en preparación para un beso. Lucy suspiró, maldiciendo la maldita poción que no parecía estar funcionando. Quizás necesitaba beber un poco más.

Esquivó el beso y alcanzó la jarra, pero justo cuando se la estaba dando, sus ojos se pusieron en blanco, él dio un tembloroso grito y se desplomó sobre las almohadas.

Dios mío, pensó. ¡Quizá había añadido demasiado somnífero a su bebida! ¿Y si él estuviera muerto y el dedo de la culpa la señalara a ella, como la última persona que lo vio con vida? De cualquier manera que lo mirara, todos sus caminos parecían llevarla a la horca.

18

Lucy sostuvo el papel encerado contra su fría piel. A la deslumbrante luz de la vela, apenas podía leer las palabras escritas minuciosamente, pero la palabra Darwell Manor saltaron de la página enrollada como en respuesta a una pregunta no formulada.

Temerosa, echó un vistazo al bulto silencioso desplomado sobre la cama. Parecía un cadáver. Tal vez debería comprobar si estaba respirando. Se arrastró cautelosamente hacia él, tocó su muñeca tentativamente y saltó asustada cuando un fuerte resoplido salió de su nariz púrpura.

De inmediato, el alivio la inundó , como comenzaron los ronquidos habituales, dejó escapar su aliento como un silencioso suspiro.

Al final, encontrar las escrituras había sido fácil. Había cogido la llave que estaba en el cajón, abrió la cómoda y descubrió que el cajón interior no estaba cerrado con llave después de todo. Si lo hubiera sabido, podría haber tomado las escrituras la noche que subió por las escaleras ocultas, cuando llegó accidentalmente al dormitorio de Hardcastle, podría haber llegado a casa a tiempo para la Navidad.

Oh, ¿por qué no había revisado el cajón?

Basta, se dijo. No tenía absolutamente ningún sentido torturarse con por qué y qué pasaría si. Tenía las escrituras ahora, su misión se había cumplido y en pocos momentos, dejaría esta odiosa casa y viajaría de regreso a Darwell Manor, aunque todavía no tenía idea de *cómo*.

Se acercó de puntillas a su habitación, recogió sus pocas pertenencias, se puso su capa con capucha, otro regalo de Martha, esperó hasta estar segura de que la casa estaba quieta debido a la noche antes de salir silenciosamente de Rokeby Hall, rezando para que los perros no la delataran. Tuvo suerte. Hardcastle les había dado cerveza y dormían tan profundamente como él.

Su intención, al comenzar el largo viaje sintiéndose visiblemente oscura contra la cegadora blancura de la nieve, era caminar y caminar, con suerte en la dirección correcta, hasta que o bien viera un punto de referencia, o bien se cansara tanto que se envolviera en su capa y se fuera a dormir al abrigo de un grupo de arbustos.

Las nubes habían sido barridas por un amargo viento, la luna navegaba alta, brillante, helada, en un cielo de ébano, que estaba salpicado de brillantes estrellas afiladas como las puntas de una daga. Un zorro había pasado por el mismo camino hace poco, sus huellas aún estaban frescas. A pesar del frío que ya estaba atacando su cara, manos y pies, Lucy sonrió al pensar en la criatura cazando libremente en la noche.

Entonces su sonrisa se desvaneció al recordar que tenía hambre. Aunque todo el día había estado paseando comida Navideña, había estado muy ocupada en hacer otras cosas que no fuera ver a las demás personas comer. Había visitado brevemente la cocina y había probado unos pocos trozos de ganso que sobraban de la mesa de los Hardcastles, lo que la había satisfecho momentáneamente, pero los esfuerzos de esta noche la habían dejado hambrienta y el frío sólo servía para agudizar su apetito.

Sabía que Darwell Manor estaba en algún lugar a la derecha,

porque cuando Matthew la dejó en las grandes puertas de hierro, se acercaron a la izquierda. No había luz en el albergue y ningún perro ladró cuando Lucy deslizó la pesada barra de hierro hacia atrás y abrió la puerta lo suficiente como para permitirle salir.

Mientras daba pasos cuidadosos en el camino cubierto de hielo, se sentía sola, vulnerable y muy asustada. Daisy informaría por la mañana que no había ido a la cama esa noche. La gente la buscaría y, al encontrarla desaparecida, ¿revisarían la casa para ver si algún objeto de valor había desaparecido?

Tonta, se regañó a sí misma. ¿Quién sospecharía que la doncella de una dama robó un juego de escrituras de la casa? Joyas, sí, dinero, también; tal vez incluso ropa, pero nunca un pedazo de papel que, por lo que sabían, sería incapaz de leer. Estaba segura de que pasaría mucho tiempo antes de que se descubriera la pérdida de las escrituras.

Su segundo temor era que uno de los invitados de Hardcastle tuviera impulso repentino de irse a altas horas de la noche. El aullido del viento podría amortiguar los sonidos de un carruaje que se acercara, este pensamiento hizo que girara la cabeza constantemente y mirara la blancura que había detrás de ella. Nada se agitaba, excepto el viento que retumbaba en los setos y ramas.

A veces, sus botas resbalaban en las crestas dejadas por los carruajes, en otras, se hundia hasta los tobillos en la nieve, cuya superficie estaba congelada lo suficientemente fuerte como para pinchar sus tobillos a través de sus medias.

A pesar de sus robustas botas, sus dedos pronto se entumecieron tanto que ya no los podía sentir, recordó las historias que le habían contado de caminantes en la nieve que, al quitarse los calcetines después de su regreso, habían encontrado que sus dedos también se desprendían, chasqueando como carámbanos. Lucy no quería perder los dedos, así que siguió intentando enroscarlos y desenroscarlos dentro de sus botas, hasta que el cansancio le impidió adormecerlos.

Pronto, apenas era consciente de que se estaba moviendo. Parecía deslizarse, a la deriva como un fantasma sobre el paisaje pálido, ingrávido, etéreo. Pronto se disolvería y el viento la dispersaría como el humo sobre los campos.

-¡Madre!

Lucy de repente vio la cara de Ann Swift a unos centímetros delante de ella. Extendió una mano, dio un paso adelante y cayó en una deriva que se había acumulado debajo de un seto. La repentina invasión de la nieve que le recorrió el cuello y las mangas le devolvió la razón. Había estado viendo visiones, del tipo que la visita cuando tienes fiebre, excepto que Lucy sabía que estaba sufriendo todo lo contrario.

Si cedía al deseo de acostarse en la suavidad del ventisquero, envolverse en su manto y dormirse, se congelaría hasta morir. Hace unos años, uno de los perros de su padre había hecho eso, salió de su perrera para ser encontrada al día siguiente enterrada en un bloque de hielo con silueta de perro.

No, ella debe continuar, calentándose si era necesario pensando en Rory. Debía estar realmente febril ahora, se dio cuenta, porque podía escuchar la voz de Rory que la llamaba. Pero él estaba muerto, era un fantasma y quizás ahora también ella lo era.

-Lucy... Lucy..

Palabras repetidas, palabras que la describían, pero ahora estaba extrañamente desprovista de connotación, solo un sonido sin sentido, resonó y sonó como si los mismos árboles la estuvieran cantando. Se llevó una mano a la cara, pero tanto la mano como la mejilla estaban tan frías que no podía sentir nada. Debe ser la muerte, esta pérdida en sus sentidos y la identidad, este confuso vagar en la nada.

-¡*Aaaah!*- ¿Qué fue eso? Algo le tocó el hombro, lo agarró con fuerza, la sacudió. Era un conejo atrapado por un zorro, conmocionado incluso para chillar.

-No tengo nada que darte- susurró, aterrada para darse la vuelta y enfrentarse al ladrón o al fantasma que la acosaba.

-¡Ese papel dentro de tu corpiño! ¿No es nada?

No era la voz de Rory, ahora estaba segura. ¿Pero de quién era? No la reconocía en absoluto.

-Mírame, Lucy.

Habló con delicadeza, pero era, sin embargo, una orden. Lucy movió sus ojos y se encontró con dos cándidos ojos verdes.

-"¡Adam! ¿Qué... qué estás haciendo aquí? ¿Cómo supiste que había dejado la sala?- Se quedó sin habla, temblando mientras esperaba que él le respondiera , en esos segundos que parecieron horas, se dio cuenta de lo fría y miserable que era.

-Te vi.

Palabras simples, sin regalar nada. ¿Cuánto tiempo la había estado observando y por qué?

Con tanta delicadeza como si estuviera manejando una porcelana de valor incalculable, retiró la mano izquierda de Lucy del interior de su capa, se quitó el guante empapado y procedió a rozar sus dedos entre sus grandes y cálidas manos. El dolor era agonizante mientras la sensación volvía a sus dedos entumecidos.

Repitió el proceso con la otra mano y luego, muy suavemente, tomó su cara congelada entre sus palmas y presionó sus labios contra cada mejilla por turno, soplando suavemente para devolverle la vida. Cuando esta amable acción se completó, no soltó la cara de Lucy de inmediato, sino que se acercó a sus labios.

-¡No, Adam!- Sacudió la cabeza y se puso la capa con un giro. ¿Qué le pasaba? ¿Por qué todos los hombres que conocía la querían y trataban de seducirla?

¿Y por qué era tan propensa a desear a ciertos hombres? ¿Era por naturaleza una insensata, una tentadora, una puta destinada a terminar sus días en un burdel?

-Lo siento. Perdóname.-Adam estaba de pie ante ella, con las manos entrelazadas y la cabeza inclinada.

-No quise hacerlo. . . Solo estaba tratando de calentarte para que no murieras congelad. Por Dios, ¿qué debes pensar de mí?

Lucy nunca había oído a un hombre sonar tan preocupado por disculparse por haber hecho algo que, francamente, le había traído un momento de placer. Estiró una mano, tocó la suya por un instante y luego la devolvió a su capa.

El Cautivante Conde

-No hay nada que perdonar. Sólo dime por qué estás aquí, y lo que sabes.

-Caminemos. Ambos nos congelaremos si nos quedamos quietos.

Tomándola del brazo, Adam la llevó rápidamente por el camino. Su abrigo estaba hecho de pieles de animales, con piel en el exterior y piel en el interior, un enorme collar de piel le cubría las orejas y la cara. Un grupo de rizos de color marrón claro habían caído sobre sus ojos y sacudió la cabeza como un pony para reubicar su melena.

-Un poco más adelante llegaremos a una puerta, desde la cual hay un camino que lleva a una granja. Nos refugiaremos allí.

Lucy lo siguió obedientemente. Aunque no tenía idea de a dónde la llevaba, se alegraría del calor y el refugio, ansiaba una bebida caliente y algo de comer.

Pronto, llegaron a la sólida puerta de roble de la casa de campo. Una luz naranja brillaba desde una ventana. Mientras Adam abría la puerta para que entrara, notó una línea de huellas de cascos que pasaban por la puerta y parecían ir en dirección a la casa de campo.

La acogedora ola de calor que la envolvió cuando cruzó el umbral borró todas las preguntas de su mente, hasta que vio la figura tirada en una silla ante el fuego, botas muy pulidas apoyadas en el guardabarros.

Aunque la cabeza no giró al entrar, ese cabello oscuro y brillante no podía pertenecer a nadie más que... Lucy dio un jadeo involuntario.

La cabeza giró y los fríos ojos grises de Philip Darwell la siguieron de la cabeza a los pies.

-¡Un brandy para la chica!

-Ciertamente, señor. Lo buscaré de inmediato.

Lucy se sorprendió al escuchar que Adam aceptaba la orden perentoria de Philip como si fuera su sirviente. Después de unos momentos, regresó con una bandeja con tres vasos, dos de ellos rebosantes y uno, que le entregó a Lucy, que contenía una cantidad más modesta del líquido ámbar.

Lucy lo bebió con gratitud y dio gracias por el calor instantáneo que produjo en su cuerpo. Al momento siguiente se sintió mortificada al oír su estómago vacío emitir un fuerte estruendo.

Philip rio.

-¿Cuándo comiste por última vez?- El preguntó.

-No desde ayer, a menos que cuenten unas migajas que no bastan para mantener vivo un gorrión".

Su débil chiste fue un intento de aligerar la atmósfera en la habitación, cuyo interior descuidado sugería que la casa rara vez estaba ocupada. El aire estaba lleno de polvo y sintió un tirón de tensión, aunque no podía decir si era entre Philip y ella , entre Philip y Adam, o entre los tres.

Adam desapareció en la cocina y pronto los sonidos de traqueteo y picadura indicaron que se estaba preparando algún tipo de comida. Entre Lucy y Philip, el tenso silencio persistió. Se sentó en una silla de madera, tan cerca del fuego como pudo.

El calor, combinado con lo tarde de la hora, el cansancio por sus esfuerzos, la hizo sentir somnolienta, pero la sensación de los ojos de Philip sobre ella mantuvo el sueño a raya.

-Estás más delgada.

La fría observación hizo que su cabeza se cayera y se sacudiera hacia arriba. Estaba a punto de responder pero su mirada aguda la obligó a volver a un silencio cauteloso. ¿Por qué siempre tuvo este efecto en ella? Nunca podía relajarse en su presencia. La hacía sentir sumamente cohibida y nerviosa, que tropezaba siempre en su conversación y su torpeza se convertía en resentimiento.

Incluso durante las semanas que pasó en la Mansión Darwell antes de salir en su misión a Rokeby Hall, sintió que necesitaba observar y sopesar todo lo que decía, para que su mente incisiva captara el significado correcto de sus palabras sin leer ningún matiz involuntario en ellas.

De alguna manera, dio la impresión de que, incluso mientras hablaba, estaba ideando toda la conversación, planeando varios movimientos por delante. Debe pensar muy poco en sus compañeros, decidió Lucy Tal vez por eso no tenía amigos, porque hacía que las personas se sintieran tan pequeñas e incapaces en comparación con él.

Al menos, así era como él la hacía sentir. Sin embargo, todavía estaba decidida a no dejar que él la superara. Ahora que había realizado el trabajo, estaba libre de él.

Este pensamiento le dio confianza. Metiendo la mano dentro de su corpiño y casi sonrojándose por el calor de su penetrante mirada, sacó el papel enrollado y se lo entregó.

-Mi parte del trato se ha completado- le dijo fríamente.

Notó la elegancia de sus dedos cuando extendió una mano y tomó las escrituras en sus dedos. No dijo una palabra mientras desataba la cinta roja que los ataba y miraba las páginas, como para asegurarse de que eran, de hecho, los originales y no una falsificación.

Luego se volvió hacia ella, tan serio como siempre, y anunció:

-Muy bien. Yo también completaré mi parte. Te puedes ir.

A Lucy le llevó varios segundos darse cuenta, pero finalmente la verdad se hizo evidente.

Ya no soy esclava de ningún hombre o mujer, ni de los comerciantes de caballos, ni del mismo Philip Darwell, ni los horribles Hardcastles, pensó ella, *radiante de alegría. Puedo ir a casa ahora y ver a mi madre. ¡Oh, cómo la he echado de menos!*

Tal vez, después de su visita a casa, se iría a Londres; siempre había querido probar la emoción de la bulliciosa capital. Tal vez llevaría a cabo su plan para encontrar a su hermano Geoffrey, cuyo éxito alegraría tanto el corazón de su madre como el suyo propio.

-¿Adónde irás ahora?

Las palabras de Philip ahogaron sus pensamientos fugitivos. ¿Seguramente ni siquiera él era tan cruel como para desalojarla de la granja esa misma noche y verla tropezar en el salvaje y sombrío paisaje invernal con sus ropas inadecuadas y sin un solo centavo en su bolso.

Pensó de nuevo en su trato. No se había mencionado ningún pago, simplemente su libertad por el precio de la escritura. Sin embargo, si hubiera alguna bondad humana o gratitud en el carácter de Philip, ¿seguramente la ayudaría en su camino, no la enviaría a pie en un clima helado? Se recordó a sí misma que, a sus ojos, no era más que una ladrona. ¿Por qué debería ayudarla?

Justo cuando sus espíritus comenzaban a decaer, un delicioso aroma asaltó sus fosas nasales desde la dirección de la cocina. Sintió que la saliva se acumulaba en su boca al pensar en llenar su estómago. Se había convertido en una criatura salvaje cuyos primeros instintos fueron comer y sobrevivir.

Adam apareció con un tazón de caldo humeante en el que sus ávidos ojos podían ver grandes trozos de carne de conejo mezclada con cebada, hierbas y verduras.

-Caldo de cazador- le dijo, entregándole una rebanada de pan como acompañamiento de la comida.

Estaba a mitad de la comida sana y satisfactoria antes de levantar la vista y preguntar:

-¿Soy la única que cena?

Adam miró a Philip y luego a sus pies. Lucy frunció el ceño, perpleja. ¿No podrían responder incluso una pregunta tan simple como esta? Se encogió de hombros. Lo primero es lo primero. Regresó a su estofado, lo sirvió en grandes cucharadas y siguió cada bocado con un bocado del pan.

Cuando no quedaba nada más que unos pequeños huesos y una corteza incomestible, suspiró profundamente y sintió que su espíritu volvía.

Fue en este punto que Philip desenrolló su cuerpo largo y delgado del sillón y se puso de espaldas al fuego.

-Creo que se te debe una explicación- dijo, su rostro inexpresivo, sus ojos medio cubiertos por sus pesados párpados.

Lucy le miró expectante. Había muchas cosas que quería saber.

-Adam aquí. . .- Hizo un gesto con la mano hacia él y el jefe de mozos sonrió descaradamente, recordándole a Lucy la vez que lo presentaron en las cocinas de Rokeby Hall.

Todavía emanaba la franqueza y la calidez que le resultaban tan atractivas y se encontró recordando su beso en el camino. Pero este no era el momento para las reminiscencias, por agradables o desconcertantes que fueran, se recordó apresuradamente hasta el presente.

-Adam solía vivir y trabajar en la Mansión Darwell. Es el hijo de Martha y Matthew. Crecimos juntos, hasta que el Conde, mi padre, consideró inadecuado que la juventud de la aristocracia se mezclara con la de las clases dirigentes y nos separó. Adam fue enviado a Rokeby Hall, donde rápidamente se hizo famoso en los establos.

-¿Pero no podría haber tenido una mejor posición en la casa? Como mayordomo, jefe de bodega o incluso como sirviente personal del Sr. Hardcastle?- interrumpió Lucy.

Adam respondió a su pregunta por ella.

-¿Qué? ¿Y estar constantemente en compañía de ese viejo zorro y su hija mimada? Es mucho mejor estar en los establos y fuera del alcance de la lengua viciosa de esa perra... ¡y ya sabes lo diabólica y desagradable que puede ser Rachel!

Lucy no estaba segura de si ese último comentario estaba dirigido a ella o a Philip. Ambos habían tenido una considerable experiencia con Raquel en todos sus estados de ánimo, tal vez Philip incluso más que ella.

-Sin embargo, no siempre estuviste en los establos, ¿verdad, amigo mío?

Aunque el comentario entre risas de Philip fue algo aparte, hablado en voz baja, Lucy, sin embargo, miró con asombro a Adam, quien, sonrojado, admitió que había tenido una aventura con la anterior criada de Rachel y que había obtenido a través de ella la información sobre dónde Hardcastle guardaba las escrituras.

-¡Entonces debe haber conocido la habitación de Hardcastle!

Tan pronto como soltó el comentario, Lucy se arrepintió al ver la máscara de disgusto que se asentó sobre los rasgos generalmente amables de Adam.

-No más que tú misma- observó Philip cortésmente.

Lucy se mordió el labio inferior. ¿Seguramente él pensó que ella había permitido que Hardcastle se saliera con la suya?¡ Entonces se dio cuenta de que era muy probable que pensara exactamente eso!.

-Adam conoce desde hace tiempo mis planes. Le pedí que te vigilara. Maud le contó sobre el proyecto de dormirlo, me envió un mensaje de que la recuperación de las escrituras era inminente y me estacioné aquí. Fue él quien decidió que tú deberías ser quien llevara la jarra a la habitación de Hardcastle .

Adam se hizo cargo de la historia.

-Y me arrastré por el pasaje secreto y te observé a través de los paneles para asegurarme de que cumplieras con tu tarea.

¡La estaba espiando! ¡Quizás la había visto desnuda cuando Hardcastle intentó desabrocharle el vestido! La ira se acumuló en su interior como una nube relampagueante de una tormenta, pero justo antes de decir algo de lo que podría haberse arrepentido, recordó las opciones que él le había dado: recuperar las escrituras o ser colgada como un ladrón.

Respiró hondo y luego preguntó:

-¿Por qué no pudo Adam haber robado las escrituras?- Hubiera sido mucho más simple ".

Philip arqueó una ceja sardónica.

-Hacer que lo hicieras era más divertido. Además, se ha hecho una buena vida en Rokeby. No quería arriesgarme a estropearlo. La tarea final de Adam era guiarte aquí, a mí. Debo decir que cumplió mis instrucciones al pie de la letra.

Lucy no podía soportar la expresión de gratitud aduladora en el rostro de Adam, como un perro que había sido acariciado y alabado por su amo. En las dos ocasiones en que la había besado, parecía un hombre de espíritu e iniciativa. ¿Era realmente un simple lacayo de Philip? ¿O estaba jugando algún juego tortuoso, con la esperanza de avanzar si hubiera un aumento en la fortuna de Philip? Porque, si Philip pudiera permitirse emplear a su compañero de juegos de la infancia, entonces no habría necesidad de que Adam pasara un segundo más en Rokeby Hall.

De repente, toda la atmósfera de la habitación descuidada parecía levantarse y oprimirla. Había demasiadas cosas que no entendía. Sentía como si ambos, a su manera, la hubieran usado como un peón en algún plan maestro del que sólo una pequeña parte le había sido revelada.

Levantando la cabeza en alto, sacó su capa del respaldo de la silla donde la había dejado secar y le dijo a Philip, con toda la dignidad que pudo reunir:

El Cautivante Conde

-Ya que no tienes más uso para mí, me iré.

Luego abrió la puerta y se lanzó al viento cortante y la blancura que todo lo cubría.

Casi de inmediato, Adam vino saltando tras ella.

-¿A dónde crees que vas? Si no llegaste a ninguna parte, vuelve conmigo a Rokeby Hall. Veré que nadie sospecha del robo. Encontraré una manera de cuidarte, lo prometo.

-¿Volver a Rokeby Hall?

La voz de Lucy estaba afilada con amargura. ¿Era esta la "libertad" por la que había sufrido, la libertad de volver a la esclavitud de servir a Rachel u otra persona como ella, o la dulce trampa de los brazos de otro hombre cuyas intenciones no conocía?

Notó la expresión de esperanza en los ojos de Adam, la verdad la golpeó; estaba enamorado de ella. No se sintió halagada por la comprensión, solo triste por él. Recordó sus esfuerzos por animarla en la fiesta de los sirvientes, sus tiernas atenciones con sus manos cuando tenía la cara helada en el camino, el beso apasionado que la había calentado más de diez capas. Sabía que su oferta de cuidarla se extendería mucho más que simplemente vigilarla.

Tal vez, si fuera una chica diferente, podría haber amado a Adam. Se despreció a sí misma por sentirse de alguna manera superior a él, un sentimiento que no había estado presente en ella hasta que vio su comportamiento de perro faldero servil hacia Philip.

¡Ese hombre! Independientemente del problema que ella tuviera, Philip Darwell siempre parecía estar en la raíz de ese problema. ¡Cómo lo odiaba! Cómo odiaba la forma en que su cuerpo traicionero respondía a él.

Si solo pudiera deshacerse de su crueldad, frialdad y arrogancia e investirlo con algo del calor y la ternura de Adam, entonces podría parecerse a un hombre que era digno de su amor, un hombre poseído por una mezcla de fuerza y sensibilidad, orgulloso pero justo.

Pero Adam exigía una respuesta a su propuesta, eso es lo que parecía. Sintió que su comentario sobre cuidarla se extendía mucho más allá de asegurarse de que no cayera ninguna sospecha sobre el robo.

¡Rory había prometido cuidarla, pero mira cómo la había decepcionado! No, esto era todo ahora. Nunca más volvería a ser el inmueble de un hombre. Era probable que aceptara a Adam como esposo o amante de lo que era Philip. ¡Especialmente Philip!

-¿Y bien? ¿Qué dices?

-No, Adam. Nunca podría volver allá. . . esa prisión. Aprecio tu oferta, Adam Redhead, pero no soy una sirvienta. No fui criada como una y no tengo intención de pasar el resto de mi vida como una.

Una mirada abatida arrugó las facciones pecosas de Adam. ¿Sería demasiado cruel, se preguntó, decir lo que había estado a punto de confesar: que no estaba enamorada de él y no podía imaginarse a sí misma como su esposa?

Una voz perentoria interrumpió, quitando la difícil decisión de sus manos.

-¿No te dije que Lucy es la hija de Martin Swift?

La boca de Adam se abrió y una mirada de respeto entró en sus ojos. El padre de Lucy era una leyenda para cualquiera que trabajara con caballos, como lo hizo Adam, el comentario de Philip había hecho más para distanciarla de Adam que cualquier cosa que pudiera haber dicho.

Podía ver que ahora él la ponía en un pedestal, junto a Philip. Su talento innato para la servidumbre la hizo sentir irritada. ¿Cómo pudo haber considerado la idea de que podría haber habido un romance entre ella y Adam? Sintió que él era lo suficientemente inteligente e ingenioso como para encontrar una manera de evitar cualquier tipo de situación incómoda o peligrosa, sin embargo, aquí estaba, permitiendo en silencio que Philip tomara la delantera.

Philip agarró a Lucy firmemente de la mano y la llevó de vuelta a la granja. Adam marchó obedientemente tras ellos, Lucy tuvo miedo de mirar alrededor por si veía algún rastro de decepción en su cara.

-No, no te quites la capa- ordenó Philip, viendo la mano de Lucy desviarse hacia el cierre.

-No nos quedaremos aquí. Tengo un caballo fuera, te llevaré a

Mansión Darwell antes de que se levante una sospecha y tus pasos sean rastreados hasta este lugar.

-Adam regresará a la mansión ahora. Si es interrogado, dirá que estaba fuera recogiendo leña cuando notó que el almacén de la cocina se estaba agotando, notó unas huellas, te siguió hasta aquí, pero no encontró nada más que las huellas de un caballo y concluyó que habías tenido una cita con algún compañero que había venido a buscarte. No preguntarán más. Adam es un empleado de confianza y todo el mundo cree en su honestidad.

Adam se fue entonces, para recorrer las dos millas de regreso. Philip ya estaba apagando el fuego y apagando las velas. En unos instantes, subirían la colina en dirección a Darwell Manor.

En cuanto a mañana. . . tal vez por fin podría regresar a Pendleton, al lado de su madre.

Y a la ira de su padre.

19

*"Abajo por el arroyo Sabden
Se desvió tarde y temprano.
Tan extraño y salvaje su mirada,
Su cabello era negro y rizado..."*

Lucy interrumpió su canción y dejó el laúd con en el que se estaba acompañando. Había encontrado el instrumento cubierto de polvo y telarañas en la sala de música de la mansión y le había pedido permiso a Philip para volver a afinar sus cuerdas y restaurar el instrumento para tocarlo nuevamente.

Su madre, que era una música aceptable antes de su matrimonio con Martin Swift, la había enseñado todas las maneras necesarias de recreción, había enseñadoa Lucy tocar el laúd y el clavicordio y estaba satisfecha de ver a su hija convertirse en una intérprete decente.

Las habilidades de Lucy estaban oxidadas como las cuerdas de laúd en los últimos meses, pero aunque ahora tenía tiempo suficiente para tocar, descubrió que no podía concentrarse. Cada nota que tocaba, cada palabra que cantaba, sonaba superficial, hueca y carente de emoción.

Se sentía encerrada dentro de su propia cabeza, incapaz de expresar sus sentimientos o incluso de comprender cuáles eran esos sentimientos.

-Puedes quedarte aquí hasta que mejore el clima- le había dicho Philip.

Martha estaba encantada de tener a Lucy de vuelta y la vida continuó tal como había sido antes de Navidad, al menos superficialmente. Pero algo había cambiado sutilmente. Ya no estaba prisionera, no estaba en la mansión contra su voluntad. Ahora, era una invitada y su anfitrión era tan galante y encantador como podía ser. Pero sabía que una vez que el clima mejorara, esperaría que se fuera.

Ahora que no tenía más reproches sobre ella, Philip la trató cortésmente, casi como una hermana. Jugó partidas de cartas con ella e incluso tuvieron sesiones de música, con él en el violín y ella en laúd. Rió, bromeó, parecía un hombre cambiado y todo porque las escrituras estaban de vuelta en sus manos.

El problema era que a ella le gustaba este nuevo Philip. De hecho, era más que un gusto. Era un deseo . . .

Pero no tenía sentido desear y soñar. Philip ya había terminado con ella. Había cumplido su propósito. Pronto, conocería a una joven bien educada y comenzaría a cortejarla, la idea de eso hizo que llorara en su almohada por la noche y pensara en Rory.

Hardcastle lo había visitado; afortunadamente, Philip había visto su carruaje cuando subía por el camino y siempre tuvo tiempo de advertir a Lucy que se escondiera en su habitación, cuando se iba, convencido de que Philip era ignorante del paradero de las escrituras, tal como estaba, Philip llamó a su puerta y ambos se echaban a reír como dos existosos conspiradores.

Lo único que Lucy temía mucho era que Hardcastle difundiría su descripción en el extranjero y estaría en peligro constante de ser reconocida. La desaparición simultánea de la criada y los documentos era una coincidencia y Hardcastle estaba convencido de que Lucy era la ladrona.

Aparte de eso, le decía a Philip que Rachel estaba haciendo de su vida una miseria al chillar constantemente de que nunca encontraría a otra doncella tan buena como Lucy.

Le dio a Lucy un momento de placer al pensar que podría tener éxito en cualquier cosa que estuviera en sus manos, con una excepción. No había nada que pudiera hacer para prolongar su estadía en Darwell Manor, particularmente ahora que el clima había mejorado. Eso significaba decir adiós a Philip para siempre.

El helado clima duró hasta finales de enero pero, con los primeros días de febrero, el hielo se había derretido, el cielo se había despejado y las gotas de nieve abrían paso a través del suelo empapado. Cualquier día, tendría que estar en camino.

No quería la vergüenza de esperar que Philip le dijera que se fuera. Tendría que tomar su propia decisión, sin dinero, su único recurso era regresar a casa. Volviendo a la violencia y la embriaguez de su padre, volviendo a sus planes de forzado matrimonio.

Sin embargo, se había vuelto mucho más fuerte y resistente desde que se fue de casa. Tal vez ahora, podría enfrentarse a su padre y desafiarlo no con protestas infantiles, sino con argumentos razonados y adultos. Martin, a pesar de todas sus faltas, no era un ogro como George Hardcastle.

Con Rory desaparecido y Philip inalcanzable, el camino a casa era lo único que le quedaba. Era reacia a confesarles a sus padres que regresaría tal como se había ido, sin un cofre con oro o un marido rico que mostrar por sus cinco meses de ausencia. Sin su inocencuia, aunque no tenía intención de reconocer eso. Estaba agradecida de que su cintura no mostrara un embarazo.

Nunca podría decir que, por un corto tiempo, había tenido un esposo, un hombre a quien hubieran desaprobado. Nunca podría contarles las circunstancias que rodearon ese extraño matrimonio. Nunca entenderían cómo, su hija, podría haber amado a un hombre salvaje y errante con extrañas visiones y palabras poéticas. Eso siempre tendría que seguir siendo su secreto.

Ahora lloraba por él con menos frecuencia e incluso, cuando tenía pensamientos cínicos sobre los hombres, su padre, Philip, Adam y Hardcastle, incluia a Rory por su infidelidad.

Sin embargo, tomó bien lo de su muerte. Nunca se lo perdonaría, ni lo olvidaría. Si tan solo no hubiera ido a buscar a Rory esa mañana y no lo hubiera encontrado con esa chica. Tal vez, si lo hubiera ignorado, podrían haber resuelto su problema, fuera lo que fuese, todavía podrían estar viviendo juntos y dichosamente felices.

Pero la vida estaba llena de:

-si solo

-Ahora, *si solo pudiera quedarme un poco más en Darwell Manor.*

Se dirigió con impaciencia hacia la ventana y se asomó. Era un día brillante con un cielo azul claro ,un sol pálido tan fresco y delicado como los pétalos de primavera. El corazón de Lucy debería haberse regocijado mientras contemplaba las onduladas zonas verdes del parque, pero la belleza prematura del año nuevo se perdió en ella. No podía ver felicidad en su futuro, nada que esperar.

¿Qué delicias la enfrentaba en casa? ¿Qué alegría le daría ver a su madre envejecer, su padre bebía aún más? Ayudaría a su madre con la casa; entretenerse en forma limitada; ayudar a su padre en cualquier cosa que considerara adecuada para una hija.

Eventualmente, aunque apenas podía soportar pensar en eso, morirían y se quedaría sola en la casa, envejeciendo sin tener el consuelo de un esposo y una familia a su alrededor. Porque nunca se volvería a casar, lo sabía. Todos los hombres tenían defectos: Rory por mujeriego, su padre por su bebida, Adam por su servilidad, Philip por su…

Lucy simplemente no podía definir su opinión sobre Philip, ni siquiera para sí misma. No había palabras coherentes. Él la molestó, la hizo sentir incómoda, pero también podía hacerla reír y mover su alma con su música, a veces, lo había sorprendido mirándola de una manera que le recordaba con bastante claridad el momento en que casi la violaba en el establo.

Era diferente a cualquiera que hubiera conocido, a veces tan distante y arrogante, pero a veces amable y abierto. Había anunciado su intención de volver a unirse a la caballería, esa era otra razón por la que debía despedirse y marcharse.

• • •

Como invocado por sus pensamientos, Philip de repente apareció a la vista, deambulando por la esquina de la casa en dirección al lago. Tenía un sabueso herido llamado Solomon a su lado , mientras Lucy observaba, se inclinó y acarició las orejas del animal.

Contuvo el aliento. Había algo muy íntimo en lo que estaba presenciando. Sin darse cuenta lo estaba observando, completamente desprevenido, Philip estaba mostrando un poco de afecto hacia el animal, nunca hubiera imaginado que estaba en su naturaleza.

Se agachó, recogió una ramita y la arrojó lo más lejos que pudo. El animal ladrando se precipitó tras ella, lo trajo de vuelta y lo puso a los pies de Philip. Luego rodó sobre su espalda, con la lengua colgando, dejando que Philip le hiciera cosquillas y acariciara su suave vientre, de color marrón rosa.

Podía ver sus labios moverse mientras hablaba y Lucy sintió que su corazón también se movía. Era una imagen atractiva, el hombre alto, delgado, de aspecto llamativo con el cabello brillante, un perro juguetón y adorado. Los dedos de Philip, acariciando, frotando, burlándose. . . ¿Fue así como si acariciaba la piel de una mujer, cepillando el cabello detrás de las orejas, corriendo por la columna vertebral, cepillando el cuerpo con tanta seguridad y experiencia?

Lucy se quedó hipnotizada, con deliciosos hormigueos ondeando por su cuerpo. No, no, se reprendió a sí misma. No podía, no debía, pensar en Philip de esa manera. ¿Qué le pasaba a ella? Se peinó los cabellos en la frente con la mano. Estaba fresco, pero el resto de su cuerpo se sentía cubierto por un calor abrasador.

¿Qué tipo de fiebre fue la que calentó la sangre sin subir al cerebro? Debe haber algo mal con ella. Su cuerpo parecía negarse a obedecer las órdenes de su mente. Había una pesadez lánguida en sus extremidades y una especie de disturbio en sus partes íntimas, como solía sentirse cuando Rory la tocaba y sabía que él la deseaba.

Pero no había nadie en su habitación, acariciándola y murmurando promesas de amor. Todo lo que había hecho era mirar accidentalmente a Philip Darwell acariciando a un perro. ¡Que estúpido!

El Cautivante Conde

Salió de la ventana y se dejó caer en la cama, tratando de pensar en algo que pudiera calmarla, desterrar los dolores y deseos de su cuerpo. Estaba conmocionada por su excitación. La vieja preocupación que la había afligido por primera vez después de haberse entregado tan fácilmente a Rory, que había regresado cuando se encontró respondiendo tan rápidamente a los besos de Adam, comenzó a atormentarla nuevamente.

Las mujeres no estaban destinadas a disfrutar de tales sensaciones. Su propia madre le había dicho eso, en un raro momento de franqueza cuando Lucy había preguntado cómo podía soportar su hermana Helen permitir que su esposo compartiera su cama. Ahora, esas palabras de su madre volvieron por completo.

-Una mujer permite que un hombre la acueste solo para producir herederos. Una vez que la ropa de cama haya tenido éxito, cualquier hombre razonable dejará a su esposa y buscará ese tipo de placer en otro lugar, con otro tipo de mujer .

"¿Qué tipo de mujer?". Lucy quería averiguar. ¿Era "ese tipo de mujer"? ¿Qué le pasaba a la especie humana, si solo a los hombres se les permitía disfrutar de los placeres íntimos del matrimonio? ¿Qué le pasaba, en que lo disfrutaba?

¿Podría ser una rara, una criatura con el cuerpo de una mujer pero los pensamientos y deseos de un hombre? ¿Y podrían los hombres ver que ella era "ese tipo de mujer"? ¿Era por eso por lo que se había encontrado en tantas situaciones peligrosas, comenzando con la entrada sin permiso de su cuñado en su habitación?

Los terribles latidos y anhelos comenzaban a disminuir ahora. Lucy volvió a tener el control pero seguía preocupada. Se encontró rezando para que estos deseos prohibidos nunca más la afligieran, mientras rezaba, pensó en todas esas personas santas, los monjes, sacerdotes y monjas. ¿Alguna vez se sintieron así? Y si lo hicieron, ¿qué hicieron al respecto?

Por supuesto, deben usar el poder de la oración, tal como lo estaba haciendo. Si Dios pudiera mantenerlos alejados de pensamientos y anhelos pecaminosos, ¿seguramente podría hacer lo mismo por ella? Luego reflexionó que Dios probablemente tenía cosas mucho más importantes que hacer, como mantener el sol y la luna brillando o evitar que los mares envolvieran el mundo, en lugar de detener a una mujer que desea a un hombre.

Pero,¿ cual hombre? No era Rory quien aparecía en sus pensamientos ahora; podría haber entendido sus reacciones corporales si hubiera estado recordando su amor.

¿Por qué demonios estaba suspirando por Philip Darwell? La única vez que la había besado o tocado había sido de ira, a excepción de esa ocasión medio olvidada cuando extendió la mano y tocó su cabello mientras se sentaba a su lado mientras él trazaba un mapa de Rokeby Hall en la mesa. . Despreciaba sus senos, su espalda, sus temblorosas extremidades debido a su comportamiento rebelde e insubordinado.

Cuando Philip y ella cenaron esa noche, Lucy apenas podía obligarse a mirarlo en caso de que esos sentimientos volvieran a regresar. Sin embargo, estaba de un humor taciturno y poco comunicativo, con un giro huraño y caído hacia las comisuras de la boca que desafiaba todos sus esfuerzos por hacerle sonreír.

Dejándolo que mirara atentamente los troncos, buscó la compañía de Martha, quien le estaba enseñando algunas cosas. Fortificada con vino de diente de león casero, Martha comenzó a hablar sobre Adam y de cómo deseaba que pudiera regresar , trabajar en Darwell Manor en lugar de tener que trabajar para esa terrible familia Hardcastle.

De repente, interrumpió su conversación, fijó a Lucy con una mirada directa y significativa y dijo:

-Preguntó por ti, Adam, la última vez que estuvo aquí de visita.

-¿Quieres decir que Adam viene aquí?- La idea nunca había cruzado la mente de Lucy. Por supuesto que debe visitarlos. Él era su hijo después de todo y Rokeby Hall solo llevaba unas pocas horas de ida y vuelta.

-El jueves pasado vino. Era su día libre. ¿Cómo está la señorita Lucy?, Me preguntó. Dije que estabas muy bien y él me pidió que me asegurases de darte su. . . Saludos.

La leve vacilación de Martha le transmitió a Lucy que tal vez su mensaje había sido algo más que "saludos". ¿Amor? Nunca podría imaginarse casándose con Adam, sin embargo, esos besos suyos. . . Y en muchas ocasiones se había admirado a Martha como casi una madre.

Era extraño cómo, antes de ser presentada a Adam, no sabía que su apellido era Redhead, ya que los conocía simplemente como Martha y Matthew. ¿Acaso la veían como una posible nuera? Sabían quién era su padre y el hecho de que los Swift poseían una casa agradable, unos pocos acres de tierra , sin duda, también una cantidad razonable de dinero.

A su hijo le iría muy bien si se casara con ella. Sin embargo, Martha sabía lo que había pasado entre Rory y ella. Sin duda, ahora pensaba en Lucy como una mercancía ligeramente contaminada, a la que le resultaría difícil hacer una combinación entre sus iguales socialmente.

Aunque, ¿quiénes eran socialmente iguales a los Swift? Un entrenador de caballos, sin importar cuán experto y exitoso, era un entrenador de caballos, como tal, solo un poco por encima con respecto a un sirviente doméstico. Recordó su reticencia original a decirle a Martha el hecho de que Rory y ella se habían casado, que ahora era una respetable viuda. Bueno, ahora le diría, porque tal vez había una diferente luz. Verían que era una chica que tenía su propio criterio y no se resistiría a que otras personas hicieran planes para ella a sus espaldas.

Martha escuchó atentamente la historia de Lucy, pero con una creciente expresión de preocupación en su arrugado rostro. Cuando Lucy terminó su relato, en lugar de mirarla con la expresión respetuosa que esperaba, la pequeña y delgada mujer se inclinó hacia Lucy y puso una mano sobre la de ella.

Sacudiendo la cabeza lentamente, dijo:

-Lo siento, querida, pero no deberías haberle creído. Ese no fue un matrimonio legal .

La cabeza de Lucy se tambaleó. ¿De qué hablaba esta mujer? Se volvió con rabia, con un reproche en la punta de la lengua, pero la mano restrictiva de Martha y su mirada inquebrantable y comprensiva redujeron su ataque planeado a un simple frío

-¿Qué quieres decir?

-Sé que esto debe sorprenderte, hija, pero ¿nadie te ha dicho que, para que un matrimonio sea legal, deben estar presentes dos testigos?

-Pero estaba Smithy y...

¡Por supuesto! Pat no contaba.Fue quien realizó la ceremonia. Marta tenía razón. Ella y Rory nunca se habían casado en absoluto. Y esas felices semanas durante las cuales había compartido su cama. ¡Por qué no había estado actuando como esa zorra de la taberna!

La vergüenza manchó sus mejillas carmesí y sus ojos se llenaron de lágrimas. Bajó la cabeza y miró hacia su regazo, mirando sus dedos retorcerse nerviosamente uno alrededor del otro. Luego, por un repentino impulso, arrebató el collar de Rory que tenía en el cuello, rompió la delgada cadena y la arrojó al fuego.

Se arrepintió de su acción casi de inmediato y corrió hacia la chimenea, pero Martha había anticipado su respuesta, agarrando una varilla para el fuego, enganchó la baratija. Estaba deformada y retorcida por el calor de las llamas, la cadena se ennegreció hasta convertirse en un hollín. Su estado arruinado y deformado, parecía simbolizar los sueños destrozados de Lucy y el amor perdido.

Tomó la cosa pequeña, la colocó en la palma de su mano, donde hizo manchas. El simbolismo era demasiado abrumador para que la vívida imaginación de Lucy lo manejara y sintió grandes sollozos desde el fondo de su alma, se arrojó sobre Martha en una tormenta de dolor.

-Ahí, ahí, niña. Shush, ahora, todo estará bien. No te preocupes, todo ha terminado. Se fue, no volverá, y lo que más importa es que pensabas que estabas casada, eso significa que no te equivocaste.

-¿Realmente crees eso, Martha?- susurró Lucy, entre lágrimas.

La vieja mujer asintió y continuó meciendola como un bebé hasta que sus sollozos comenzaron a menguar como una tormenta pasajera, dejando una extraña calma a su paso.

El llanto había despejado la mente de Lucy. Por fin, sabía lo que había estado preocupando a Rory. Podía entender perfectamente cómo Rory, a pesar de su impulsividad y capricho, debe haber encontrado la culpa en su corazón, sabiendo que la había engañado.

Si hubiera reunido el coraje para explicar, ¿cómo habría reaccionado? Obviamente, él había esperado que se pusiera furiosa, con el corazón roto, que saltara después de denunciarlo como un mentiroso explotador de jóvenes inocentes.

Sí, se habría sentido así, pero no para siempre. Primero y principal había sido su amor sincero a él, que nada podría haber cambiado. Tan pronto como él hubiera expresado su deseo de casarse con ella legalmente, habría dicho que si, se habría aferrado a él, sabiendo lo más importante, lo más importante de todo era el hecho de que quería pasar el resto de su vida con ella, como su marido legal

Pobre Rory. Qué molesto y confundido debería haber estado. Tal vez pensó que ya lo había adivinado y por eso había buscado consuelo en el cuerpo de otra, pensando que la situación estaba más allá de la esperanza.

¿Le molestaba la forma en que la había acogido? Examinó sus sentimientos y concluyó que no lo hizo. Todo lo que sintió fue simpatía, junto con una extraña sensación de alivio. La constatación de que Rory debería haber estado sufriendo por suconciencia, eliminó parte de la carga del alma de Lucy. Fue su propia locura lo que mató a Rory.

Aunque no se dio cuenta hasta muchos meses después, este momento marcó un punto de inflexión en la vida de Lucy, el final de su período de duelo por su amor perdido. Cada vez que pensara en él en los proximos años, lo recordaría con simpatía y pena gentil. El anhelo desgarrador y agonizante por él se había ido para siempre.

20

El día siguiente amaneció tan brillante como el anterior. A las nueve, después de desayunar en su habitación, Philip envió un mensaje de que estaba preparando un par de caballos y que iban a dar un paseo por las colinas.

El espíritu de Lucy burbujeó con anticipación. Echaba de menos la equitación diaria que solía hacer en casa con cualquier tiempo, su naturaleza activa e inquieta exigía ejercicio regular. Sin recurrir a una montura, saltar ágilmente sin la silla de montar, vestida de vez en cuando con un traje de montar prestado.

-Qué bien te ves hoy- comentó Philip, mientras se dirigían por el largo y recto camino.

Lucy se encontró observándolo y descubrió que, con sus pantalones ajustados de color crema, sus botas muy pulidas, su chaqueta de montar de color burdeos, tenía una figura muy hermosa. Sus ojos grises brillaban en forma animada y un ligero esfuerzo al sentarse en su montura de trote acentuaba la finura de su tez y la altura de sus pómulos salientes.

Sintió que su corazón se aceleraba al mirarlo, llevó a su caballo a medio galope para que Philip se quedara momentáneamente atrás. La superó en un galope y los dos corrieron cuello a cuello hacia las altas puertas de hierro forjado, deteniendo sus monturas en el último momento en un ruidoso deslizamiento de cascos.

Todavía reían y decían palabras mientras ascendían por la sinuosa pista que conducía a la cima de la cresta que dominaba el valle. Un fuerte viento hizo temblar la piel y las orejas de su castrado mientras trabajaban en el último tramo del camino de guijarros y se detenían en la cima de la colina.

Detrás de ellos se extendía el mosaico del valle que se enroscaba a lo largo de muchas millas serpenteantes, conectando una docena de aldeas, pueblos, unido al río plateado y serpenteante. Delante había incontables acres de la nada, páramos abiertos, cada vez más escarpados, hasta que las colinas se convirtieron en montañas y los valles en los grandes lagos de Cumberland y Westmorland.

A su izquierda, a media milla de distancia quizás, había una joroba que se elevaba unos cincuenta pies en el aire, como el lomo de un animal gigante, crestado por un espinazo de árboles oscuros y demacrados. Al mirarla, Lucy sintió un repentino temblor y sintió magia en el aire; una vieja magia pagana que había existido siglos antes de que se construyera la Mansión Darwell.

-¡Vamos!- gritó Philip mientras espoleaba su montura y galopaba a través del suelo pedregoso. Su ansioso desafío disipó el misterioso y evocador estado de ánimo, Lucy se puso en marcha tras él, sujetando firmemente las riendas para que su montura no tropezara con alguna piedra o se resbalara en un trozo de tierra fangosa.

Su ruta los condujo a través de una serie de colinas y saltos hasta que Philip finalmente se detuvo en un bosque cubierto de hierba. Un grupo de cenizas de montaña, dobladas por las tormentas del invierno, presidían la cabeza de un claro arroyo de montaña que caía en una cascada en miniatura desde la pared rocosa, burbujeaba alegremente a través del bosque y salpicaba entre los afloramientos rocosos más bajos. .

Felipe desmontó y tiró las riendas sobre un tronco de árbol.

-¡Mira!- dijo, señalando hacia algún nivel del suelo que Lucy no podía ver sin desmontar. Cuando lo hizo, encontró que el objeto al que Philip apuntaba no era aparentemente nada más que un montón de piedras cerca del pie de la pequeña cascada.

Lo miró perpleja y luego volvió a mirar las piedras. Parecía bastante extraño que tal variedad de piedras, algunas obviamente no nativas de esta parte particular del campo, se hubieran acumulado justo en ese lugar. Algo pareció brillar debido a los rayos de sol y Lucy miró más de cerca. Era un fragmento de vidrio verde de una botella vieja. Hubo un destello azul y uno rojo: más vidrio.

Le dio a Philip una mirada curiosa y su cara se arrugó con una sonrisa.

-Solía venir aquí cuando era niño- explicó.

-Una vez intenté construir una presa, para atrapar el agua y formar una piscina, pero la fuerza de la misma se llevó mis piedras. Esto es todo lo que queda.

-A menudo vengo aquí- agregó.

-Puedo fingir que soy joven otra vez y todos mis problemas simplemente desaparecen, como el agua que cae de las rocas.

Lucy estaba conmovida por su declaración. De repente, mientras miraba a Philip, pudo imaginarse a un pequeño y tímido muchacho con pantalones y robustos zapatos, corriendo sobre las piedras o sentado bajo los fresnos pretendiendo ser algún personaje: un montañero quizás, que había escalado la cima de la montaña más alta del mundo o un rey fugitivo luchando para recuperar su reino perdido.

Qué solitario debe haber estado Philip cuando era niño. Mantuvo su ser interior bien oculto pero, cuando lo reveló en fugaces vislumbres como este, tocó algo en el corazón de Lucy.

Un silencio había descendido. Aquí en el hueco, los aullidos, los cantos del viento en las rocas ya no se podían oír. El lejano sonido de un pinzón, el balbuceo del arroyo, eran los únicos rastros de la realidad en lo que se había convertido en un lugar encantado donde no existía ni el tiempo ni la razón. Seguramente... ¿seguramente Philip la besaría ahora?.

Pero no lo hizo, Lucy se dio cuenta de repente del movimiento inquieto y rítmico de los dientes de los caballos al agarrar las hojas de la hierba, el lento movimiento de sus colas y la persistente decepción de su corazón.

Esa noche, los sentimientos que temía volvieron a Lucy. Se sacudió y giró febrilmente en su cama, tratando de forzar su mente hacia otros temas menos inquietantes, pero, por más que lo intentara, pensaba en su infancia, en los caballos y la música, en todos los demás temas a los que se aferraba y luchaba por mantenerse firme. Su mente, simplemente se evaporó. En su lugar aparecieron visiones de Philip acariciando al perro, Philip parado en el bosque, Philip riendo, inclinado sobre el cuello de un caballo encabritado o mirándola con esa expresión, especulativa y apreciativa.

Las vividas imágenes se agolpaban, la obsesionaban, sin darle descanso, llenándola de anhelos dolorosos y agitaciones incómodas. ¿Por qué la afectaba de esta manera cuando ni siquiera le gustaba? ¿Por qué una mirada de él le hacía girar la cabeza como si se hubiera bebido un vaso entero de un vino fino?

Cada vez que estaba en su presencia, se estremecía con la conciencia de él, como si un millón de pequeñas agujas la pincharan por todas partes. Se dio cuenta de que no era el miedo lo que la ponía tan nerviosa y cohibida cuando le hablaba; fue su admiración por él, lo que la hizo querer decir, hacer solo lo que la elevaría, en lugar de rebajarla, en su estima. Tener que considerar que cada palabra que decía era una gran tensión.

Mientras yacía allí pensando en él, una compulsión pecaminosa comenzó a tomar el control de su mente. No tenía idea de qué hora era, tal vez medianoche, tal vez incluso la una de la mañana, pero sabía que Philip estaría en su habitación, leyendo tal vez o tal vez incluso en la cama, sus mechones amarillos extendidos sobre la funda de la almohada de lino blanco. Su rostro se sonrojó por el sueño, su cuerpo delgado y musculoso, relajado debajo de las sábanas.

Deseaba encender una vela, arrastrarse por los largos pasillos en la penumbra de la oscuridad, encontrar su habitación, abrir silenciosamente la puerta y simplemente mirarlo. Imaginó su expresión al abrir los ojos, ojos cuya sombra podía cambiar de un calor ahumado a un hielo plateado en un instante, verla allí de pie con sus despeinados rizos castaños cayendo sobre los hombros de su camisón de cambric blanco. Seguramente su corazón, y su cuerpo también, se conmovería al verlo. ¡No la rechazaría, no podría rechazarla!

La compulsión se hizo más fuerte. Tenía que ir con él, a pesar de que apenas sabía cómo llegar a su habitación y sin duda sentiría frío en los corredores por las corrientes de aire. No podía vestirse, ni siquiera arrojarse un chal o una capa sobre su camisón, ya que eso arruinaría el efecto de la belleza espontánea que quería crear. ¡Quizás podría fingir que estaba sonámbula!

Las brasas en el fuego de su habitación aún brillaban. Lucy metió una vela en medio de ellas y la mantuvo allí hasta que la mecha brotó en una pequeña llama. Luego salió de su habitación, estremeciéndose mientras el frío penetraba en su delgado camisón.

Subió las escaleras hasta el primer piso y sigilosamente, silenciosa como una polilla en vuelo, se arrastró con los pies descalzos por el oscuro pasillo, protegiendo su vela con una mano para que una repentina corriente de aire no extinguiera su pequeña y valiente llama. Varios retratos enormes de parientes y antepasados de los Darwells fruncían el ceño desde sus marcos dorados y un ornamentado reloj francés de oro, una reliquia de los días más prósperos de los Darwells, brillaba elegantemente desde una mesa de consola.

Dos puertas estaban abiertas, revelando muebles cubiertos con sábanas. Había otras dos puertas opuestas, pero no se filtraba ningún resquicio de luz en ninguna de ellas. Philip estaba profundamente dormido. ¡Perfecto!

El corazón de Lucy latía rápidamente mientras movía silenciosamente la manija de la primera puerta, manteniendo la vela detrás de ella para que el repentino resplandor no lo despertara. Podía distinguir las siluetas del panel de roble tallado a los pies de la cama y

El Cautivante Conde

una pesada e imponente cómoda debajo de la ventana, pero para ver a Philip en la cama, tenía que mover la vela para que su luz brillara directamente sobre la almohada.

Gradualmente, iluminó la habitación, moviendo la llama una pulgada a la vez para que el charco de luz que lanzaba lentamente invadiera la oscuridad. Cuando el borde del brillo de la vela tocó la almohada, Lucy sofocó un jadeo. No había ninguna cabeza descansando allí. La cama estaba vacía y parecía como si no hubiera dormido en absoluto.

Abatida, salió y cerró la puerta. Repitió sus acciones en el otro lado del pasillo, pero una vez más no había signos de vida. ¿Podría estar en el piso equivocado?

A estas alturas, Lucy temblaba de frío y miedo, la bravuconería que había sentido empezaba a dejarla. Tal vez debería volver a su habitación y considerarse afortunada de haber sido salvada de la humillación por un acto del destino. Quizás Philip estaba en el estudio o en la biblioteca, todavía leyendo un libro, sin darse cuenta de que hora era.

Pero la compulsión por verlo y hacerle ver sus deseos se extendió una vez más en una furiosa y febril oleada. Bajó las escaleras de puntillas, sólo para encontrar la puerta del estudio entreabierta y la habitación a oscuras. La biblioteca tampoco estaba ocupada.

Pensó en el enorme salón de baile con su atmósfera fantasmal y se estremeció. Incluso si Philip estaba allí, lo que dudaba, nada la persuadiría de entrar en ese espacio vacío y resonante después de medianoche, con cortinas que ondeaban con las corrientes de aire como las faldas onduladas de los bailarines espectrales. También sabía que la cerradura defectuosa de la puerta tenía una extraña forma de dejar encerrado a los ocupantes.

. Había otras puertas, pero a dónde conducían no lo sabía y no deseaba explorarlas en medio de la noche. Aparte de las habitaciones de los criados donde Martha, Matthew, la cocinera Eliza, sorda y malhumorada descansaba, toda la planta baja de la mansión, parecía desierta.

Ni siquiera Salomón, el sabueso herido, había levantado la cabeza y ladrado. Estaba estirado sobre una estera al pie de las escaleras principales, mirando a Lucy a través de un ojo entreabierto. El ojo se cerró y el perro lanzó un profundo suspiro y procedió a ignorarla.

Lucy hizo una pausa, se frotó el cabello suave sobre su frente, recordando haber visto a Philip hacer lo mismo, la urgencia ardiente de encontrarlo la poseyó una vez más y comenzó a subir las escaleras nuevamente.

Esta vez, caminó en sentido contrario a lo largo del pasillo, hacia la parte trasera de la casa donde recordó que Philip decía que tenía su habitación, ya que le gustaba mirar las colinas. Mientras levantaba su vela, debatiendo qué hacer, una zona de sombra en una esquina tomó repentinamente la forma de un hombre. Lucy se quedó paralizada, incapaz de gritar, con las cuerdas vocales paralizadas por el miedo.

El hombre parecía muy corpulento y vestido con algo que brillaba débilmente en la luz. Donde deberían estar sus ojos, parecía estar usando algún tipo de máscara, como un verdugo. No hizo ningún movimiento hacia ella, de repente se dio cuenta de que no podía. El acechador en las sombras no era más que una vieja armadura.

El alivio que sintió le dio valor y sin dudarlo más, caminó sin titubeos hacia la puerta de la izquierda y la abrió de un empujón. La luz del canalón de la vela buscó la cabeza que se acurruca en las almohadas y la encontró, pero el nombre que estaba a punto de susurrar murió en sus labios cuando Lucy se encontró mirando fijamente a dos globos oculares de borde rojo, horriblemente distendidos, amarillentos como un viejo pergamino, en el centro de los cuales había dos discos azul lechoso que la hipnotizaron con su mirada enloquecida.

Se abrió una grieta bajo la nariz en la que la piel de papel se aferraba al hueso que brillaba debajo, una voz ronca decía débilmente:

-¿Eleanor?

Luego los ojos se hincharon aterradoramente y el cadáver viviente se sentó, su carne lívida teñida de rojo a la luz de las velas como si ya estuviera sobre la pira funeraria. La grieta se abrió a una caverna y el rugido ensordecedor que salió de ella sonó como si un demonio hubiera tomado posesión del alma del cadáver.

-¡ELEANO-O-O-R!

21

-Philip... Oh Philip, me siento terrible... No quería hacer...- Las palabras de Lucy, ahogada por las lágrimas, eran casi incoherentes, su aliento se desvanecía.

Philip parecía pálido mientras caminaba, la chaqueta de terciopelo verde que colgaba de sus hombros parecía más incongruente sobre su camisa de dormir.

-¡Le has dado un susto de muerte, eso es lo que ha pasado! Pensó que eras su difunta esposa que venía a reclamar su alma por fin. Y no me sorprende que el viejo se haya equivocado. Si hubieras entrado en mi alcoba vestida así, te habría tomado por un fantasma, seguramente.

-Pero en el nombre de Dios, mujer, ¿qué estabas haciendo en su habitación? ¿Caminando dormida? ¿O buscando algo para robar? ¿Por qué no mataste a Hardcastle mientras estabas con él? En cambio, ese cerdo todavía está vivo y envenenando la faz de la tierra con sus trampas y putas, mientras mi pobre padre ...

Dio la vuelta para enfrentarse a Lucy, sus ojos brillaban como astillas de acero, sus labios tensos de furia.

-¡Philippe! No, no me pegues, por favor- Su gemido pareció enfurecerlo más cuando se colocó delante de ella, con las manos en las caderas, con el cabello echado hacia atrás de su cara blanca y descarnada.

-Acabo de perderme. No podía dormir. Todo me dolía. Pensé que, si sólo pudiera caminar un poco, aliviaría mis músculos...

-¿Salir a caminar? Vestida así, sin zapatos? ¿En febrero? ¡Debes de estar loca! O bien, hay algo siniestro en todo esto que todavía tengo que descubrir.

-N-no, nada siniestro. Yo estaba... Yo sólo...

-¿Qué hacías subiendo las escaleras? Le dije a Martha que te advirtiera que no entraras en ninguna habitación en la que no tuvieras permiso para entrar. Sabías el alcance de su fragilidad. ¿Querías matarlo?

-Por supuesto que no- susurró Lucy.

Esto era lo peor que podía haber pasado, peor incluso que entrar en la habitación de Philip y ser rechazada. ¡Matar a su padre! No sabía que él estaba tan preocupado por el viejo pícaro que se había jugado su fortuna.

Ahora, no solo estaba retenida bajo sospechas, sino que nunca la volvería a mirar con esa luz cálida de interés en sus ojos. Además, sabía sin lugar a dudas que le pedirían que se fuera tan pronto como saliera el sol.

Como si estuviera hablando con su sabueso, Philip le dijo:

-¡Vete a tu habitación!

Casi no se detuvo en las escaleras, cegada por sus lágrimas, se abrió paso a tientas hasta el solaz de su dormitorio, sollozando con fuerza. Nunca olvidaría la forma en que ese cuerpo esquelético había levitado desde las almohadas, la forma en que los dedos de las garras habían llegado a ella, la mirada loca en los ojos horribles.

Había sido su grito agonizante mezclado con los gritos de ella lo que había despertado a Philip y lo había hecho entrar corriendo en la habitación blandiendo su espada, esperando tener que golpear a los ladrones o posiblemente Hardcastle buscando las escrituras.

Cuando vio a Lucy parada allí, con una vela goteando en una mano, se estremeció, luego la apartó apresuradamente y tomó a su padre en sus brazos. Llegó demasiado tarde. El espíritu del viejo ya había huido para reunirse con la de su amada esposa en algún lugar de almas fieles. Todo lo que quedaba era un caparazón quebradizo, que la muerte había secado.

Temblando, Lucy se había escabullido de la habitación para dar a Philip algo de privacidad por su padre muerto. Pero, en lugar de vigilar el cadáver de su padre, persiguió a Lucy, la tomó del brazo y la metió en su propia habitación, donde la diatriba de preguntas y acusaciones eran lanzadas como piedras.

Ahora estaba acurrucada en su cama, con las rodillas apoyadas en su estómago. Su mano derecha se agarró espasmódicamente y soltó una esquina de la almohada de plumas de ganso mientras los espasmos de los sollozos la sacudían. ¡Por que terminara así, antes de que empezara! ¡Antes de que tuviera la oportunidad de contarle a Philip su creciente amor por él!

Parecía injusto. Estaba destinada, condenada a vagar por la tierra, sin tener amigos, ni amantes, ni techo, hasta... ¿Hasta qué? Hasta que muriera en los páramos y sus huesos fueran encontrados, años después, sin nada que los identificara como los restos mortales de Lucy Swift? O hasta que sus deseos incontrolables y desenfrenados la llevaran a perecer de una enfermedad innombrable en una alcantarilla de la ciudad.

Decidió que se arrojaría a la misericordia de las reverendas hermanas de algún convento y se convertiría en monja. Eso era lo único que la salvaría de su propia naturaleza rebelde.

Pero, incluso cuando se formó la idea, Lucy sabía que no era adecuada para una educación religiosa ni por su temperamento convertirse en una monja dócil. Cuando sus sollozos se desvanecieron en cansados jadeos y su cuerpo comenzó a hundirse en un sueño agotado, supo que era su destino volver a casa, de regreso a Prebbledale y la granja de piedra gris; volviendo con s agradecida madre y a la mente calculadora de su tortuoso padre.

Marta, vestida de negro sombrío como corresponde a un sirviente en luto, su habitual delantal blanco sustituido por uno de gris, la despertó con una citación para que se reuniera directamente con el nuevo Conde en la biblioteca.

Lucy había olvidado por completo que Philip heredaría naturalmente el título. ¿Cómo debería dirigirse a él ahora? ¿Señor? ¿Mi señor? Obviamente, el "Philip" casual de los meses anteriores ya no funcionaría en absoluto. Durante un tiempo, habían fingido ser amigos e iguales, pero ahora él fue elevado a un rango muy superior al suyo. Ya no podía encontrarse y hablar con él tan abierta y descuidadamente como antes, incluso si el viejo Conde había muerto en extrañas circunstancias.

No importa ahora, pensó amargamente. *El viejo Conde está muerto, viva el nuevo Conde, y podría alguien darme algo de ayuda para viajar de regreso a casa.*

Sin embargo, Philip tenía sus propios planes e iban mucho más allá de los límites más salvajes de la imaginación de Lucy. Mientras entraba a la biblioteca lenta y respetuosamente, vistiendo el vestido regalado por Martha y llevando su propio vestido, desgarrado envuelto en un paquete, lista para un despido apresurado y sin duda ignominioso, Philip, desde su asiento en el magnífico escritorio de caoba de su padre, ladró:

-¿Y a dónde, va, señorita?

-N..a ninguna parte- tartamudeó Lucy atónita, recordando agregar:

-Señor.

-Puedo ser ahora el Conce Darwell, pero no hay necesidad de dirigirse a mí como una sirvienta llorona cuando habla con su amo. Somos socios, usted y yo, en el crimen y nada más.

La forma en que enfatizó la palabra "crimen" hizo que Lucy lo mirara con temor. ¿Había arreglado todo a esto? ¿La veía ahora como lo vió cuando llegó a su puerta para entregar la inútil yegua? ¿Como una delincuente, una sinvergüenza?

Sus siguientes palabras confirmaron sus peores temores.

-Hay más de un crimen por el que podría hacer que te ahorquen ahora.

El Cautivante Conde

-¡No!- La palabra salió de los labios de Lucy. No tenía derecho a resucitar esta vieja amenaza. Ya había pagado por su primer crimen... más que pagado, él podría ser atacado por Hardcastle como prueba a su favor. El único crimen del que ahora era culpable era el de haber sucumbido a sus deseos por un hombre, el que ahora la juzgaba.

-Siéntate, Lucy.

Su tono tranquilo e imperioso la aterrorizó y enfureció. Sería tan fácil decirle su verdadera razón para vagar por la casa tan tarde en la noche. Tan fácil, pero imposible. Nunca dejaría que Philip Darwell supiera lo cerca que había estado de arrastrarse a su cama como una vulgar zorra.

Obedientemente, se sentó en el borde de una silla de madera dura, todavía agarrando su bulto. La aguda mirada de Philip se clavó en la de ella, sus ojos duros y opacos como pedernal.

-Nunca se le ha dado a un malhechor tantas oportunidades para redimirse.

Lo que sea que fuera, no podía hacerlo. No lo haría. ¿Cómo podría realizar alguna tarea para él ahora, sabiendo que todo lo que recibiría al final sería, nada de su gratitud y placer, sino un despido frío, el conocimiento de que él no sentía nada por ella sino desconfianza y desprecio?

Sin embargo, sabía que tenía que hacerlo, fuera lo que fuese, debido al terrible control que aún tenía sobre ella, ahora más que nunca. ¿Qué juez creería que ella, una niña, sin ninguna razón, había entrado a la habitación de un viejo Conce a altas horas de la noche por cualquier otro propósito que no sea el del crimen? En cuanto al asesinato, entrar sigilosamente a la cámara de un hombre conocido por ser perseguido por las visiones de su difunta esposa, vestida de blanco como un fantasma y con una vela, sería toda la evidencia que necesitaría la ley.

Philip la tenía acorralada y, una vez más, lo odiaba por eso. Sin embargo, el innegable poder que emanaba de su severa presencia creó algo en lo profundo de su miedo. Lo detestaba, pero también lo quería. Era demasiado conflictivo para comprenderlo.

-Lo que quiero que hagas por mí ahora es mucho menos difícil que tu última tarea, aunque, Dios sabe que el crimen que has cometido es mayor.

Lucy contuvo la réplica que le llegó a sus labios. Nunca le diría la verdad sobre sus divagaciones nocturnas. ¡Nunca! Déjelo pensar lo que quiera.

-Esta vez, la parte más difícil de la tarea la realizaré yo.

Ella lo miró hacia arriba con asombro. ¿Qué quiso decir? ¿Cuál era la trampa?

-Por el amor de Dios, niña, deja caer ese bulto. Pareces una gitana vendiendo pinzas de ropa.

El insulto la picó y colocó el vestido enrollado sobre la alfombra descolorida de la biblioteca con lentitud deliberada e insolente. Si no podía protestar por su trato con palabras, entonces lo haría con acciones.

Philip pareció no darse cuenta.

-La muerte de mi padre fue un shock para mí en más de un sentido. Después de que Matthew y yo lo habíamos acostado, pasé el resto de la noche revisando sus papeles, cajas y recibí más de una desagradable sorpresa.

-Le hablé de lo habitual que era el juego para mi padre, de cómo dejó que ese canalla de Hardcastle le robara todo lo que teníamos, la mansión, ya sabes, nuestra fortuna y las joyas de mi madre

Lucy asintió y continuó:

-Sabía que algunas de las joyas habían desaparecido, robadas por esa... esa alimaña de Rokeby Hall, pero nunca supe que mi padre las había dejado ir todas, ¡incluso el invaluable anillo de esmeralda de mi madre que se había transmitido de generación en generación!

Hizo una pausa y miró pensativamente los papeles que se extendían por toda la mesa. La pausa era un silencio incómodo que hizo que Lucy deseara poder escapar de la habitación derritiéndose las paredes. Quizás aquí, como en la biblioteca de Hardcastle, había una puerta secreta junto a la chimenea. Lucy volvió su mirada hacia los paneles de roble, pero la voz de Philip la despertó sus errantes pensamientos.

-El próximo sábado. Es la noche del gran baile en Bidstone House que Lord y Lady Bellingdon darán con motivo del cumpleaños de su hija menor, Pamela.

Lucy sintió que su boca se secaba. Seguramente Philip no esperaría que ella fuera al baile. No tenía nada que ponerse excepto uno de los vestidos extremadamente anticuados de Lady Eleanor. Además, los Hardcastle podían reconocerla.

Como si leyera su mente, Philip anunció:

-Naturalmente, los Hardcastle asistirán, especialmente porque nuestro querido Lord Emmett estará en Manchester por negocios, sin duda permitirá a Rachel deleitarse con estimado y varonil personaje.

A pesar de la agitación en la que se encontraban sus pensamientos, Lucy tenía que reprimir una risita al pensar en la desagradable pareja, Rachel, con sus ojos pálidos, cabello fibroso y cuerpo plano y el Emmett afeminado, lamido, tan atractivo como una lombriz de tierra..

Philip, sin embargo, no mostró ningún rastro de humor, incluso si lo sentía.

-Hardcastle informará a Adam de la hora a la que quieren partir, para que pueda preparar los caballos para el viaje. Adam tendrá esta información en la mañana y luego enviará un mensajero aquí.

-Esa será la señal para que salgas a caballo rápidamente hacia Rokeby Hall. Sé que eres una excelente jinete, así que puedes llevarte a Redshanks, mi consentido. ¿Qué tan buena es tu memoria?

Le disparó la pregunta tan rápido que Lucy se encontró balbuceando.

-Bueno, yo... Depende de lo que quieras decir. YO...

-¿Puedes recordar cómo mezclar ese ungüento que tus expertos amigos usaban cuando deseaban que un caballo pareciera cojo por un tiempo?

La burla en su voz cuando dijo "expertos" la hizo hervir de indignación.

-Creo que sí- dijo ella con firmeza.

La mezcla de la pomada tenía que ser muy precisa, al igual que el momento. Si se aplicaba muy poco o se mezclaba muy débil, el animal sólo tropezaría un poco y luego se recuperaría. Si se mezclaba demasiado fuerte, la criatura caería de rodillas, incapaz de levantarse hasta que los efectos de la droga paralizante hubieran desaparecido. ¿Qué podría tener Philip en mente?

-Excelente. Hoy es jueves. Tienes dos días para encontrar los ingredientes y mezclar tu poción. Luego, mi pequeña bruja, volarás en tu escoba a los establos de Rokeby Hall, aplicarás una buena y fuerte dosis a los cascos de dos de los caballos del carruaje. ¿Creo que el ungüento tarda una hora en penetrar en los músculos y ser completamente efectivo?...

-Sí. Eso es correcto.

¿Cómo sabía Philip esto? Quizás él había estudiado las actividades de sus antiguos compañeros más de lo que había imaginado.

-¿Cómo sabré qué caballos escoger?

-Serán los grises. ¡Son los más bellos y los que Hardcastle siempre elige cuando quiere impresionar!

-¿Cómo voy a entrar a los establos sin ser observada?- preguntó, sintiendo que era, en verdad, un negocio muy arriesgado y temiendo por su pellejo, si no por su vida, si Hardcastle o Rachel la llegaran a ver.

-Todo está arreglado. Estará casi oscuro cuando llegues. Deberán acercarse a través de los campos por una ruta que les describiré. Una línea de árboles te protegerá de las ventanas traseras del Salón. He arreglado con Adam que la puerta que lleva al patio del establo quede abierta.

-Estará en la casa del jefe de cuadra, entreteniendo a los mozos de cuadra. Los mantendrá allí todo el tiempo que pueda, pero creo que no tiene más de diez minutos para ingresar a los establos, elegir los caballos correctos, aplicar tu mezcla diabólica a dos de ellos y salir del patio.

-¿Por qué dos? Seguramente un caballo cojo sería suficiente. En cualquier caso, ¿cuál es el propósito? ¿Simplemente evitar que los Hardcastles asistan al baile?

-No, gansa tonta. ¿De qué me serviría eso? Me importa un bledo si Rachel finalmente logra atraer a Emmett para que le proponga matrimonio. Es el tipo de cosa que haría para eclipsar a su amiga en su propia fiesta de cumpleaños. ¿Qué me importa si Hardcastle se pasa toda la noche detrás de putas con un perchero vestido de seda? No quiero que lo hagan con las joyas de mi madre en sus cuerpos. Seguro que mi plan está claro para ti ahora.

Lucy pensó que así era, pero no deseaba arriesgarse a adivinar. Quería que Philip se lo explicara, porque estaba disfrutando de las coloridas descripciones de los Hardcastles y sus hábitos extraordinarios, por lo que continuó mirándolo en silencio con los ojos muy abiertos, invitándolo a continuar. Al escucharlo hablar así, casi podía olvidar que era una vez más su prisionera, sujeta a todas sus órdenes y caprichos.

-El baile comienza a las ocho. La Casa Bidstone está a una hora de camino de Rokeby Hall. Como Rachel les hará llegar tarde con sus quejas y su acicalamiento, creo que tomarán el camino de los páramos, más corto pero más peligroso, en lugar del menos directo que atraviesa el valle y rodea la colina. Te pedí que aplicaras tu pomada a dos caballos porque no podía arriesgarme a que eligieras un caballo que sea el único caballo en el mundo que sea inmune a tu pomada.

-¿Pero no pensarán que algo sospechoso si dos de sus mejores caballos quedan cojos en el mismo momento?- Las dudas de Lucy sobre el plan aumentaban con cada momento que pasaba.

-No tendrán tiempo, te lo aseguro. Tendrán algo mucho más importante que pensar que unos caballos lesionados: ¡la aparición de algún temible bandolero!

-¿Quieres decir que vas a robarles tus propias joyas? Tú, un Conde, actuando como un ladrón común.

Philip se rió a carcajadas.

-Sólo reclamaré lo que es mi legítima herencia. En cuanto a convertirme en ladrón, parece algo muy fácil de hacer, es algo que descansará ligeramente en mi conciencia."

La forma en que miró a Lucy a través de los párpados semicerrados, con una expresión calculadora en su rostro, hizo que se encogiera por dentro. Sea lo que sea que pensara, ella no era una malhechora nata. No era fácil, como él lo insinuaba. Lo odiaba. Temía el riesgo de ser descubierta, la posibilidad de olvidar sus instrucciones y cometer algún error.

. . .

Sin embargo, había cierta emoción en las actividades de capa y espada que apelaban a esa capacidad salvaje en ella, la misma capacidad que le había hecho enamorarse de Rory... y ahora, muy lamentablemente, también de Philip.

-Pero cuando los caballos se recuperan... ¿entonces que?

-Matthew es un campesino nacido y criado en esta zona. Sus predicciones sobre el clima nunca fallan. Dice que habrá niebla en los páramos las próximas noches, y le creo. Cuando aparezca, entonaré una melodía que tomarán como un hechizo. Luego, cuando me haya ido con mi botín y los caballos se hayan recuperado milagrosamente, no podrán dejar de creer que se encontraron con un mago, que lanzó un encantamiento que hizo que sus caballos se tambalearan y cayeran en el mismo lugar donde se materializó.

Un silencio cayó entre ellos. Lucy movió sus pies nerviosamente, su mente se llenó de mil razones de por qué este último plan de Philip era muy peligroso llevar a cabo, tanto para él como para ella. Tenía que hablar, decirle lo que pensaba, aunque la considerara una "gansa tonta".

-¿Seguramente tu posición con Hardcastle ya es lo suficientemente peligrosa? Él debió jactarse ante sus amigos por haberle ganado esta casa a tu padre. Si se cuestiona, ¿cómo explicará el hecho de que ahora tiene las escrituras nuevamente en tu poder?

-Y en cuanto a las joyas, mucha gente habrá visto a Rachel y a su madre llevándolas, no puedo creer que Hardcastle y su familia no cuenten un robo por este extraño bandolero. Estarás en posesión de propiedad robada. ¡Podrías ser ahorcado!

La ironía de su declaración no pasó desapercibida para Philip, quien sonrió burlonamente antes de responder:

-No lo creo, Lucy Swift. Verá, a pesar de sus defectos, Hardcastle es un hombre precavido. Dudo que le haya dicho a nadie las verdaderas circunstancias de cómo adquirió las escrituras de Darwell Hall. Si se hubiera jactado de ello, habría asustado a los otros jugadores a los que quiere engañar.

-Creo que él habría guardado silencio acerca de la casa y habría tomado posesión después de la muerte de mi padre, de la cual aún no tiene conocimiento, por supuesto, con el pretexto de que me la había comprado. Haber admitido que la había ganado en las cartas habría sido muy alarmante para sus futuros engaños..

-En cuanto a las joyas de mi madre, ciertamente tendré que evitar mostrarlas en el futuro. Puede que incluso tenga que venderlas en el extranjero para recaudar dinero para mantener la herencia. Pero sé que Hardcastle es odiado en Cheshire, Lancashire y mucho más allá. La mayoría de las familias acomodadas por aquí han perdido pequeñas fortunas con él y si él me desafiara, me acusara de robo, yo lo denunciara como un tramposo y estafador, sería yo quien mantendría ileso.

-A la gente no le gusta admitir sus pérdidas de juego, Lucy. Si Hardcastle me acusara de robo, le haría admitir precisamente lo mucho que le había ganado de mi padre. Otros empezarían a darse cuenta de que no eran los únicos que habían perdido todo con el desgraciado, mi propia contraacusación de sus trampas en las cartas sonaría verdadera, especialmente porque tengo en mi poder un paquete de sus cartas marcadas, obtenidas para mí por Adam.

-Creo que Hardcastle guardará silencio sobre sus pérdidas y buscará otras formas de vengarse de mí. ¡Eso, espero ansioso, como otra oportunidad para aplastarlo! Philip sonrió sombríamente.

Lucy tuvo que admitir, aunque a regañadientes, que el plan parecía perfecto. Ojalá pudiera estar allí para ver la expresión de la cara de Raquel cuando los dos caballos cayeran, deteniendo a los demás, haciendo necesario que toda la familia Hardcastle dejara el carruaje y se parara en el barro y la niebla con ¡todas sus galas!

Sentía pena por la madre de Rachel, esa mujer triste a la que no deseaba dañar. Sin embargo, Philip tenía razón. Las joyas eran suyas por derecho y habían sido injustamente ganadas a su débil padre. Solo podía aplaudir sus esfuerzos para recuperar la herencia de Darwell.

Sin embargo, había una cosa que no podía decirle, por miedo a que no sólo su futura libertad, sino su propia vida estuviera en peligro, era el hecho de que nunca había mezclado la poción anestésica. Sólo había visto a Smithy recolectar hierbas, hirviéndolas en un jugo y añadiendo un polvo blanco que había comprado en un boticario. No tenía ni idea de qué hierbas y qué polvo.

Solo había una cosa que podía hacer, confiar en Martha y Matthew y solicitar su ayuda.

Tan pronto como Philip la despidió, se dirigió a las cocinas donde sabía que encontraría a Martha ayudando a la vieja cocinera. Tan pronto como comenzó a explicar su problema a la criada con la cara roja, cuya frente goteaba de sudor mientras agitaba una olla burbujeante que colgaba sobre el fuego rugiente, Martha la despidió con un gesto de su mano.

-No sirve de nada hablar conmigo sobre estas cosas. Matthew es el indicado. Él está allá afuera en alguna parte, barriendo el camino o algo así. Él sabrá lo que quieres .

De hecho, para su sorpresa, Matthew sabía exactamente lo que Lucy necesitaba y por qué. Era obvio que Philip le ocultaba poco a Adam y Adam no guardaba nada a sus padres, por muy secreto que fuera. Lucy se preguntó si, confiables aunque sabía que lo eran, por mucho que le gustaran, tal vez sabían más de lo que ellos deberían saber.

¿Pero quién era ella para sugerir que un hijo no debería confiar en sus propios padres? En cualquier caso, sentía que confiaba más en Martha y Matthew que en Adam. Era un milagro que no albergara un rencor profundo contra Philip por obligarle a trabajar en Rokeby Hall. Sin embargo, seguramente podría haber tomado un trabajo en otro lugar. No tenía que trabajar en allí. Tal vez se quedó sólo por lealtad a Philip, para ayudarle con sus planes. Después de todo, si Philip tenía éxito, la riqueza y la propiedad iban a ser suyas una vez más, ¿no se beneficiaría Adam también?

Matthew informó a Lucy que debía dejárselo a él. Incluso se ofreció a mezclar la pasta para, pero un ligero recelo la impulsó a darle las gracias, pero informó de que con sólo obtener los ingredientes sería suficiente. Ella haría el resto.

Estaba segura de que podía recordar el método de Smithy, aunque esperaba que Matthew no pensara que su padre, el más respetado comerciante de caballos, incursionó en tales prácticas ilegales.

Al día siguiente vio brevemente a Philip, ya que estaba ocupado haciendo los preparativos para el entierro de su padre, que tendría lugar el lunes siguiente. Había que enviar mensajes a los parientes y viejos amigos de la familia, la mansión esperaba varios visitantes sombríos y comprensivos. Sin embargo, aún encontró tiempo para repasar los preparativos del día siguiente de una manera que la hizo sentir como un niño al que un tutor demasiado estricto le metió una lección en el cráneo.

Se sintió patéticamente agradecida con él por sonreírle de forma amable una vez que había repetido sus instrucciones, luego se odiaba a sí misma por sentirse así. ¿Qué había pasado con su orgullo? ¿Lo había abandonado por completo? Se desesperaba por sí misma. Podría quererlo, pero nunca lo ganaría. ¿Por qué su cerebro entumecido no podía entender este hecho?

En el momento en que terminara su próxima tarea, se iría y finalmente se libraría de la mala suerte que la había perseguido desde que había puesto un pie en la Mansión.

22

Galopando a una velocidad vertiginosa sobre el camino del páramo en la peligrosa penumbra del anochecer, estaba muy alegre. A Lucy se le ocurrió la loca idea de seguir cabalgando, pasar Rokeby Hall e ir más allá: nuevos entornos y personas que no la conocían a ella ni su historia y que no les iba importar, contentos de aceptarla tal como era.

Sin embargo, por atractiva que fuera la idea, significaría no volver a ver a Philip, eso no lo podría soportar. Mejor ayudarle a llevar a cabo su plan y esperar que tal vez, sólo tal vez, algo le hiciera suavizar su actitud y devolverle esa luz cálida que a veces se le colaba en los ojos cuando la miraba.

Todavía albergaba un miedo inquietante de que, si lo desobedecía, podría encontrarse acusada del asesinato de su padre. En cualquier caso, no tenía deseos de huir de él. Estaba loca de deseo por él, cuanto más se alejaba su caballo de Darwell Manor, más ansiaba ver a Philip.

Pero ninguna figura se le acercó en el crepúsculo. No había nada más que árboles, rocas y oscuridad. Más adelante, en un hueco entre dos crestas rocosas, podía ver el grupo de hojas perennes que marcaban el límite frontal de Rokeby Hall.

Lucy siguió sus instrucciones y caminó lentamente con su caballo a través de la línea de robustos robles que separaban los jardines de la tierra circundante. La puerta que conducía al patio del establo estaba abierta, como Philip había señalado. El mensajero de Adam había informado que, como Philip había sospechado, los grises iban a ser utilizados esa noche, cuatro magníficos y poderosos animales que, afortunadamente, compartían el establo adyacente.

Lucy deslizó el cerrojo de la puerta del primer establo y un animal asustado se quejó suavemente, sorprendido,ella pasó su mano experta por su flanco antes de coger una pezuña y embadurnarla generosamente con su maloliente pomada. El bien entrenado castrado no hizo ningún escándalo mientras Lucy trataba cada uno de sus cascos. Luego, dándole un golpe en su larga y salpicada nariz, dejó ese establo y pasó al siguiente.

El segundo caballo, sin embargo, tenía un temperamento diferente. Resopló y rehuyó ante la presencia de un extraño, Lucy no pudo arrinconarlo, se deslizó de un extremo a otro de la caja Salió justo a tiempo, antes de que la bestia nerviosa mordiera levemente su hombro.

Sin embargo,el tercer caballo, permitió a Lucy hacer lo que deseaba y la recompensó con una lamida viscosa de su gigantesca lengua que dejó una línea de escupitajos equinos en su mejilla.

Limpiándose con la manga, se marchó hacia la sombra de los árboles donde había dejado la cabalgadura de Philip atado a una rama, cuando escuchó que se abría una puerta y el sonido de las voces de los hombres que emanaban en el limpio aire de la noche. Uno de ellos era sin lugar a dudas Adam.

Debido al nerviosismo del segundo caballo, su tarea le había llevado varios minutos más de lo que había previsto. ¿Cómo iba a escapar sin ser vista, ahora que el personal del establo estaba dando vueltas por el patio, abriendo las puertas, corriendo con la nueva y pulida guarnicionería?

Le preocupaba que el fuerte olor del unguent aún se pudiera percibirr dentro de las cajas del establo. Nadie con una nariz afilada podría dejar de preguntarse por el olor y rezó para que el fuerte olor de los animales y sus excrementos cubrieran los rastros.

Por fin llegó el momento donde no había nadie a la vista. Lucy se arrastró fuera del patio del establo, se subió a la silla de montar y empujó a su caballo a la sombra de los enormes árboles.

De repente, su montura se asustó, resoplando con terror mientras una sombra se desprendía de la oscuridad y se detenía ante ella. Lucy casi perdió su asiento, tuvo que luchar por el control del asustado animal. Tan pronto como lo calmó con una palmada y una palabra, vio quién era el que había causado el problema. Adam.

-Mantuve a los hombres hablando tanto tiempo como pude. Ya deberías estar a media milla de distancia. ¿Qué pasó?- preguntó.

Ella explicó y cuando terminó, él agarró la brida de su caballo, le puso una mano en la rodilla de manera muy familiar, susurró en voz baja y urgente:

-Philip nunca debería haber enviado a una chica a hacer esta tarea.Especialmente tú. Sabes que me preocupo por ti y sobre lo que te pueda pasar. ¿Cómo te convenció para que vinieras hasta acá y te pusieras en peligro de esta manera? ¿Cuál es el control sobre ti?

Cuando Lucy se negó a responder, sin querer incriminarse ni a Philip, él continuó, al mismo tiempo, susurrando rápidamente:

-No importa. Puedo ver que estás preparada para hacer cualquier cosa por él. Aunque Philip no lo merezca...

Su voz se apagó.

-Apresúrate ahora- dijo. Dando un paso atrás, le dio a su montura una fuerte palmada en la grupa que lo envió a la carga en dirección a los campos más allá de los árboles.

Lucy se aferró sombríamente, maldiciendo a Adam por lo que parecía un acto de rencor y celos. Para cuando estuvo fuera de la vista de Rokeby Hall ,no tenía nada más que un páramo abierto entre ella y la Mansión Darwell, había llegado a varias conclusiones más sobre Adam Redhead y no le gustaban en lo más mínimo.

Podía entender que un hombre estuviera celoso de otro por una mujer, pero aquí parecía haber algo más que celos. Lejos de actuar como un sirviente fiel de Philip, Adam no sólo criticaba a su antiguo amo, sino que mostraba signos de enemistad que no auguraban nada bueno para los planes futuros de Philip en los que Adam estaba involucrado.

Philip debe estar ciego para confiar en él, pensó. Había algo en la voz de Adam cuando pronunció las palabras: "¿Cuál es su control sobre ti?" lo que implicaba la posibilidad de que Philip tuviera algún tipo de control sobre Adam también. Era la forma en que él había enfatizado las palabras, tan levemente que su par de orejas atentas como las de ella, captaron ese énfasis.

¿O se refería simplemente a la aventura amorosa que imaginaba que tenían los dos? Quizás la frase había sido un mero sarcasmo, por el "apretón" de Philip sobre ella, se refería a una cara bonita y un par de muslos lujuriosos, estaba enfermo de envidia al pensarlo.

¡Si supiera la verdad! si la supiera, él estaría tratando de cortejarla intensamente y ella estaría obligada a rechazar ese cortejo una vez más. Mejor era dejar que pensara que Philip y ella estaban enamorados. Aunque era al menos, medio cierto.

23

La predicción meteorológica de Matthew había sido correcta. Philip se ubicó en una colina con vistas al camino del páramo en un frío remolino de niebla que se hacía más espesa a cada segundo. Estaba demasiado oscuro para comprobar la hora con el pesado reloj de bolsillo de oro de su padre, pero supuso que debía estar cerca de las siete y cuarto. En cualquier momento dentro de la siguiente media hora, podría escuchar el ruido del carruaje de los Hardcastles en el empinado camino.

Su caballo se movió inquietamentel, buscando escapar del viento húmedo y amargo, las manos de Philip estaban entumecidas en las riendas cuando su solitaria vigilia fue recompensada por el sonido de un carruaje que se acercaba. Observó el resplandor amarillo de las lámparas, iluminando los cuartos traseros de los caballos. . . Pero algo estaba mal.

En lugar de los cuatro grises que le habían hecho creer que tirarían del carruaje esa noche, había cuatro castaños. ¿Había fallado su plan? La tonta gansa debe haber mezclado mal el ungüento, causando que los grises cayeran antes de salir de los establos - ¡o tal vez no había llevado a cabo su plan!

Un rico torrente de maldiciones salió de los labios de Philip. No podía creer que una estrategia tan simple pudiera haber fracasado. Aquí estaban los Hardcastles, a un cuarto de milla de distancia, con sus joyas, encerrados en el interior del carruaje, tan cerca, tan a su alcance y sin embargo tan imposibles de recuperar. ¿Cuándo tendría otra oportunidad tan perfecta como esta?

Se encogió hacia atrás, fundiéndose en las sombras de un grupo de árboles mientras el coche de Hardcastle se acercaba, quince pies más abajo. El látigo del cochero arremetió y se enroscó alrededor del flanco de uno de los caballos, dio un brinco repentino, de modo que, por un momento, el carruaje se sacudió diagonalmente a través del camino antes de reanudar su avance rítmico por la pista pedregosa. Una tormenta de niebla se enroscó alrededor de la ladera y cubrió el camino. Era imposible para los ojos de Philip penetrar en la espesa bruma, pero sabía que, para cuando se despejara, los Hardcastles no se verían alrededor de la siguiente colina.

Palmeó el cuello de su caballo y le dio al impaciente animal la señal de moverse. Caballo y jinete se abrieron paso cuidadosamente sobre el suelo rocoso ,acababan de descender a la superficie plana de la carretera cuando un tremendo choque, un aluvión de gritos y maldiciones, mezclados con penetrantes gritos de mujeres, hicieron que se detuvieran en seco. Las orejas del caballo de Philip parpadearon de un lado a otro, Philip se esforzó por captar los sonidos en la oscuridad y descubrir la causa.

Rápidamente, volvió a guiar a su caballo fuera del camino y se lanzó por la ladera. El velo de niebla se hizo trizas y se abrió ante él y allí, quieto, un poco más adelante, estaba el carruaje de Hardcastle, dos cocheros desconcertados discutiendo sobre la forma en que uno de los dos castaños delanteros estaba extendido sobre su vientre.

No podía levantarse debido a que se había acercado demasiado a un árbol en la niebla y una rama había enganchado una patas, haciendo que el caballo se retorciera, cayera y rompiera el arnés. Los ojos del sorprendido caballo rodaban de forma aterradora y sus flancos se estremecían con el esfuerzo de intentar desenredarse. ¡Quizás incluso se había roto la pata! Las oraciones de Philip habían sido respondidas después de todo.

Sin considerar por un momento si Hardcastle o sus asistentes podrían estar armados o no, sacó su pistola del cinturón y, con un grito de

-¡Ah, ahí!- instó a su caballo hacia ellos en un rápido galope.

Harriet Hardcastle presionó su mano contra su pecho, pareció desmayarse al ver al hombre armado y enmascarado que estaba abriendo la puerta del carruaje. El color desapareció de la cara rojiza de George Hardcastle cuando protestó balbuceando que no llevaban dinero ni objetos de valor.

Philip hizo un gesto con el cañón de la pistola hacia los collares y pendientes que llevaban las dos mujeres. Harriet se quitó los pendientes, lacerando un lóbulo de la oreja en su prisa por entregar las delicadas amatistas al villano de aspecto peligroso que estaba allí de pie con un silencio tan amenazador. Entonces, sin ninguna protesta, entregó el collar de rubíes y los anillos.

Sin decir una palabra, Philip se guardó las joyas y luego se volvió hacia Rachel, que lo miraba con ojos de terror. Acercó el cañón de la pistola al cuello, pero se negó a entregarle las gemas con las que había propuesto deslumbrar a Lord Emmett esa noche a un bandolero común. Philip se vio obligado a hablar .

-¡Desabrocha esas baratijas que llevas y entrégalas rápidamente, o dispararé!

Habló en un tono áspero y chirriante, para disimular su voz lo más posible. Los ojos de Rachel estaban fijos en él con una mirada tan penetrante que sintió que lo estaba despojando de su máscara.

-¿Quieres que te mate, bella dama?- Philip preguntó con dureza, clavando el extremo del cañón de la pistola en su cuello, justo debajo de la oreja, en el que colgaba una brillante esmeralda rodeada de pequeños diamantes, las mismas joyas que su madre llevaba en el retrato que colgaba en Darwell Manor.

-Haz lo que dice, hija. Este canalla te disparará si no lo haces- ordenó Hardcastle, que se agachaba cobardemente en el rincón más alejado en el interior del carruaje, ignorando los gemidos de su esposa, que estaba desplomada a su lado, con un pañuelo de encaje perfumado con lavanda en la boca.

-Entonces disparame, sinvergüenza- invitó Rachel, con fría insolencia.

Con su pistola todavía fija contra el cuello, Philip levantó su mano izquierda enguantada, llevó toda la fuerza contra la mejilla derecha de Raquel. Gritó, sonó como un aplauso dejando marcas de fuego , rayas escarlatas en su piel amarillenta.

Con un tirón, Philip le arrancó el collar de su cuello, lo metió en su bolsillo para unirlo con el resto del botín, luego arrancó cada pendiente de sus orejas. Raquel llevaba guantes blancos, bajo los cuales Philip podía detectar los contornos abultados de las joyas que llevaba en los dedos.

-Tus anillos también- ordenó, presionando el arma aún más fuerte contra su cuello.

- Me daría un gran placer dispararte.A todos ustedes…-añadió, apretando el gatillo con un clic que hizo que Harriet chillara y presionase las manos sobre sus ojos.

La bofetada de Philip había sacudido los nervios de Rachel, rápidamente se quitó los guantes y tiró de los anillos de sus dedos cuadrados y masculinos. Se los entregó, vertiéndolos en un tintineo en la palma de su mano. Apenas dejando que su mirada dejara a Hardcastle y Rachel por un instante, seleccionó una, una gran esmeralda con una banda de oro, cuya montura estaba formada como dos manos que se juntaban alrededor de la piedra, luego dejó que el resto cayera a través de sus dedos como parque de atracciones.Baratijas sobre el piso oscuro del carruaje.

Alejó el arma, Rachel inmediatamente se arrodilló y comenzó a escarbar para recuperarlas. Philip notó con satisfacción que las marcas que había dejado en su mejilla empezaban a convertirse en moretones púrpuras, lo que sin duda arruinaría sus posibilidades de recibir una propuesta esa noche.

Ofreciendo un alegre:

-¡Adiós!- cerró de golpe la puerta del carruaje. Los cocheros no se veían por ninguna parte.

Hizo un esfuerzo para montar su caballo que lo esperaba, luego notó que el caballo caído comenzaba a levantarse tambaleándose desde su posición. La vacilación de ese momento casi era fatal, ya que un grito repentino y desgarrador detrás de él tomó a Philip por sorpresa.

Se arrojó de lado justo cuando una bala silbó y pasó rozando su hombro. Los pensamientos atravesaron su cerebro a tres veces la velocidad normal. Tan pronto como tocó el suelo, siguió rodando, agarrándose el hombro para que su posible asesino, sin duda uno de los cocheros, pensara que estaba gravemente herido. Haciendo una mueca cuando su cuerpo chocó con unas rocas, se dirigió hacia un grueso grupo de arbustos de tojo , protegiéndose la cara contra sus innumerables espinas, se enterró en el centro de sus gruesos tallos, donde encontró un hueco natural con las ramitas espinosas. Extendiéndose por encima y alrededor una especie de escudo protector.

Podía oír gritos distantes y el crujido de los pies sobre el duro suelo de guijarros. Contuvo la respiración mientras un par de botas se acercaban al grupo de arbustos donde se había refugiado. Las botas se detuvieron un rato, luego se volvieron y comenzaron a alejarse lentamente, Philip notó con gran interés el reluciente cuero, había un par de espuelas de plata muy distintivas. Parecían espuelas de caballería, aunque era imposible saberlo con certeza en la oscuridad.

Se retorció sobre su vientre para mirar más de cerca, moviéndose como una serpiente alrededor de los gruesos y retorcidos tallos de aulaga. Sus ojos no lo habían engañado. Eran espuelas de caballería, el mismo par que había dado, tres años antes, a Adam Redhead.

Lucy caminaba de arriba a abajo, sin poder descansar. Por tercera vez, hizo un recorrido por las habitaciones que tan bien conocía, la

El Cautivante Conde

biblioteca, el estudio, el largo y elegante salón, el salón de banquetes, incluso el desierto salón de baile, con el sabueso de Philip trotando dócilmente a su lado. Finalmente, se hundió exhausta en una silla del salón y tocó la campana para que Martha o Matthew le trajeran algo de comida y bebida para mantenerse durante su larga vigilia.

-Querido Solomon- dijo, acariciando las sedosas orejas del sabueso.

-No eres feliz sin tu amo, ¿verdad?

El animal le dio una mirada de luto con sus ojos marrones vidriosos.

-¿Dónde está, entonces?- murmuró, frotando el erizado pelo en la parte posterior de su cuello.

-¿Crees que podrías encontrarlo?

El perro se acercó media pulgada más, como si fuera por comodidad. Suspirando, Lucy retiró su mano y le informó:

-No, yo tampoco estoy muy contenta.

Con un suspiro, el perro se dejó caer, apoyó su pesada cabeza en sus patas delanteras y miró morosamente al fuego. Lucy envidiaba esa habilidad para relajarse, esa capacidad de espera, y deseaba tener algo de paciencia animal.

La puerta se abrió, Matthew entró con un tazón de caldo caliente de carne, un poco de pan recién horneado, un surtido de quesos y carnes frías. Los puso en una pequeña mesa al lado de su silla, y luego preguntó significativamente:

-¿Aún no ha llegado el señor?

-No, Matthew. No tengo idea de dónde puede estar.

¿Sabía Matthew sobre el "robo"? ¿Cuánto le habían dicho Philip o Adam? El mismo sentimiento de inquietud que la había afectado después de su reunión con Adam esa noche volvió a invadirla. Matthew sabía algo; Estaba segura de eso. Insinuaba que algo podría haber salido mal con el plan de Philip. Sin embargo, al mismo tiempo, no estaba regalando nada.

¿Podrían Martha y él sospechar que su hijo no era completamente leal a Philip? Si este fuera el caso, ¿por qué no habían expresado sus sospechas al propio Philip? Por supuesto, se dio cuenta; eran los padres de Adam. Su lealtad hacia su hijo es primero antes que su lealtad hacia su amo.

Aún así, podía decir que Matthew estaba preocupado e infeliz. Se demoró en la habitación como si tratara de decidir decirle algo. Luego, abruptamente, salió, dejando a Lucy mirando el caldo humeante.

Una sensación incómoda y punzante en sus huesos le advirtió que Philip estaba en algún tipo de peligro. Que su plan fracasaría debido a algo tan simple como que Adam haya persuadido a los Hardcastles a tomar la ruta más larga y segura hacia la Casa Bidstone después de todo.

No tenía motivos para sospechar que Adam deseaba dañar físicamente a Philip. Tal vez estaba construyendo todo en su imaginación y Adam seguía siendo el sirviente confiable de Philip, en cuyo caso estaba cometiendo una grave injusticia. Sin embargo, sabía que Adam se imaginaba enamorado de ella , cuando las personas estan enamorada, son capaces de hacer cosas extrañas y fuera de lugar. Ella era culpable de algunas aberraciones de su natural comportamientol.

Su sentido común le decía que no había alguna razón para salir a buscar a Philip, pero, por otro lado, sabía que si pasaban dos horas más y no regresaba, no podría evitar ensillar un caballo, encender una linterna y escalar la ruta montañosa que Philip había tomado.

El reloj de mármol que estaba sobre la repisa de la chimenea dio las diez. ¿Donde estaba? ¿Había sido detenido por un verdadero ladrón en los páramos, que lo despojó de sus joyas, su caballo y lo dejó a pie para recorrer la tediosa distancia hasta Darwell Manor? ¿O estaba armado Hardcastle o uno de sus asistentes, cuyo caso Philip podría estar muerto o herido en la solitaria ladera?

No podía soportar el suspenso. Tragó un bocado de su sopa ahora tibia, puso el tazón junto a la comida sin tocar, dejó la habitación caliente y se dirigió a la puerta lateral que da al patio del estable, con Salomón saltando alegremente a sus talones.

Solo habían tres caballos en un establo que alguna vez había albergado veinte o más: la yegua joven y rápida de Philip, el castrado que Lucy solía montar y uno dócil en el que Martha cabalgaba al mercado. Philip había vendido hace mucho tiempo la yegua inútil que Lucy le había llevado, había conseguido una suma mucho menor que cincuenta guineas.

Hizo una pausa y acarició la nariz aterciopelada del caballo dócil, luego una ráfaga de ladridos la hizo girar para ver a Philip cabalgando hacia el patio, mirando al bandolero que había fingido ser.

El primer instinto de Lucy fue correr hacia él, pero la discreción la hizo encogerse en las sombras. Observarlo en secreto de esta manera le dio una extraña y excitada sensación como la que había sentido el día que lo vió jugando con el perro.

Parecía algo rígido en sus movimientos al desmontar de la silla. Tal vez era sólo fatiga, pensó. Se quitó la máscara y se pasó una mano por la cara. Se detuvo para acariciar a su perro, luego llevó la yegua a su puesto y la desensilló, la frotó con un paño , la alimentó y regó, mientras Lucy se ocultaba en uno de los puestos vacíos, esperando que Salomón no la buscara y anunciara su presencia.

Estaba de suerte. El fiel animal prefería la compañía de su amo y ni ninguna vez se quejó alrededor de su escondite.

Después de atender al caballo, Philip se acercó a la mansión por la misma puerta lateral que Lucy había usado. Le dio unos minutos para que entrara y poder salir de forma segura, luego lo siguió. Se preguntó si ya la estaba buscando y decidió que, si ese fuera el caso, le diría que había estado en la sala de música, donde seguramente nunca pensaría en mirar después de las diez de la noche.

Volvió a entrar en el salón abandonado, donde su comida aún estaba. El regreso de Philip le había abierto el apetito, tomó una rebanada de pan integral, la untó con mantequilla y le puso un trozo de delicioso jamón, que estaba a medio comer cuando la repentina llegada de Philip la había interrumpido.

Levantó la vista sorprendida cuando, sin decir una palabra, con su rostro totalmente inexpresivo, depositó una pila de gemas brillantes en su regazo. Exclamó encantada mientras la luz del fuego hacía magia en las superficies, sacaba a relucir el rico y cálido resplandor del oro viejo, el delicado brillo de la plata y el destello de las piedras preciosas.

-Entonces, tu robo fue un exito. ¡Viva el bandolero Philip, el peligro de los Paramos de Pendleton!- Las palabras alegres de Lucy fueron recibidas por una breve sonrisa, que parpadeó en su rostro y se desvaneció casi al instante.

-Sí, tengo las joyas, no gracias a ti- respondió brevemente.

La mano de Lucy voló hacia su boca.

-¿Qué quieres decir? Hice exactamente lo que me dijiste. Matthew me trajo todos los ingredientes correctos y mezclé el ungüento perfectamente. Entonces, si la poción no funcionó, ¿cómo recuperaste tu propiedad?

-Ah. ¡Matthew!- Una mirada de especulación cruzó el rostro de Philip, pero no se atrevió a explicar el motivo de su exclamación.

-Estaba esperando en la ladera de la carretera- continuó.

-El carruaje de los Hardcastles llegó a tiempo, pero con cuatro castaños tirando de él. Deduje que habías mezclado mal la poción y que los dos grises con los que había, digamos, 'interferido', se habían derrumbado antes de tiempo o que no habías aplicado la poción.

-Rachel habría insistido en no entregar las prendas. ¡Debe haber llegado al baile con un montón de quejas!- Philip movía su látigo y la miró fríamente.

-Entonces, señorita, ¿qué tiene que decir?

-En verdad, yo ...- Lucy no tuvo la oportunidad de justificarse porque Philip, frente a ella y de espaldas al fuego, insistió en continuar con su historia de la aventura protagonizada esa noche.

-El carruaje pasó y estaba a punto de renunciar a mis planes, volver a casa, cuando uno de los caballos se desplomó, debido a un afortunado accidente. En la confusión, pude persuadir a Harriet y Rachel para que me devolvieran mis posesiones.

-¿Crees que hay alguna posibilidad de que pudieras haber sido reconocido?- Lucy preguntó, desconcertada por su falta de entusiasmo con respecto a la recuperación de sus preciadas reliquias.

-Ninguna. Llevaba una máscara y disfrazaba bien mi voz. No tengo dudas de que me tomaron como la criatura que intentaba ser, un vulgar bandolero. Incluso tuve la satisfacción de dar un golpe.

El gusto con el que relató esta inesperada información intrigó a Lucy.

-¿Oh?- preguntó ella.

-¿Contra quién?

Philip entrecerró los ojos y soltó una carcajada sin alegría.

-Rachel. Pensé que te agradaría saberlo.

El deleite de Lucy al escuchar que la niña cruel y altiva había recibido un duro golpe en pago por todos los que había repartido a víctimas inocentes como ella, la hizo sonreír con ironía, una sonrisa que murió en el instante en que se formó al recordar que estaba Todavía bajo sospecha. Tenía que hacer que él le creyera.

-¡Philip!- Lo miró fijamente, tratando de poner toda su alma en la mirada, notando mientras lo hacía que su capa negra parecía estar rasgada cerca del hombro.

-Llevé a cabo tu plan al pie de la letra, pero me retrasé porque uno de los caballos no me dejaba acercarme. Luego tuve que tratar a otro y casi me descubren con las manos en la masa. Tuve la suerte de escaparme. Adam te lo dirá. Él me esperó.

-Adam. Hmm- Comprimió sus labios y miró hacia otro lado.

¿Qué puedo hacer para convencerlo de la verdad? Lucy se preguntaba desesperadamente. *¿Debería caer de rodillas y suplicarle?* No, no podría hacer eso. Arrodillarse y encogerse no estaba en su naturaleza. Si él se negaba a creerle, entonces era su decisión, sólo podía esperar y rezar para que de alguna manera, fuera exonerada.

Él sacudió la cabeza y volvió a mirarla a los ojos. Su corazón dio un aleteo esperanzador, pero el brillo duro y helado permaneció en sus ojos, su espíritu se hundió nuevamente. Lo que dijo a continuación la sorprendió.

-Me gustaría que elijas algo en pago por haberme ayudado a restaurar mi hogar, inclusive las joyas- dijo secamente, indicando que los artículos aún reposaban en el regazo de Lucy.

-Si no ves nada que te llame la atención, tengo algunas de las chucherías menos valiosas de mi madre, pero quizás más bonitas arriba- Los traeré. Pueden ser más de tu gusto.

-¡Pero Philip!- Lucy lo miró asombrada.

-Estas joyas son tan exquisitas, tan grandiosas. ¿Cuándo encontraría la ocasión de vestir algo tan espléndido?

Justo cuando estaba extendiendo la mano para examinar un brazalete de zafiros, su orgullo se reafirmó y retiró la mano.

-No- dijo.

-Puedes quedarte con tus joyas. Si te niegas a creer que he cumplido mi parte del trato, entonces me niego a tu regalo, ya que obviamente no me lo merezco.

-Por el amor de Dios, niña, solo toma algo- espetó.

-Véndelo, cómprate algo bonito, ropa, no me importa- Sus ojos brillaron peligrosamente, ella se estremeció y dejo caer joyas.

El estaba esperando. Bueno, pensó, si insistía en hacerle un regalo, ¡Entonces elegiría lo mejor! Un artículo sobresalía de la masa enmarañada de objetos brillantes, era un anillo de esmeraldas grande, curiosamente diseñado, que había visto adornando la mano de Rachel. Lo recogió y lo sostuvo.

-Con su permiso, señor, me gustaría tomar este anillo.

-¡No! Eso no- Se lo arrebató.

-Lo siento. Era de mi madre y me temo que no puedo dejarlo ir. Puedes tener cualquier otra cosa, pero no ese anillo.

Casi lloró de decepción. No había nada más que quisiera. Algo en el anillo había capturado su imaginación; las otras joyas, incluso los rubíes de corazón ardiente, parecían deslucidas y poco interesantes en comparación. Al final, eligió un par de pendientes de oro y amatista delicadamente forjados.

Sabía que no conseguiría mucho por los diamantes si intentara venderlos, pero tampoco harían muchos comentarios si los usara. Servirían como un recordatorio permanente de los meses que había pasado en Darwell Manor y del conde que no solo la había capturado sino que también la había cautivado, cuyo amor nunca podría ganar.

Philip aprobó su segunda opción y recogió el resto de las joyas, dándole las buenas noches mientras las retiraba, sin duda para encerrarse con las escrituras de la casa y otros objetos de valor que poseía.

Lucy se quedó sentada desconsoladamente junto al fuego

moribundo. Aparte de esos días terribles que siguieron a la noticia de la muerte de Rory, nunca se había sentido tan deprimida y desanimada. Maldijo al destino por haberle permitido conocer a Philip en las peores circunstancias. Había acudido a ella como una tramposa y ladróna, ahora se marchaba como sospechosa de asesinato y traidora de su confianza.

Añade a la lista, ropa prestada y mal ajustada, no había mucho que admirar, ni por dentro ni por fuera. A estas alturas, Philip debe estar desesperado por ver la espalda de esta incómoda invitada que se había quedado más tiempo de lo que debía.

¿Y qué hay de toda la ayuda que le había brindado? ¡Nunca habría recuperado las escrituras sii no hubiera sido por su ayuda, solo ella, había estado en la posición única de darselas! En cuanto a las joyas, había llevado a cabo sus órdenes perfectamente , no podía ser culpada por un cambio de último minuto con respecto al carruaje, lo cual sospechaba fue capricho de Rachel. Tal vez pensó que los caballos castaños resaltarían la sombra de su vestido mejor que los grises.

Por Philip, había sufrido las crueles mofas y golpes que Raquel le había lanzado; los escandalosos golpes de George Hardcastle que todavía la hacían sentirse físicamente enferma cada vez que pensaba en ello; miedo y ansiedad en muchas ocasiones; casi la muerte en la nieve la noche que dejó Rokeby... ¡y luego estaba la embarazosa propuesta de Adam, sin mencionar el peligro que había soportado ese mismo día!

¿Seguramente él estaba al tanto de todo lo que había pasado por él? ¿O era realmente tan frío y egocéntrico que podía usar a cualquiera para cumplir su propósito y luego descartarla sin pensarlo dos veces?

Recordó esa mirada ardiente y lujuriosa que había aparecido en sus ojos esa primera tarde cuando, llevando el hermoso vestido de seda de su madre, se había unido a él en el salón de banquetes. Había visto esa mirada de nuevo en ocasiones como en el momento en que habían estado de pie junto a la cascada y Lucy estaba segura de que él quería besarla pero se estaba conteniendo por alguna razón.

Tal vez estaba totalmente equivocada. Quizás el único tipo de "querer" que Philip fuera capaz era la del tipo duro que la arrastró con sus manos al establo después de que había entregado a la yegua. Quizás no tenía sentimientos absolutamente...

Y, sin embargo, su intuición le decía que había una gran cantidad de ternura y sensibilidad en esta persona que, por alguna razón que él solo conocía y prefería ocultar.Era un enigma. Se negó a darse por vencida y regresar a la granja de los Swift y al triste futuro que sabía que sería suyo, hasta que no estuviera absolutamente segura de que no había vestigios de afecto en el corazón de Philip.

Sus pulsaciones se aceleraron cuando se dio cuenta de lo que debía hacer. Había fracasado en su último intento de visitarlo en su habitación, pero esta vez no había ningún anciano moribundo y alucinante que la detuviera. No tenía nada que perder y no había nada que temer.

Las manos de Lucy temblaban mientras estaba parada en su dormitorio, con el mismo exquisito vestido azul que le había hecho ver a Philip en forma de admiración cuando la vio por primera vez. Ponerse una prenda tan complicada sin la ayuda de una doncella era difícil, pero no podía convocar a Martha por temor a adivinar lo que pensaba. Qué vergonzoso sería que la descubrieran subiendo de puntillas las escaleras hacia su habitación, cuando se suponía que debía estar acostada en la cama con el camisón que Martha había tendido cuidadosamente para ella.

Se cepilló sus rizos castaños hasta que brillaron, luego apretó los pequeños broches de los pendientes de amatista. Su cuello se sentía demasiado desnudo sin un adorno , ya que el escote del vestido se hundió tan profundamente. El collar que Rory le había regalado estaba demasiado dañado. Tendría que ir con Philip tal como estaba y tendría que entender que no poseía joyas aparte de los pendientes.

Al menos no puede acusarme de robo de joyas, pensó con ironía. Además, necesitaba que él la quisiera como era y no por su apariencia superficial.

La idea de estar cerca de Philip, de entregarse a él, la llenó de temblores de deseo. Una vez más, reconoció estos sentimientos corporales, las sensaciones que temía, sin embargo, en esta ocasión, lo acogió con satisfacción. Quería mostrarse a Philip como una mujer apasionada, para responder a sus caricias con el salvaje abandono que le era natural, no con suspiros decorosos o protestas de doncella. Quería desatar esa calidez y ternura que sabía que estaba en él; encender su cuerpo con el suyo.

Tomando una sola vela para iluminar su camino, Lucy salió de su habitación y bajó por el pasillo hasta la escalera, haciendo un gesto de dolor por el crujido de sus faldas. Cuando llegó al primer rellano, se detuvo.

De repente, la audacia de sus acciones la golpeó. ¿No se rebajaría ante los ojos de Philip al no comportarse mejor que la zorra que había seducido a Rory en la posada? No, no iba a seducir a Philip; más bien, iba a crear una situación en la que él podría, si lo deseaba, seducirla. Lo tentaría con su mera presencia en su habitación, pero nada más.

Con el corazón acelerado como los cascos de un caballo, cogió la manilla de la puerta y la giró muy lentamente. Una lámpara se encendió dentro de la habitación. Philip estaba sentado en un escritorio, leyendo. Miró hacia arriba con la boca abierta, mientras el brillo del vestido de Lucy anunciaba su presencia. Sintió que un rubor caliente le salía por toda la cara y el cuello mientras estaba allí de pie con un vestido que era una invitación descarada a cualquier hombre de sangre caliente.

Philip retiró la silla y se puso de pie, mirándola en un silencio cargado de pensamientos y deseos no expresados. Dio un pequeño paso hacia ella, ella se lamió los labios nerviosamente y sintió un repentino deseo de salir corriendo de la habitación. ¿Por qué, por qué se había sometido a esta vergüenza? Se sentía como un monstruo de feria que la miraban con ojos curiosos pero indiferentes.

No, no te debilites. Sé valiente, se dijo a sí misma, activando la intuición que le permitía anticipar las reacciones de un caballo y esperando que también funcionara con un hombre. *No estaba segura de por qué estaba aquí. Debía decirle o mostrarle.*

¿Pero qué podía decir? Simpatizaba con todos los hombres que habían estado enamorados, según la tradición, se habían enfrentado a decir la primera palabra, dar el primer paso y arriesgarse al desamor y al rechazo.

Sin embargo, por mucho que quisiera, no podía decirle a Philip Darwell que lo amaba. Pero si no podía *decirle*. . .

Sus pies la llevaron hacia adelante en una ola de coraje imprudente. Estaba cara a cara con él, sintiendo como si su cuerpo y su alma yacieran desnudos ante su mirada inquebrantable. Extendió su mano temblorosa y rozó la manga de seda de su camisa, pero al momento en que lo tocó, él se alejó y saltó hacia la ventana, donde se quedó mirando fijamente la oscura noche que cubría la mansión.

Lucy esperó, con los pies y la lengua paralizados. ¿Seguramente diría algo? ¿Ni siquiera diría su nombre, ni le preguntaría el motivo de su inesperada visita?

Él no se movió, solo se puso de espaldas a ella, ignorándola. Una oleada de lágrimas brotó de lo más profundo. Ahogando un sollozo, se dio la vuelta y huyó de la habitación, sintiendo que su mundo realmente había terminado. Ahora, por fin, sabía que no significaba nada para él, si es que alguna vez lo había hecho.

No solo Philip, sino que todo Darwell Manor la estaba rechazando, diciéndole que no pertenecía a su mundo pero que, debía regresar a su mundo humilde. Había aspirado demasiado alto. ¿Cómo podría haber soñado que un conde podría sentir algo más que amistad o lujuria por la hija de un entrenador de caballos?

Había encontrado su verdadera pareja en Rory, lo sabía ahora. A pesar de todas sus pretensiones de ser una dama, su habilidad para leer y escribir, para coser y dibujar, para honrar eventos sociales con bonitas charlas y tocar melodías simples en un laúd, nada podría alterar el hecho de que era una niña sin crianza, No era apta para estar con un caballero de calidad.

Philip era demasiado educado para señalárselo, eso era obvio, pero ahora conocía su posición. ¿Por qué la había forzado a jugar papeles tan serviles en el desarrollo de sus planes? Porque pensó que podía hacer esos papeles, no sólo de la criada de Rachel, sino también la puta de Hardcastle. ¡Ugh!

Un escalofrío de puro autodesprecio se apoderó de su cuerpo y casi la hizo querer vomitar. La había usado, ahora le daba vergüenza despedirla. Bueno, le ahorraría la molestia de decir las palabras. Para cuando el día siguiente amaneciera, ella ya se habría ido.

24

El vestido de seda azul, ahora objeto del odio de Lucy, yacía en la cama en forma descuidada, con sus pliegues y dobleces arrugados. Lucy suspiró mientras anudaba el último encaje del viejo, manchado y desgarrado vestido que había llevado el día de su llegada a la Mansión Darwell. Deseaba salir de la casa sin más de lo que había traído cuando llegó, con el único añadido de los pendientes que sabía que posiblemente no los iba poseer por mucho tiempo, a menos que Prebbledale estuviera más cerca de lo que pensaba.

Estaba a punto de apagar la lámpara y buscar la salida hacia los establos cuando recordó a Martha. La anciana había sido tan amable con ella que Lucy no podía desaparecer para siempre sin despedirse, aunque ya era casi medianoche.

Tocó la campana para llamarla, cuando la bulliciosa mujer entró en la habitación, en camisón y chal, Lucy silenció las preguntas que tenía en los labios anunciando:

-Como ves, Martha, me voy. Lamento no poder llevarme el precioso vestido que me diste, pero desgraciadamente me recuerda demasiados episodios que preferiría olvidar.

Miró la cara triste de Martha y sintió que se suavizaba.

-Nunca te olvidaré, Martha, tu amabilidad. Y Matthew también. Yo deseo . . . Desearía poder quedarme, pero. . .

¿Qué podría decirle que convenciera a Martha de que estaba haciendo lo correcto?

Martha aprovechó el oportuno silencio de Lucy para hacer la pregunta que deseaba hacer.

-¿Y a dónde, por favor, vas a ir?

Sonriendo con nostalgia, Lucy dijo la única palabra

- Mi Hogar- Luego añadió:

-Por favor, dile a Matthew que me llevaré la yegua, pero me encargaré de que sea devuelta lo antes posible.

Los ojos de Martha sostuvieron los suyos por un momento como buscando algo. Luego, dándole un apretón de manos para decir:

-*Sé valiente, niña, todo saldrá bien*- salió de la habitación.

Esa noche no había luna, pero el cielo estaba despejado y las estrellas brillaban. Lucy no estaba segura de en qué dirección estaba Prebbledale, pero algo le dijo que debía tomar el camino de la colina. Realmente, decidió, no importaba qué tan lejos estuviera su casa, treinta millas o cien, siempre y cuando, al amanecer, hubiera puesto la mayor distancia posible entre Darwell Manor y ella.

Y Philip.

Dejando que su montura escogiera el camino, dejó que su mente vagara y descubrió que, en su imaginación, estaba en la alcoba de Philip, escuchando sus pensamientos. Casi inmediatamente, se detuvo. Estos no eran los pensamientos de Philip, sino su propia fantasía. Nunca sabría lo que él sentía por ella, así que ¿qué sentido tenía especular?

¡Ojalá pudiera dejar de anhelarlo como una chica que se había separado de su amante! Nunca había ocurrido nada entre Philip y ella. ¿Por qué no podía despertar y darse cuenta de que todo estaba en su imaginación?

Estaba mortificada al ver que sus pensamientos se desviaban hacia esa mañana en el establo cuando él había mostrado una pasión tan violenta sobre ella y sólo se había visto impedido de embelesarla por la llegada intempestiva de Raquel. ¡Si hubiera mostrado una onza de esa misma pasión desde entonces! Si Raquel no hubiera llegado , ¿no podría el sabor de su cuerpo haberle llevado a desear otro?

No. Debe clausurar estos pensamientos, desterrarlos de su mente para siempre. El capítulo de su vida sobre Darwell Manor y todo lo que había pasado allí había terminado. Tenía que olvidar, por su propio bien y su cordura.

-¿*Qué cordura*? ¿Ya estoy completamente loca por pensar así en Philip?- murmuró con una risa hueca, sin darse cuenta de que había hablado en voz alta que hasta su caballo estaba moviendo las orejas. La cordura la había abandonado. Estaba realmente loca, loca por un hombre al que no le importaba ni una pizca ella o su felicidad.

Llegó a una encrucijada en el camino. Estaba demasiado oscuro para leer la señal, así que dejó que su caballo avanzara, sin importarle a dónde la llevaba, dejando las riendas sueltas.

De repente, sin previo aviso, todo el mundo parecía inclinarse. El letrero describía una falla en el camino, un salto mortal ante sus ojos, se encontró volando por el espacio, aterrizando de lado con una sacudida que la dejó sin aliento. Su caballo, cuya actitud había sido la causa de su vertiginoso vuelo y aterrizaje indigno, estaba parado jadeando a un lado del camino.

Lucy no veía ninguna razón por el comportamiento del estable y bien educado caballo, pero, mientras se quedaba sin aliento y tratando de recuperarse, debía averiguar si había sufrido alguna lesión, se sabía que las encrucijadas se conocían según los supersticiosos como lugares embrujados donde las brujas se reunían y ahorcaban a los hombres. Los animales estaban dotados de un sentido que percibían esto. Quizás su montura había visto o sentido algo que sus sentidos humanos menos sensibles no habían podido reconocer. . .

Sus brazos parecían funcionar bien. Movió sus pies, tobillos y luego sus piernas. También parecían estar enteros. Al sentarse, sintió como una puñalada de dolor en el hombro en el cual había aterrizado, cerró brevemente los ojos mientras se frotaba. La siguiente vez que los abrió, gritó en voz alta y con terror, un hombre vestido de oscuro estaba parado en el camino, mirándola fijamente.

Se puso de pie, pero no tenía ninguna posibilidad de escapar, ya que con dos zancadas rápidas, el hombre la alcanzaba, agarrando su brazo,Él se acercó, reconoció las características familiares de Adam Redhead.

El miedo y la conmoción la hicieron enojar.

-¡Tú! Fuiste tú quien hizo retroceder mi caballo y tirarme. ¿Por qué no me avisaste de tu presencia en lugar de aparecer como un fantasma?

-No estabas montando de costado como una mujer. Con tu capa envolviendote y tu cuello levantado de esa manera, podrías haber sido cualquiera, quizás incluso un salteador de caminos- explicó.

-Con un mejor tiempo, hay más tráfico en estos caminos montañosos, los bandoleros son un frecuentepeligro.

Él le sonrió, ella comenzó a relajarse. Al menos Adam se preocupó lo suficiente como para no permitir que le ocurriera ningún daño. Tal vez podría ponerla en el camino correcto hacia Prebbledale, a su casa. Sin embargo, sintió que algo no estaba del todo bien.

-Si este lugar es tan peligroso, ¿qué haces aquí solo tan tarde en la noche?- preguntó.

Una cautelosa mirada apareció en los ojos de Adam.

-YO . . . Tengo que encontrarme con alguien- explicó, no muy satisfactoriamente, sus ojos revisaban la oscuridad a su alrededor.

Luego, volviendo su mirada a Lucy, preguntó, con un repentino tono de preocupación en su voz:

-Lo olvidé. Puede que estés herida y sería culpa mía. ¿Estás bien?

-Creo que sí- respondió Lucy, tratando de reír.

-Ningún hueso parece roto.

-Me alegro. Ahora tal vez puedas decirme adónde ibas a estas horas. ¿Quién fue la persona desconsiderada que permitió a una joven, bonita e indefensa mujer vagara sola en los páramos por la noche?

-Supongo que podrías acusar a Philip Darwell de eso- dijo Lucy a la ligera, lamentó sus palabras en el instante cuando vio la expresión cruel en los labios de Adam.

-¡Ese sapo arrogante e insensible!- exclamó venenosamente.

-¡Odio a ese hombre más que al mismo diablo!

Lucy sintió que la sangre le salía de la cara y lo miró fijamente, horrorizada. No era el ayudante de voz suave y adulador que se había apoyado a Philip de manera tan servil... el hombre al que había despreciado por parecer débil. Era una criatura impulsada por un odio amargo, la razón no la podía adivinar.

-Era a él a quien buscaba, el engañó a mi hermano. Tenía la intención de matarlo, pero se me escapó. Sé que él está aquí en alguna parte. ¡Solo un movimiento, un susurro en los arbustos y lo tendré!

El ojo de Lucy se concentraron en el mango de una pistola que sobresalía del bolsillo de Adam y sintió una punzada de terror. No lo entendió. Dijo que odiaba a Philip y en el siguiente aliento estaba hablando de su hermano. Philip le había dicho que Adam era el único hijo de Martha y Matthew, así que, ¿quién era ese hermano del que hablaba?

Mientras lo miraba, perpleja, él la agarró del brazo con tanta fuerza que gritó.

-Se ha llevado todo lo que es mío, la casa, las joyas. . . Hicimos un trato, pero él no tiene más derecho que yo. ¿Debería vivir una buena vida en la mansión, cuando estoy obligado a ser esclavizado por los Hardcastles y desperdiciar mi noble sangre como servidumbre?

¿Noble? ¿Qué quiso decir? ¡Era el hijo de los sirvientes!

-Joyas, dinero, que lo cuelguen. ¡Déjenlo colgar! Lo mataré y entonces tendré la mansión y a ti como mi esposa.

-No- dijo Lucy.

-No seré tu esposa. No me interesas.

Ella trató de apartar su brazo de su agarre, pero apretó y la arrastró hacia él, mirándola con ojos furiosos y deslumbrantes. ¡Él me va a matar! Su rostro se cernía sobre el de ella, levantó su mano y le dio una fuerte bofetada.

Parecía no sentir el golpe. En cambio, sonrió en forma casi demoníaca.

El Cautivante Conde

-Así que te gusta jugar rudo, ¿verdad, niña?- Tiró de su brazo y la lanzó al suelo. Usando toda su fuerza, lo pateó en las espinillas.

Hubo un fuerte ruido, cayó de espaldas y aterrizó a su lado. No podía pensar en lo que acababa de pasar: ¿se había tropezado y había quedado casi inconciente?, sabía que tenía que alejarse lo más rápido posible, antes de que él volviera en sí.

Lucy se puso de pie y bajó la colina hacia donde había visto por última vez a su caballo. . . y apenas había dado dos pasos antes de que se topara con algo sólido e inmóvil pero indudablemente vivo: el bulto silencioso y aterrador de un hombre encapuchado.

El grito murió en sus labios cuando una mano le cerró su boca. Ahora podía ver claramente lo que le había sucedido a Adam. Una pesada rama de árbol yacía junto a su cabeza y su cabello castaño claro estaba manchado de sangre.

-Su dinero y sus joyas, bella dama- exigió el hombre, con un fuerte acento campestre que contenía un toque gracioso.

-Vamos, mi encantadora muchacha. Tus joyas y tu oro, o desearás no haberte salvado nunca de ese lujurioso de allá.

Lucy pensó rápidamente. No tenía dinero, solo sus pendientes de amatista que estaban escondidos en su bolsillo. ¿Pero qué haría sin ellos? Eran su única moneda. Este ladrón debe haber conocido tiempos difíciles y sin dinero en su vida o de lo contrario ¿por qué habría tomado esta forma de vida?

Pensando que tal vez podría suplicarle y ganarse su simpatía, Lucy retiró su capa para revelar el viejo y harapiento vestido que llevaba debajo.

-Por favor, señor- suplicó,

-Si tiene compasión en su corazón, perdone a una pobre chica. ¿Ves mi ropa? No tengo dinero, ni objetos de valor, ni siquiera una casa a la que ir.

Esto último era casi verdad; La pequeña propiedad de su padre ciertamente no se sentía como en casa , en el peor de los casos, podría no ser bienvenida.

-Le agradezco amablemente por lo que hizo para salvarme- agregó, con la esperanza de apelar a su naturaleza, si es que poseía una.

-Pero ahora, habiendo preservado mi vida y mi virtud, ¿no podrías simplemente liberarme y dejarme seguir mi camino?

Se rió a carcajadas, luego metió su mano en el pequeño bolsillo dentro de su capa. Cuando la retiró, sus pendientes colgaban de sus dedos, la plata brillando en el tenue resplandor de la luz de las estrellas.

-Así que me mentías, ¿verdad, muchacha desagradecida?"

-¡No! Por favor . . . Lo siento. No quise ocultarle nada .

Ahora que había descubierto que estaba mintiendo, ¿qué destino le esperaba? Sea lo que sea, lo aceptaría con calma y filosofía. Ya había pasado por demasiado. Su espíritu de lucha estaba agotado. Estaba débil, cansada y hambrienta. Debería haber sabido que no debía viajar sola por los peligrosos páramos de noche.

Se lo había buscado. Dos días antes, cuando estaba llorando en su cama, se imaginó sus huesos blanqueados en el páramo. Se había infligido un deseo de muerte a sí misma y no había nada que pudiera hacer para evitarlo.

-YO . . . N...necesito esas j..joyas - tartamudeó, entre dientes.

-Es . . . es lo único que tengo .Estoy haciendo un largo viaje. Me moriré de hambre si no puedo venderlos.

Sus palabras parecían no tener impacto en la tosca figura que tenía sus muñecas aprisionadas en sus fuertes manos.

-Por favor... Ahora tienes mis únicas posesiones. ¿No me dejarás ir?

-Sí, mi pequeña potranca . ¡Cuando me haya llenado con esos lindos labios tuyos!

Sus labios eran cálidos y sorprendentemente suaves. Pero la repentina sensación de metal frío contra los dedos de su mano derecha la hizo jadear y saltar.

.¡La iba a matar! Casi podía sentir la hoja deslizándose entre sus costillas, llenándola de agonía, de modo que sus pensamientos, sus recuerdos, todas las cosas que la convertían en el ser humano que era, se desvanecían con su sangre. Tal vez, si se quedara muy, muy quieta y no la molestaría...

Hubo esa sensación de metal helado otra vez. Sin embargo, no se movía como para cortarla, sino que presionaba algo contra su mano. No podía ser una cuchilla. Era algo mucho más pequeño.

Ahora él estaba hurgando con uno de sus dedos, haciendo algo con él, tratando de forzar algo contra él. ¿Era algún tipo de instrumento de tortura, un tornillo de pulgar tal vez?

Su mano se liberó repentinamente y pudo observar. Un objeto alrededor del anular de la mano derecha, era un anillo grande y adornado. A la tenue luz, podía distinguir un diseño de manos entrelazadas alrededor de una piedra de muchas facetas.

No, pensó, su corazón se hundía. Philip acababa de recuperar el anillo de su madre y ahora lo había perdido nuevamente. ¿Cómo lo había robado este hombre? Ya había matado o casi a Adam. ¿Qué le había hecho a Philip? ¿Y qué iba a hacer con ella?

25

Cuando Lucy abrió la boca para gritar y suplicar, al "salteador de caminos" se quitó la máscara. No podía hablar, no podía pensar, todo lo que podía hacer era deleitar sus ojos con Philip Darwell.

¡Soy tan tonta! pensó. *Debería haberlo sabido.*

Debería haber reconocido esa risa, esos dientes blancos. Philip le había dicho lo bien que se comportaba como salteador de caminos cuando asaltó el carruaje de los Hardcastles. Si no hubiera estado tan nerviosa después de su pelea con Adam, estaba segura de que habría visto a través de su disfraz. Sin embargo, no debería haberla asustado así y se lo dijo.

-Lo siento. No pude resistirme a jugarte una broma.

-¿Llamas a eso una broma? ¡Me has dado un susto de muerte! Especialmente después de haber sido atacada por Adam.

-Si. ¿A que se debió todo esto?

-Estaba fuera de sí. Delirante. ¡Y tenía en la cabeza que yo iba a aceptar ser su esposa!

-¿Él? Menos mal que lo noqueé entonces. ¡Aunque hiciste un buen trabajo poniéndolo en su lugar!

Su beso aún permanecía en sus labios y el peso del anillo, del cual no estaba acostumbrado se sentía extraño en su dedo. ¿La había seguido simplemente para dárselo, porque sabía que lo quería? ¿O había sospechado que Adam podría estar merodeanso en la encrucijada?

-¡Philippe me has besado! ¿Eso también era parte de la broma?

Entonces las palabras de Adam volvieron a ella. Había acordado encontrarse con su hermano, dijo, pero Philip y él no podían ser hermanos. No tenía sentido.

Un repentino gemido los alertó del hecho de que Adam había vuelto en sí.

-Aquí, ayúdame- Philip estaba arrodillado al lado de Adam, atándole las muñecas a la espalda con una cuerda, antes de que el aturdido pudiera recuperarse lo suficiente como para correr y escaparse. Hizo un gesto a Lucy para asegurar los tobillos de Adam, ofreciéndole un trozo de soga.

Finalmente, Philip lo amordazó con una tira de cuero y con una la alegre observación:

-No quiero que grites y despiertes todo el valle, ¿verdad?- Tomó al hombre amarrado sobre su hombro, lo levantó y lo colocó en el lomo de su caballo, asegurándolo a la silla con algunas ataduras extras.

La castaña de Lucy estaba en la ladera de la colina, cortando el helecho. Philip lo llamó y el animal obediente hizo una mueca con sus dientes, se puso de frente frotando su cabeza contra el pecho de su amo.

-Tendrás que llevar a dos, me temo- le informó Philip.

Pidiendo a Lucy que montara primero, se balanceó ligeramente detrás de ella y se pusieron en marcha, llevando al caballo con su torpe y equilibrada carga detrás de ellos.

-¿Qué harás con él?- Lucy preguntó, asintiendo con la cabeza hacia el cuerpo inerte de Adam.

-Trató de dispararme esta noche.

-¡No!- Lucy se inclinó hacia atrás, sintiendo la fuerza protectora del cuerpo de Philip detrás de ella.

Así que sus sospechas habían sido correctas. Philip podría haber estado muerto en la ladera en el momento exacto en que miraba el reloj y se preocupaba por él. La castaña tropezó debido a su doble carga, Philip movió las riendas para levantar su cabeza, en el proceso abrazó a Lucy.

Cuando doblaron una curva en el camino, vio la oscura mancha de árboles que protegía a la Mansión Darwell de los vientos invernales, la pregunta que había estado acechando su mente saltó de su lengua.

-¿Es Adam realmente tu hermano?

Philip lanzó un profundo suspiro, como si hubiera tocado un tema que le causara angustia.

-Mi medio hermano, supongo que podría llamarlo.

-Pero... Martha y Matthew...

-Lo adoptaron. No son sus verdaderos padres. Compartimos la misma madre.

Lucy dejó escapar de sus labios un grito de asombro. Un padre mujeriego, especialmente un Conde, podía entender eso, siendo los hombres el sexo moralmente más débil, pero para una mujer casada, gentil, hermosa , según los indicios,¿ dar a luz al hijo de otro hombre? No podía creerlo.

-Me doy cuenta de que suena como una historia sórdida, pero también es triste, si me permites contarla.

Todavía tenían que recorrer una milla más o menos antes de llegar a Manor, Lucy estaba ansiosa por escuchar esta historia que sabía que explicaría mucho sobre Philip, Adam y la atmósfera extraña y embrujada de Darwell Manor.

-¿Has visto el retrato de mi madre que cuelga en el salón de banquetes?

-Sí. Era hermosa.

-Todos los hombres la adoraban, particularmente mi padre. Nací y mi padre, en parte por respeto y en parte creo que por miedo a dañar su frágil salud, se negó a compartir su cama de nuevo. Mi madre era enérgica. Le gustaba la música y el baile, le gustaba ser admirada, especialmente por los hombres. Cuando yo tenía un año, insistió en que se celebrara un baile.

-Algo sucedió en ese baile y no mucho después, mi madre descubrió que estaba esperando a mi medio hermano.

-¿Sabes quién era el padre de Adam?- preguntó Lucy, llena de simpatía, la madre hermosa, descarriada y descuidada; el padre amoroso y equivocado; Philip, el niño solitario privado de una madre e incluso el pobre y obsesionado Adam.

-Creo que era un joven oficial del ejército, primo de uno de los invitados, que lo había traído cuando regresó a casa de vacaciones después de una campaña. Poco después de su... coqueteo con mi madre, ya que no tengo razones para sospechar que fue una violación, se fue de nuevo al extranjero y fue asesinado en una escaramuza.

-Mi madre no estaba enamorada de él. De hecho, estaba llena de remordimiento y le rogaba a mi padre que lo perdonara, culpando su desenfreno por beber demasiado, pero su orgullo estaba tan herido que se negó a perdonarla. Mi madre se mudó al último piso de la casa y ella y mi padre no se volvieron a hablar hasta después del nacimiento de Adam, cuando era obvio que estaba muriendo.

-Viéndola tan enferma y amándola de verdad, mi padre la perdonó, pero era demasiado tarde. Después de su muerte, nunca dejó de castigarse por su actitud inquebrantable hacia ella. Se apoderó de su mente. Se negó a volver a casarse y se obsesionó totalmente con su memoria.

-Así que fue el nacimiento de Adam lo que la mató, no el tuyo. ¿Qué fue de él?

-Mi padre no tenía nada que ver con Adam. Se negó a adoptarlo o a reconocerlo de cualquier manera, así que Martha y Matthew, al no tener hijos, encontraron una nodriza y lo criaron como su propio hijo, se encargaron de criarme a mí también, cuando mi tía ya no podía hacerlo.

-Entonces, siendo joven y desconsiderado, cometí un gran error.

Hizo una pausa durante cierto tiempo que Lucy pensó que no iba a continuar.

-¿Qué hiciste?-ella instó.

Philip suspiró profundamente.

-Un día, cuando tenía ocho o nueve años, dejé pasar que si mi madre no se hubiera deshonrado, Adam habría sido mi hermano verdadero y habría heredado una parte de la fortuna de Darwell y hubiera compartido mi vida privilegiada, pero no pudo. Porque era un "bastardo". Mi padre cometió el error de decirme la verdad cuando era demasiado joven para comprender su significado, así que la usé como una burla infantil.

-La palabra" bastardo "debe haberlo lastimado realmente. A partir de ese momento, nuestra amistad se convirtió en una especie de rivalidad. Luego, cuando nos hicimos mayores, Adam desarrolló una especie de aduladora admiración por mí que no podía soportar. Mi padre y yo decidimos que sería mejor enviarlo lejos de la mansión.

-El puesto en Rokeby Hall quedó vacante, a Adam le gustaban los caballos y así se arregló todo. Continuó tratando a Martha y Matthew como si fueran sus verdaderos padres, porque sabía que, sin ellos, habría quedado como un huerfano.

-Ahora sospecho que incluso entonces estaba tramando algo en mi contra, aunque solo hasta hoy tuve pruebas de mis sospechas. Debe haber pensado que si yo moría, podría heredar la mansión, a pesar de que la fortuna familiar se había ido hace mucho tiempo.

-¿Entonces él no sabía que tu padre había perdido la mansión con Hardcastle?

-No hasta que escuchó a Hardcastle presumiendo de ello. Después de eso, fue su interés que yo recuperara las escrituras.

-Entonces, ¿por qué usarme para robarlas, cuando podría haberlo hecho por ti?- Preguntó Lucy, frunciendo el ceño.

-Cuando dijiste que era más divertido verme hacerlo, no te creí. Sentí que había algo más. ¿Cuál era la verdadera razón?

-Porque no podía confiar en él.

-Pero podría haberlo hecho de todos modos. En cualquier momento, podría haberlas tomado y chantajearte para que se las entregue. ¡Incluso podría haber insistido en que le hayas traspasado la mansión!

-Sí, podría. Pero no creo que fuera tan brillante como para pensar en algo así. La cuestión con Adam es que nunca ha sido capaz de actuar por iniciativa propia. Necesita que le digan qué hacer. Es un líder y un buen soldado.

Actuó por iniciativa propia cuando me agarró en el páramo, pensó Lucy.

Sintió que Philip había subestimado a su medio hermano. Tenerlo tan cerca, aunque estuviera atado, la hacía sentir incómoda. Si Philip no podía confiar en él, entonces ¿en quién podía? Ciertamente no en ella.

Pero, ¿cómo reaccionarían Martha y Matthew al ver a su hijo traído de vuelta, atado a un caballo como un cadáver? Temía por Martha y sentía que la vida en Darwell Manor nunca podría ser la misma y que tanto Philip como ella estaban destinados a un futuro solitario e infeliz.

26

Philip se sumió en un silencio que persistió por el resto del viaje, devolviendo a Lucy sus pensamientos. ¿Por qué Philip la traía de vuelta a la mansión? ¿Qué iba a ser de Adam y de ella? ¿Por qué Philip le había regalado el anillo de esmeraldas? ¿Sentimiento de culpabilidad por la forma en que la había tratado?

¿Por qué, también, parecía tan poco sorprendido haberla encontrado en el páramo? ¿Por qué se había quedado con su disfraz de bandolero para atrapar a Adam? Estas y una docena de preguntas ocuparon sus pensamientos hasta que los cascos de sus caballos sonaron en los adoquines del patio del establo.

-Espera aquí- le ordenó Philip.
-Voy a buscar a Matthew y Martha para que se ocupen de Adam.

Lucy se sintió nerviosa por haberse quedado sola con Adam, quien, atado y amordazado, haría grandes esfuerzos para liberarse de sus ataduras. No podía mirarlo, recordando la forma en que la había maltratado. Supo instintivamente que era un hombre peligroso, astuto y violento.

Frotó el brazo que había agarrado tan fuerte, sabiendo que tendría un moretón por la mañana. Estaba gruñendo, como un animal salvaje, estaba aterrorizada por si de repente se soltaba de las cuerdas que lo sujetaban e intentara matarla.

La aparición de Matthew y Martha puso fin a sus temores. Al verlos, Adam dejó de luchar. Fue desatado de la silla y lo ayudaron a bajar. Tenía los tobillos desatados para poder caminar, pero sus manos seguían atadas a la espalda. Tropezó, tal vez todavía aturdido por el golpe en la cabeza, Philip y Matthew lo apoyaron mientras caminaban hacia la entrada de los sirvientes.

Tan pronto como estuvieron solos, Martha se volvió hacia Lucy y le preguntó, nerviosamente:

-¿Te lo ha dicho?

-¿Quieres decir, si me dijo algo acerca de Adam?- preguntó Lucy a su vez.

-Si.

-Un poco. Sé que no es tu hijo y que estaba celoso de Philip.

-Él te ama, sabes. Creo que eso fue lo que finalmente le hizo cambiar de opinión.

Martha estaba llorando. Grandes y silenciosas lágrimas se deslizaron por su desgastado rostro y Lucy puso su brazo reconfortandola alrededor de ella, tal como Martha, lo había hecho en el pasado.

-Lo colgarán o lo meterán en Bedlam. Pobre muchacho, no está bien de la cabeza. Todos esos años me preocupé por él, ya que era un poco infeliz. Lo amábamos, Matthew y yo, como si fuera nuestro propio hijo.

-Ahí, ahí. Vamos- murmuró Lucy consolandola.

-Estoy segura de que Philip no hará algo tan drástico.

-¡Pero Adam trató de matarlo!

Martha rompió en sollozos , Lucy no pudo hacer nada más que esperar tranquilamente con ella hasta que Matthew regresara y llevara a su esposa llorando a la mansión. Lucy se estremeció con el frío aire nocturno.No sabía qué hacer: si seguir a los dos sirvientes de regreso a la casa o esperar hasta que Philip reapareciera y decidiera su destino.

Se retiró al establo, donde el calor corporal de los caballos y los voluminosos fardos de paja le proporcionaban cierta protección contra el aire frío y húmedo. Mientras estaba allí, acariciando ociosamente el hocico de la yegua de Philip, su dueño entró en el edificio, balanceando una linterna.

-Oh, ahí estás. Pensé que tal vez te habías escapado de nuevo, como lo hiciste esta noche.

Había un tono desafiante en su voz que hizo que Lucy levantara la barbilla.

-¿Entonces me buscabas?

-Si. Quería hablar contigo Tu habitación estaba vacía y Martha, después de una gran cantidad de indicaciones, puedo agregar, me dijo que habías tomado el castrado y te habias ido. Debo decir que tenía mis propias sospechas sobre hacia dónde te dirigías, de alguna manera tu casa no entaba en ellas.

-Pero yo...

Philip la interrumpió.

-Dio la casualidad de que sabía que alguien más estaba vagando por las colinas esta misma noche.

Lucy jadeó.

-No pensaste ni por un momento que yo... ? Que Adam y yo... ?

Estaba horrorizada. Si eso era lo que él pensaba honestamente, entonces estaba acabada. No había forma de que no la entregara a las autoridades. De repente, se dio cuenta de por qué le había dado su anillo de esmeralda... ¡para poder acusarla de robo!

-Míralo de esta manera, Lucy Swift- Su voz era firme y no traicionó ninguna idea de cómo la veía ahora, como compañera en el crimen, puta o traidora. Su mirada estaba nivelada, su rostro inexpresivo. Sus piernas se sintieron débiles y se dejó caer sobre un fardo de heno.

Él continuó.

-Esa noche Adam te trajo a la granja, te fuiste y él te siguió. Estaba justo detrás de la puerta. Escuché su oferta y no escuché que lo rechazaras. No del modo en que una mujer desinteresada abofetearía a un pretendiente no deseado.

-Oh, sí, te presentaste una modesta mujer, protestando como una dama soltera. No deseabas regresar al Salón, no deseaba pasar tu vida como sirvienta. Pero no te escuché decirle a Adam que no podías ir con él porque no lo amabas o que estabas enamorada de otra persona.

Durante este discurso, los ojos de Philip comenzaron a brillar de ira. ¿O era algo más, una emoción completamente diferente? Su tono lloroso lo había abandonado y se formó una extraña sospecha en la cabeza de Lucy. Parecía casi un amante celoso, pero no, eso era imposible. Aun así, lo mantuvo en observación mientras continuaba su discurso.

-No pensé más nada de ti. . . hasta el plan con los caballos. Fue entonces cuando supuse que Adam y tú estaban aliadospara frustrar mi plan.

-Envió a un muchacho con una nota que decía que iban a usar los grises. ¡Por eso les puse la poción!- Lucy protestó.

-No tengo ni idea de por qué decidieron usor los castaños en su lugar. Tal vez Adam mintió. Puede que pienses que es incapaz de pensar por sí mismo, pero creo que lo ha juzgado mal. Apuesto a que estaba planeando esto todo el tiempo."

-Creo que ambos lo eran. Podría ser que Adam planeó matarme mientras asaltaba el coche, alegando no conocer mi identidad. Entonces cobraría una considerable recompensa de los Hardcastles por haberle dado una paliza al salteador de caminos y haberles salvado la vida.

-Luego, después de fingir que me buscaba y habiendo enterrado mi cuerpo en los páramos, volvería a la Mansión Darwell a reclamar la propiedad, el título y te haría su esposa. Adam y Tú, el conde y la condesa Darwell.

Lucy se echó a reír ante esta sugerencia absurda. Su risa se convirtió casi en histeria y luchó para recuperar el control de sí misma. Finalmente, secándose las lágrimas de alegría de los ojos, miró a Philip, que la miraba con cierta irritación.

-¿Y qué es tan divertido? ¿No ves que todo parece encajar?

-P..pero. . .- La voz de Lucy todavía temblaba de risa.

-Si realmente sospechas que estoy del lado de Adam y que estoy involucrada en todo esto, ¿por qué me lo dices? Debería estar con Adam, atada como está, esperando el juicio de un juez y un jurado.

La mirada severa de Philip se disolvió en algo más suave, él extendió la mano y tocó la suya.

-Mi querida Lucy, solo tuve que escuchar tu sorpresiva reunión con Adam en el páramo y ser testigo de la forma en que te trató, para saber que no había nada entre ustedes. Cuando lo vi atacarte, quise matarlo. ¡Hubiera sido tan fácil!

-Pero entonces habría tenido sangre en mis manos, lo que me habría obligado a explicar. Y cuando saliera que él era mi medio hermano. . . bueno, los jueces nunca saben cómo tratar asuntos relacionados con la nobleza. No me gustaría adivinar cómo me iría.

-¿Y los caballos? ¿Todavía crees que le dije a Adam que no usara los grises?

Ella contuvo el aliento. Tanto dependía de su respuesta. Detrás, un caballo pisoteó y resopló en su puesto. Aun así, Philip no había respondido a su pregunta. Entonces, por fin, su severo rostro mostró una sonrisa.

-Lucy, Lucy, eres tan rápida para llegar a conclusiones y tan fácil de engañar. Debo admitir que he estado jugando contigo hasta cierto punto. Se mordió el labio, con una mirada de alegría.

Lucy se sintió herida.

-Eso no es justo- dijo.

-Me he estado torturando, preguntándome cómo probar mi inocencia ante ti. ¡Creo que me debe una disculpa, señor!

-Madam, me disculpo humildemente- dijo, haciendo una profunda reverencia que casi la hizo reír.

-He aprendido la verdad sobre el intercambio de caballos- dijo.

-Y...?- Levantó la cabeza y lo miró, ansiosa por descubrir qué había salido mal con el plan.

-No fue culpa de Adam, aunque estoy seguro de que los dos pensamos que sí. Acabo de escuchar de Martha que hace unos días, en

El Cautivante Conde

una visita aquí, Adam les dijo a ambos que había escuchado a George Hardcastle diciendo que los grises eran para damas y que los castaños eran la elección de un hombre y que, por Júpiter, haría que su carruaje fuera arrastrado por los castaños la noche del baile. Adam pensó que era muy divertido.

-Aparentemente, tanto Harriet como Rachel rogaron a Hardcastle que les dejara usar los grises, pero él insistió en que era su carruaje y los cuatro debían ser castaños e incluso las lágrimas de Rachel no pudieron persuadirle de lo contrario.

-Así que, querida, creo que has cumplido mis deseos. Para cuando los Hardcastles volvieran del baile, los dos grises que habías nombrado habrían recuperado la salud y nadie se habría enterado.

El alivio se apoderó de Lucy y se dejó caer sobre un fardo de heno, formuló una de las otras preguntas que le habían hecho pensar.

-¿Por qué viniste a seguirme con tu traje de bandolero esta noche? ¿Y por qué no revelaste quién eras de inmediato, en lugar de jugar esa ridícula farsa? ¡Debo admitir, sin embargo, que tu acento fue muy convincente!

-¡Gracias, señorita!

Ambos se echaron a reír. En la luz tenue que brillaba junto a la linterna, Philip parecía cinco años más joven de lo que parecía esa noche. Las tensas líneas se habían derretido de su rostro y parecía bastante infantil, aunque todavía había un aire de inquietud sobre él que Lucy no podía encontrar.

De repente, la sonrisa abandonó su rostro y se preparó para lo que este hombre impredecible iba a hacer o decir a continuación. Sentado junto a Lucy en el fardo de heno, colocó la linterna en el suelo y le puso la mano en el brazo.

Al instante, sintió que sus músculos saltaban y una excitada emoción la recorrió. ¡Entonces sus sentimientos por Philip aún persistían, después de todos sus intentos de erradicarlos!

-Te diré por qué estaba vestido de bandolero. En primer lugar, porque así era como Adam esperaba que me viera. No me había visto huir, mucho después de que disparó. Pensó que podría estar escondido en algún lugar, herido. Mi plan, si no te hubiera encontrado primero, era saltar, sorprenderlo y darle una paliza.

-¡Al menos!- añadió, dejándola sin dudas de que habría ocurrido alguna pelea de algún tipo entre ellos.

-¿Y qué pretendías hacer conmigo? ¿Dispararme?- dirigió una mirada burlona.

-No, Lucy. No te dispararía.

Apretó su brazo, dos de sus dedos se desviaron hacia su muñeca y comenzaron a acariciarla, distraídamente al principio, pero luego significativamente, enviando escalofríos de deseo por él corriendo por sus venas.

-Te iba a dar un susto y te secuestraría, no revelaría hasta más tarde que tu secuestrador era yo. Pero...

-¿Pero que?- Se movió una fracción para poder sentir su cadera descansando contra la de él. ¿Qué tenía en mente para ella? ¿Dónde había planeado llevarla?

Más importante aún, ¿qué había planeado hacer? ¿Llevarla a su dormitorio y acostarla suavemente en su cama, donde no gritara ni protestara, sino que abriría sus brazos y humedecería sus labios para que él la besara? *Basta, Lucy Swift*, se dijo a sí misma severamente. *Este hombre no siente nada por ti. ¡Es un conde y tú no eres más que la hija de un comerciante de caballos!*

Pero... el anillo de esmeralda. Todavía estaba en su dedo. ¿Qué significaba eso? ¿Otra de sus bromas? Sí, eso era. Lo sintió, se lo torció en el dedo, empezó a moverlo, lista para devolvérselo.

Philip miró hacia otro lado, el resplandor de la linterna se reflejaba en sus pómulos y formaba sombras con flecos en sus largas pestañas.

-Parecía que estaba llevando el juego demasiado lejos. No me atrevía a esperar que lo hubieras aceptado con satisfacción. No era que esperara que sintieras algo por mí.

Lucy no podía creer lo que estaba escuchando. Su tono estaba lleno de dudas y esperanza. Él la estaba mirando ahora, esperando una respuesta, una expresión de aliento, ¡o tal vez incluso un rechazo!

Ella tomó su mano.

-¡Philip Darwell, si tan solo supieras!

Se detuvo. ¿Cómo podía contarle las horas de tormento que había sufrido, queriéndolo, amándolo? Con cuidado, preguntó:

-¿Qué te hizo pensar que no sentía nada por ti?

Su reacción fue instantánea. Palabras de culpa y remordimiento salieron de sus labios como si las hubiera guardado durante semanas.

-Después de la forma en que te traté en el establo cuando nos conocimos. Y las cosas que te hice hacer por mí ¿Cómo te imaginas que me sentí? ¡Como la criatura más indigna y baja que jamás haya existido!

-Negué mis sentimientos por ti, los escondí, pero no podía dejarte ir. Honestamente, no crees que pensé que habías asesinado a mi padre, ¿verdad? Admito que estaba molesto al principio y dije algunas cosas imperdonables, pero después de haber superado la conmoción de su muerte y calmarme, me di cuenta de que nada de eso fue culpa tuya.

-Dejar que pensaras que te culpé era todo lo que pude hacer para tenerte conmigo un poco más de tiempo, para poder verte y estar cerca de ti. Podría haber parecido insensible y cruel, Lucy, pero hay una falla en mi naturaleza que me hace terriblemente lento para darme cuenta de las cosas sobre las personas. Confío demasiado. Y…- tocó sus labios ligeramente con los suyos.

- He caído fuertemente

-Y yo también- susurró Lucy, devolviéndole el beso.

-Me tomó años reconocer la verdad sobre Adam- continuó, una vez que terminó su beso.

-Martha y Matthew pudieron ver los terribles celos en él, lo cruel e hicieron todo lo posible para cambiar su naturaleza, enseñarle a ser más amable y más indulgente, pero yo estaba ciego de todo.

Levantó la mano y le acarició el cabello suavemente.

-Y yo estaba incluso más ciego acerca de ti, Lucy. Me llevó tanto tiempo darme cuenta de que. . . que te amo. ¿Podrías amarme a cambio?

Hubo un extraño sonido de canto en los oídos de Lucy, una sensación de ingravidez en su cuerpo, como si estuviera a punto de flotar hasta el techo. ¡El la amaba! ¿Esto realmente estaba sucediendo?

-Sí, Philip, sí. Te amo.

Bajó los labios y Lucy levantó los suyos. Sus bocas se mezclaron, su beso se hizo más apasionado.

Cuando se separaron, Philip de repente volvió a parecer serio.

-Tengo otra pregunta para ti- dijo.

-¿Estabas realmente casada con Rory McDonnell?

-No- dijo.

-No, nunca fue mi legítimo esposo. Puedo explicarlo todo, pero no ahora.

Lucy levantó los brazos para abrazar su cuerpo fuerte y firme, el anillo de esmeraldas brillaba a la luz de la lámpara.

-¿Philip?- murmuró.

-Este anillo. Debo devolvértelo. Se lo quitó del dedo y se lo tendió.

Él cerró sus dedos alrededor de los de ella.

-Todavía no. Hay algo que debo preguntarte primero.

-¡Hay algo que debo preguntarte también!- Lucy dijo, su corazón se aceleró.

-¿Por qué no me lo diste cuando te lo pedí por primera vez? Dijiste que podía tener cualquier joya que quisiera, pero me hiciste elegir otra cosa. Dijiste que eran tus madres, así que ¿por qué ponerlo en mi dedo ahora?"

A regañadientes sacó sus labios de la suave calidez del cuello de Lucy y respondió:

-Es una costumbre familiar nuestra que el anillo de esmeralda sólo lo lleve la esposa del conde de Darwell.

-¿Entonces por qué me lo has dado?

Tomó su mano derecha, deslizó suavemente el anillo de esmeralda y lo volvió a colocar en el tercer dedo de su mano izquierda.

-Lucy Swift, ¿me harás el honor de convertirte en mi esposa?

Jadeó, con la mano volando hacia su boca. Trató de responder, pero no le llegaban las palabras y todo lo que podía hacer era mirarlo, esperando que sus ojos revelaran su respuesta... esperando que su corazón no se saliera de su pecho.

Él frunció el ceño.

-Me doy cuenta de que el momento es malo, ya que mi querido padre aún no está enterrado. Tendremos que esperar un tiempo decente para anunciar nuestro compromiso. Es decir, si ¿aceptas?

Philip presionó su mano y sus ojos grises buscaron los de ella, esperando su respuesta. La alegría surgió dentro de ella y con eso llegó la certeza de que ahora al fin estaba haciendo lo correcto, que cuando se entregara a Philip, sería por la razón más verdadera y poderosa de todas: el amor.

-Sí, Philip- susurró, con el corazón lleno para hablar mientras plantaba sus labios sobre los de él, le abría la boca y lo atraía hacia ella, permitiendo que sus manos vagaran libremente por su cuerpo.

Al principio respondió apasionadamente, luego se separó, miró a su alrededor y murmuró ansiosamente:

-No, aquí no. ¿Qué pensarías de mí? Deberíamos volver a la mansión.

-¿Por qué no aquí?- Lucy lo miró, sabiendo que su deseo por él ardía en sus ojos.

-Porque... ¡Oh Dios, Lucy Swift! ¡Te he deseado durante tanto tiempo!

-Entonces, ¿por qué esperar más?

Inmediatamente lo dijo, su mano voló a su boca. Oh, ¿qué había hecho? ¡Él pensaría que no era mejor que una vulgar zorra! Pero lo quería, oh Dios, lo quería, mucho más de lo que nunca había querido a Rory. Todo ese episodio ahora parecía un sueño lejano.

Philip era real, estaba allí, su deseo y su amor por él era como una llama que lo consumía todo, sobre la cual no tenía control; no había forma de apaciguarse aunque quisiera. ¿Cuándo iba a responderle? ¿Qué iba a hacer él? ¿Había destruido, con cinco palabras irreflexivas, su respeto por ella y su deseo?

Sintió que comenzaba a temblar. Las lágrimas brotaron de sus ojos.

-Philip- susurró.

-No debería haber dicho eso. Lo siento.

-Ssh- Extendió la mano y le quitó los rizos de su frente caliente y húmedos, luego la tomó en sus brazos y la empujó con firmeza sobre la paca de heno. Sus labios se cerraron sobre ella, sus manos recorrieron su cuerpo, despertando vibrantes oleadas de deseo que irradiaban desde sus entrañas hasta los extremos de su cuerpo, como los intensos y abrasadores rayos de un sol de agosto. Sintió que su cuerpo temblaba con una necesidad que coincidía con la suya en intensidad y urgencia.

-Tienes razón, mi amor- murmuró, mientras sus manos buscaban lentamente sus faldas lejos del calor tembloroso de sus muslos.

-¿Por qué esperar un segundo más?

FIN